最初の物語

最初の物語

ジョアン・ギマランイス・ホーザ
高橋都彦訳

水声社

本書は、武田千香の編集による
〈ブラジル現代文学コレクション〉の
一冊として刊行された。

目次

1　喜びの縁

I

話はこうである。とある少年が、大きな都市《まち》が建設されている現場へおじとおばに連れられていき、そこで数日過ごした。その子を喜ばせようと思いたった旅だった。その子には夢のようだった。まだ辺りは暗く、嗅いだこともない臭いのする薄い空気に包まれて出かけた。母親と父親が飛行場まで送ってくれた。おばとおじがしっかり面倒を見てくれていた。誰もかれも笑顔を見せあい、挨拶を交わし、盛んに話に花を咲かせていた。飛行機は会社の所有物で、特別に座席が四つあった。少年の尋ねることにはどれも答えてやり、パイロットまでが話相手になってくれた。二時間少々の飛行になるはずだった。少年は興奮にうち震え、思わず笑いだすほど喜び、ふわりと樹の葉が落ちるかのように心地よかった。生きていることは時としてなにか意外な真実で煌《きら》めくことがある。シートベルトのバックルを掛けてもらうことも優しく守られているのだと感じ、すぐに新たな期待感が生まれた。知らないこと、これからのことに。こうして自分が成長し、殻を破っていくのを感じた――空中へ飛びでていく行為が息をすることと同じくらい確かなことと感じた。少年は。

こうして物事は滑らかに突然始まり、釣合いのとれた動きで予定どおりのほどよい調子で進んだ。欲しいと思う前に満たされた。好きなのを取りなさいと飴、ガムが与えられた。おじは機嫌がよく親切で椅子の背もたれがどうしたら倒れるか教えてくれた。ハンドルを押せばいいんだよ。彼の席は小窓のある側で、動く世界に面していた。何冊でも好きなだけと、ペラペラめくってみるための雑誌、また地図さえ一枚渡され、折々、どこにいるのか、どこの上を飛んでいるのか、その地図を使って教えてくれた。少年は膝の上にそうしたものを沢山置き、外をのぞいていた。優しさを山と積みあげた雲、空気だけからなる青さ。あの広々とした明るさ、開拓地と野原に分かれた、地図を見るような平らな地面。緑が黄色や赤に、褐色に、また緑に変っていく。そしてむこう、下には山。大人や子供や馬や牛はどこにいるんだろう?――それに昆虫は? ずっと上を飛んでいた。少年はいまや生きいきとしていた。彼の喜びはありとあらゆる輝きを放っていた。飛行機の穏やかな音に包まれてすっかり腰を落ち着けていた。飛行機はよく働くおもちゃだ。おばが早めにサンドイッチを勧めてくれたときには、実際おなかが空いていることにまだ気づきさえしていなかった。そしておじは、着いたらすぐにいろんなことを遊ばせてやる、やらせてやる、散歩させてやると約束してくれていた。少年は一度に何もかもを手に入れていたが、頭のなかには何も見えなかった。光と、ながい、ながい、ながい雲。彼らは到着しようとしていた。

II

朝もまだ覚束ない間のことだった。その大きな都市《まち》はまだ大平原のなかば人の住まないところにつくられ始めたばかりだった。不思議な単調さと希薄になった大気。離着陸場は家からほど遠からぬところにあった。家は高い土台柱の上に木でつくられ、森のなかに入ってしまいしそうだった。少年は見ていた、ぼんやり見ていた。深々と息をついていた。自分の目の前に出現したもの――そんなにも目新しいことが沢山あるのを、さらにもっとありのままに見られればよいと思っていた。住居は小さく、入るとすぐに台所と、裏庭とはいえない、樹が家のなかに入ってこないように切り拓いた狭い場所に出た。樹は高く、それには蔓《つる》植物が垂れ下がっていた。そこからインディオやクーガーやライオンや狼や猟師が出てくるのかな？　音しか聞こえなかった。鳥が一羽ながながと囀り、ほかの鳥たちもそれに続いた。それが彼の心をなごませた。あの小鳥たちはお酒を飲んでいるのかな？

おっ！　家と森の樹の間の空地の中央に七面鳥を見た時だった。七面鳥は皇帝のように彼に賞賛されようと背を見せた。音を立てて尾羽を広げたのだ。そうして体をふくらませて一回りした。ぶっきらぼうに力強く羽を地面にこすりつける――御触れを出したようだった。鳴声を上げ、首もとのルビー色の厚い肉垂れを震わせた。それに頭には真っ青な空のような、フウキン鳥のような、めったにない明るい青色をした斑点があった。それにしても七面鳥は申し分なく、あらゆる曲線、直線のどれをとっても形が整い、丸みがあり、黒みがかったブルーがメタリックグリーンに光っていた——永遠の七面鳥像だった。きれいだ、きれいだ！　それには何か熱いもの、力強いもの、花のようなもの、溢れでるものがあった。その荒々しく轟き渡る偉大さ。その色鮮やかな尊大さ。見る者の目を満足させ、思わずトランペットを吹きならしたくさせた。癇が強く、おのれの壮麗さに酔いしれ、歩みながらもう一度鳴声をあげた。少年は心から笑った。しかし一度しか見られなかった。散歩に出かけようと呼ばれていたからだ。

Ⅲ

彼らはジープでいった。イペー農場になるところへ出かけた。少年は見るもの聞くものの名前を心密かに繰り返し言っていた。幸先のよい埃の洗礼。サバンナの花、マスチックの樹。フラシ天のような白帆花。道を横切る緑色の蛇。青白い枝付き燭台をもったウサギギク。オウムが天使のように現われる。ピタンゲイラの樹、その実がぽたりと落ちる。尾の白い、平原に棲む鹿。カネラ＝ジ＝エマの紫がかった豪華な花。おじが話してくれたことによれば、そこには「ウズラが腐るほど」いるそうだ。むこうの方にはコウノトリの群れが一列縦隊になって逃げている。サギの夫婦。そのきわめて広大な風景に大きな太陽が光をいっぱいに浴びせている。彼らがしばし立往生した小川の縁にはブリチ椰子。あらゆるものが薄暗がりから現われてくる。夢みて酔ったような少年の絶え間のない喜びはそれらから生まれ、さらに、いとおしさが増した。そしてそれらは彼の思い出のなかに、すでにつくられた城郭のように混じり気のない完全なものとなって残っていた。それぞれが決められた時に発見されるはずのすべてが、最初は奇妙で見知らぬものになっていた。彼は足が地に着かなかった。

帰り道、少年は七面鳥のことを考えていた。野性の樹々が繁ったところで彼のために取って置かれた、あの思い出、最も大切なものの思い出の暖かさを余計な時に無駄使いしないようにとほんのわずかな間のことだった。ただ一瞬だけしか軽やかな、偉大な、ゆったりした七面鳥を頭に描くことができなかったのだ。一軒いっけんの家には一人ひとりにあんなふうな七面鳥が一羽いるのだろうか？

彼らは空腹だった。昼食をとり、ビールを飲んだ。おじ、おばに技師たち。部屋からは七面鳥の元気のよいガミガミ声、七面鳥の鳴声は聞こえないのかな？　この大きな都市《まち》は世界でいちばん立派なのになるよ。七面鳥は高慢にはじけるように扇を広げ、体をふくらませていた……。少年は甘いもの、その土地でできた見事に切り分けられた、砂糖と花の身の香りのするマルメロ菓子をろくに食べもしなかった。七面鳥をもう一度見たいと息せき切って出ていった。

すぐに分ったことだが、見えなかった。森は高く、とても気味が悪かった。それじゃあ、どこにいったんだろう？　地面には羽根が何枚か残っていた。「あれっ、殺されちゃったんだ。あしたは博士の誕生日だったよね？」永遠性と確実性はすっかりなくなっていた。さっと、一瞬のうちにぼくたちのいちばんきれいなものが盗まれてしまった。どうしてそんなことがやれるんだろう？　なんだってそんなに急に？　少年はこんなことになると知っていれば、少なくとも七面鳥を、あの七面鳥をもっと見ておいただろう。あの七面鳥が——あれが消えてなくなっちゃった。一分の何分の一かの間だけ少年は死の千分の一を心に受けとめていた。もう彼のことを呼びにきていた。「大きな都市《まち》ができるところへいこう、湖のところへ……」

IV

少年は疲労と無関心に深刻にとらわれてしまったため、考えずに歩きまわることにした。彼は出かけた。七面鳥のことを口に出すのは恥ずかしいことだろう。たぶんそうしたらいけないのだろう、あの鳥のことで、かわいそうに思ったり、不満になったり、がっかりしたりして、ひどく苦しむことは正しいことではないのだろう。しかし、やはり彼らが鳥を殺すことは、少年にぼんやりとではあるが、なにか間違いのように思われた。ますます疲れを感じていた。彼はそこはかとない悲しみに浸り、いま見物させてもらっているものに我慢がならなかった。地平線、埋立て工事中の男たち、砂利トラック、疎らな樹、灰色の水が流れる小川、色褪せた植物にすぎない帆花、鳥たちのいない薄れた魅力、埃だらけの空気。感動を奪われた疲労感は密かな恐れを生みだしていた。機械的な世界に、敵意をみせる空間のなかに、ほかにも敵がいるのではないのかと恐れていた。さらに、まったく不誠実に揺れ動く、喜びと幻滅との間にはほとんど差がないということを。少年は小さな頭を垂れていた。

そこでは飛行場の大きな敷地をつくっていた——広大な土地をコンプレッサー、ダンプカー、蒸気ローラー、杵《きね》のような歯で地面を突き砕いているパイルドライバー、タールカーが往来していた。それで、どんなふうに茂みを切り開いたのかしら、とおばが尋ねた。彼女はやはりそこにあった伐採機を見せられた。機関車の排障器のように正面に斧のような厚い刃がついていた。やって見せましょうか？　森林地域の外れの何の変哲もない樹が一本差し示された。トラクターを操っていた小男は煙草の吸い差しをくわえていた。その物体は動き出した。まっすぐに、ゆっくりと。上の方にはほとんど枝がなく、明るい色の皮をした若わかしい樹……。そしてまったく突然のことだった、ルー……。樹はあっと思う間もなくすっかり、すっかりむこう側へ倒れた。樹は物の見事に地面を打った。それがどさっと倒れたとき——静かな衝撃——打撃の凄まじさを眼で捉えることはできなかったほどだった。少年は気分が悪くなった。驚き蒼ざめて空を見た。彼は震えていた。樹はあれほど烈しく死んだのだ。細くて美しい幹と、その枝の突然の最後のさざめき——それはどこからともなくやってきた。樹は石のように黙った。

V

少年は、戻ってきてからは、もう空地へ出たいと思わなかった。そこには失った郷愁、ある不確かな悔恨があった。彼自身はよく分らなかった。彼の小さな頭のなかの考えはまだ象形文字的段階にあった。しかし彼は夕食後にいってみた。そうして目をみはるほどの驚きではないが、心地好く思いもかけずそれを見たのだ。あの七面鳥がそこにいた！　いいや、ちがった。同じではなかった。もっと小さい、ずっと小さかった。同じく珊瑚色をし、豪華な垂れ尾、尾羽をもち、ガアガアと鳴いたが、その痛ましい優雅さには、あのもう一羽の尊大さ、丸み、張りつめた美しさが欠けていた。いずれにせよ、その鳥の出現と存在は少々慰めだった。

すべては悲しみに包まれて穏やかになっていた。日までが。つまりもう日暮だった。しかしながら、日暮はいつものように、どこでも物悲しい。静寂はしまわれていた場所から出てきた。怖じ気づいた少年は自分自身の滅入った気分におとなしくなった。彼のなかで、ある力が根を降ろそうと、彼の気を大きくしようと働いていた。

しかし七面鳥は森の外れまで進んだ。そこでそれは考えたのだ――なんだろう？　暗くなっていくのでろくに見えなかった。ところが、それはゴミ捨て場に投げ捨てられたもう一羽の切断された頭だった。少年は心が痛み、夢中になった。

しかし、ちがった。七面鳥が確かに引き寄せられてあそこまでやってきたのは、仲間として感じた同情からではなかった。ある憎しみがその鳥をつき動かしたのだ。猛然と、あのもう一羽の頭を嘴《くちばし》で突っつき始めた。少年は分らなかった。森、いちばん黒々とした樹々はあまりにも沢山だった。世界だった。

暗くなっていた。

しかしながら、その森からやって来た緑色の小さな光、最初の蛍が飛んでいた。そうだ、蛍だ、そうだ、きれいだ！　あんなに小さく空中にほんの一瞬、高く遠くへいく。それはいま、ここにあり、再び去っていった喜びだった。

2 「名うての」

その出来事は訳の分らぬことから起こった。一体誰がそんな初めもなければ終わりもないことを予期できるだろうか？　わたしは家にいて、村はまったく平静だった。家の戸口に蹄の音が止まった。窓辺にいってみた。

何人かの男が馬に乗っていた。よく見ると、近くに、戸口の前にすっかり装備を固めた男が一人と、脇に、さらに三人の男がぴったりと体を寄せ合っていた。一瞥しただけで何もかもがまったく異様だった。わたしは神経が張りつめるのを感じた。その最初の馬上の男は——やれやれ、なんという男だろう——まったく親しみの持てない顔をしていた。わたしは人の顔つきが何の影響か心得ている。あの男は戦いで死ぬために生まれてきたのだ。ぶっきらぼうに短く重々しく挨拶をよこした。男の馬は背の高い栗毛だった。立派な馬具をつけ、しっかりと蹄鉄が打ってあり、汗をかいていた。それで、わたしは大きな疑いを抱いた。

誰も馬から降りなかった。ほかの者たち、陰気な三人はわたしをちらっと見ただけで、その後は何も見ていなかった。彼らは怯えているようで、戦いに敗れ、支配され、萎縮している――そう、捕えられた一隊のようだった。それが、そのためにあのずる賢そうな馬上の男が彼らを思いどおりにしているように見えたのだ。見下すような曖昧な身振りで彼らにいま立ち止まっている所から動かないように伝えたのだった。たまたま、わたしの家の正面は通りから何メートルか引っ込んでおり、両側には垣根が延びていて、そこは人目につかない所、隠れ場所といってもよかった。それを利用して男はほかの男たちを逃げられないようにし、目につかない地点に追いやったのだった。言うまでもなく、こんなふうに馬が押し合いへし合いし、ぴったりとくっついていては素早く動くこともままならなかった。彼はすべてを見とおし、地の利を得たのだ。その三人は彼の捕虜であって一味ではないだろう。あの男はそのように振る舞うので、きっと荒々しい奥地の男、あるいは骨の髄まで用心棒にちがいない。わたしは甘い顔を見せ、小心なところを見せたならばよくないと感じた。手元に武器を置いていなかった。置いていたとしても、やはり役に立たなかっただろう。いともたやすくわたしは片付けられただろう。怖いのは、危険きわまりない時にまったく何も知らないということを知ることだ。特大の恐怖だった。恐怖心が頭のなかでわめき始めていた。彼に馬から降りてなかに入るように勧めた。

彼は習わしだと知りながら拒否した。帽子をかぶったままだった。鞍の上で体を楽にしたことが分った――きっと考えるという大仕事に一層打ち込むために体の力を抜いたのだろう。わたしが訊いてみると、身体《からだ》の具合が悪いのでも、処方箋をもらいに、あるいは診てもらいにきたのでもない、と答えた。彼の声は途切れがちで、穏やかに話そうとしていた。はるか遠くのほうの人、おそらくサン・フランシスコ河地区の人の話し方だった。でかいことを言わず、まったく虚勢を張らない、そういう種類の向こう見ずな男のことを知っている。しかし肚《はら》の内を見せず打ち解けず、だしぬけに残忍になり、突如何かで「お前の知ったことか」で幕を閉じることがあった。きわめてそっと頭を働かせはじめた。彼が言った。

「わしはおまえさんの意見を聞きにやってきたんだ、おまえさんに説明してもらおうと思ってな……」

彼は眉を顰《ひそ》めていた。彼の黒ずんだ顔、人喰人種のような顔つきに、また不安を掻き立てられた。しかしながら眉を顰めるのを止め、口元を綻ばせたように見えた。それから馬から降りた。身軽で思いも掛けなかった。礼を一層重んじれば、それだけ一層効果があると考えたからだろうか？　抜け目なさからだろうか？　端綱の端を手首に巻きつけた。栗毛の馬はおとなしくしていた。相変らず帽子をかぶったままだった。まったく荒くれ男だ。さらに何も見逃さない眼だ。それにその男は何でもやりかねなかった。見れば分るだろう。男は武装していた——それも磨き立てた武器だ。低く下がったベルトが銃の重みを感じさせた。それはちょうど手の届くよい高さにあり、男は右腕をすぐ動かせるようにずっと下げていた。鞍は目につくもので、少なくともそれほどよい形のものはこの地区ではほとんど見られないウルクイア製の高く盛り上がった馬具だった。何もかも荒くれ男のものだ。あの男の意図するところに殺気が感じられた。小柄だが、がっしりとし厚みがあり、全身樹の幹のようだ。男はいまにも怒り狂いそうだった。家のなかに入り、コーヒー一杯でも飲んでくれたなら、わたしの気は鎮まったのだが。しかしながら、このように外にいて客らしい親しさもなければ、壁に耳ありを気にせずに好き勝手を言うこともなくては、途方もなく訳も分らず不安に駆り立てられた。

「おまえさんはわしを知らねえ。わしの名はダマジオで、姓はシケイラだ……。わしがきたのはセーハ……」

ギョとした。ダマジオだって、彼のことを聞いたことのない者が果たしているだろうか？　彼は数十人もの重苦しい殺人を行って、何レグア〔一レグアは六六〇〇メートル〕にも広まった話の狂暴な主人公であり、危険きわまりない男だ。それに、これは本当のことなのであろうか、この数年来、彼はおとなしくなった――避けるべきことを避けているという話だった。だが、豹が休戦したというような話を一体誰が信じるだろうか？　その男がそこに、眼と鼻の先に、わたしのすぐ前にいるのだ！　彼は続けた。

「おまえさんに知ってもらいたいんだが、セーハに少し前に役所の若造がやってきたんだ、かなり喧しい若い奴だ……。虫が好かねえのさ……。いま、わしは役所とゴタゴタを起こしたくねえのさ、身体の按配もよくねえし、そんな歳でもねえんで……。その若造は大勢の者が思うに、そうとう頭がいかれているのさ……」

不意に黙りこんだ。こんなふうにはっきり切り出したのを悔やんだかのように。それで苦虫を噛みつぶしたかのようにしていた。考えに考えていた。頭を垂れて思案していた。それから意を決した。

顔を上げた。笑ったかどうだか。あの、恐ろしい歯。じっと見たかというと、わたしをじっと見てはいなかった。ただなかば斜めから見ていた。決断のつかない彼の自尊心が脈打っていた。独り言を始めた。

　彼のぼそぼそと話したことは、ほかのさまざまな人や事柄や、セーハのことやサン・アンのことなど、話をややこしくするかのように入り組み首尾一貫しないことだった。話は蜘蛛の巣のようだった。わたしは彼のどんなに些細な抑揚をも理解し、彼の意図と沈黙を辿らなければならなかった。こうして陰険に手の内を見せず、わたしを欺きながら彼は謎めかしていた。そして出し抜けに。

「おまえさん、今度はお願いだ、わしに教えてくれねえかね、どういうことなのか、『なうたの』とか……『なうちの』とか……『なうとの』とか……『なうての』とかいうと……?」

　突然、言いだし、その言葉を、歯を喰いしばるように言った。乾いた笑い声とともに響いたのだった。しかし、それに続いた身振りにはあらゆる原始的な荒々しさ、彼の膨張した存在感が漲《みなぎ》っていた。わたしの答えを遮り、わたしがすぐに答えを言うのを望まなかった。そしてそこでまた目の回るような恐怖のために、わたしは動きを止められた。誰かが陰謀を企み、わたしがあの男に侮辱の言葉を言ったとでっちあげたのかも知れない。したがって彼は面と向かって運命的な復讐、厄介な意趣返しをわたしにしにきて、ここで名を上げようというのだろうか?

「実はわしがセーハを出てきたのは、まだ今日のことなんだが、その六レグアを止まらずに真っすぐにきて、おまえさんに質問し、はっきりさせようと思って……」

真剣かと言うと、真剣だった。わたしはぞっとした。

「むこうでも途中でも誰も学問のある者はいねえし、本当の物をもっていねえ――言葉が全部のっている本のことだが……少し物を知っているふりをしている、間違ったことを教える連中だ……。サン・アンの神父だけは知ってそうだが、神父たちとはウマが合わねえ。奴らはすぐにだまそうとする……。まあ、いい。さあ、おまえさん、正直に堂々とわしにどうか言ってくれねえか、さっき訊いたことが何かを」

簡単だ。言ってやる。わたしは彼にぞっとさせられた。ほんの一瞬だけ。

「『名うての』ですか？」

「そうだとも……」そして大声で何度かその言葉を繰り返し、最後には怒りで真っ赤になり、声がはっきりしなくなっていた。そして早くも詰問調で横柄にわたしを見て、迫ってきた。わたしは手の内を見せなければならなかった。「『名うての』ですか？」わたしは前置きを考えた。確かにもう一度間合い、時間稼ぎが必要だった。助けを求めるようにわたしは、その時まで口を噤《つぐ》み、黙りこくっていた、馬に乗った残りの三人を見た。しかしダマジオが言った。

「おまえさん、はっきり言ってくれねえか。そこのそいつらはつまらない奴らですよ、そうセーハの者ですよ。ただ立ち会ってもらうためにいっしょにきたんですよ……」

わたしは自分で切り抜ける以外に仕方がなかった。男は核心、本当の真実をしっかりと望んでいた。

「『名うての』というのは侮辱ではないですよ、『名高い』『有名な』『著名な』ということですよ

「……」

「おまえさん、わしは頭が悪いから、物が分らねえからといって悪くとらねえでくださいよ。もう一度言ってもらいたい。無礼ですかい？　からかいですかい？　ののしりの言葉ですかい？　おどけですかい？　侮辱の言葉ですかい？」

「無礼でも侮辱でもない。中立的なものの言い方で、違う意味なんですよ……」

「それじゃ……貧乏人の言葉で言うと、普通の言い回しだと何になるかね？」

「『名うての』ですか？　そうですね、ほめられ尊敬される『大事な』ですよ…」

「おまえさん、聖書に手を置いてわしらの母親たちの平安にかけて誓うかね？」

誓うとも！　自分のひげを賭たっていい。そこでわたしはひどく正直に言った。

「ほら、わたしはあなたのことを一方的に知っていますが、わたしがその内になりたいと思っているのは、名うての人——本当に名うての、できる限り名うての人になることですよ！……」

「ああ、分った！……」と歓喜して言い放った。

鞍に跳び乗り、彼はバネ仕掛けで立ち上がったかのようだった。彼は我に帰り、火を消すように執念を消した。別人のように微笑んだ。待っていたあの三人に応えた。「おめえたち、いっていいぜ。おめえたち、いい説明をしっかり聞いたな……」そして彼らは素早く立ち去った。そこで初めて彼は近づき、窓に近寄り、差し出したコップ一杯の水を受けた。彼は言った。「教育のある者には男らしい立派なところなんてありゃしねえ！」また彼はつまらないことで気を悪くするのだろうか？　彼は言った。「分らねえが、その役所の若造にとって本当にいいのは出ていくことだと思うことが時々ある、分らねえが……」しかしさらに笑顔を見せ、いらいらした様子は消えていた。言った。「わしらはたわいのねえことを疑ってみたり、そんなこんなを信じなかったりする。食い物がまずくなるだけのことなのに……」彼は礼を言い、わたしの手を握ろうとした。今度きたときには、わたしの家に入ることを承知すると言った。おお、そうするとも。彼は拍車を入れ、栗毛の馬とともに立ち去った。もうここにきた用件のことを考えていなかった。それは声高く笑い飛ばす話の種になり、さらに有名な話題になった。

3　ソロッコ、母、娘

あの車輛は前の晩から待避線に止まっていた。リオからの急行列車といっしょにきて、そこ、駅のプラットホームの側線に止まっていた。普通の一等客車ではなく、もっと派手で真新しかった。気をつけて見ると違いが分った。二つに分けられ、その内の一つは窓に監獄のように格子がはめられていた。間もなくそれは上りの急行列車に連結され、列車の一部になって戻っていくことが知られていた。二人の女を遠くへ、永遠のかなたへ連れていくことになっていた。奥地からの列車は十二時四十五分に通過することになっていた。

大勢の人がすでに車輛の近くに集まって待ちかまえていた。人々は悲嘆に暮れるのを望まず、話をし、各人が実際、事態がどのようになるかを他の人よりいかによく知っているかを巧みに話そうと競っていた。引きも切らず人々がやってきてじっとしていなかった。貨車に積み込む牛を入れた柵囲いのそばのプラットホームの外れ、薪の山の近くの転轍手小屋の手前の方に向かって人波が動いていた。ソロッコは決めたとおり二人の女を連れてくることを承諾していた。ソロッコの母親は高齢で七十を超えていた。娘は、彼にはその娘しかいなかった。ソロッコは男やもめだった。その二人を除いて、彼の親類は知られている者が一人もいなかった。

　日盛りの時だったので人々は杉の木陰にいられるようにと苦心していた。その車輌は、乾いた地面に引き上げられた大きなカヌー、船を思い起こさせた。人々は眺めていた。熱い空気のきらめきに包まれて、それはゆがんでいるように、隅々がふくらんでいるように見えた。椀を伏せたように脹らみのあるその屋根は黒く輝いていた。まるではるか遠くで、まったく人情を解さない者によって発明された物のように見えた。人にはまともに想像できない、見馴れることもできないような、人間の物とは思えないように見えたのだ。その二人の女を連れていくのは、遠いバルバセナという所だった。哀れな者にとっては、その場所は一層遠いのだ。

　駅長が黄色い制服を着て、黒い表紙の本と緑と赤の小旗を抱えて現われた。「**車輌に冷たい水を積んだかどうか見てこい……**」と彼は命令した。その後、制動手が連結器のホースに触ってまわった。誰かが知らせた。「彼らがくるぞ!……」すると、ソロッコが住んでいるバイショ通りから彼らが現われた。彼は大男で、獣のような体、大きな顔、糸のような黄色く汚れた鬚を生やし、いつもサンダルを履いていた。子供たちは彼をこわがっていた。特に、声を。めったに話さなかったが、声は初め荒々しく、続いてかぼそくなった。お供を引き連れて彼らがやってきた。

そこで彼らは立ち止まった。娘——若い女——は両腕を上げて歌いだしていた。歌は覚束なく、調子も外れ、歌詞も意味をなさなかった。若い女は聖人や驚いた人のように目を高みに向け、驚嘆した様子で常軌を逸したほど飾り立ててやってきた。さまざまな色の布や紙で作ったとんがり帽子を乱れた髪の上にかぶり、たくさんの服を重ね着してふくれ上がり、さらに派手な安物のリボンや帯をぶら下げていた。狂気の沙汰だ。老婆は黒一色の服に黒いネッカチーフをし、そっと頭を前後に振っていた。彼女たちはそれほど違わず似ていた。

ソロッコは両側に一人ずついる彼女たちに腕を貸していた。人をだまそうと、婚礼で教会に入っていくのだと言うようだった。実際は悲しかった。葬式のようだった。みんなは脇にいて、多くの人たちは、思わず笑ってしまうあの不作法や無分別を見ないように、またソロッコのことを考えて無礼に思われないように、じっと見つめるようなことはしなかった。彼は今日、深靴を履き、上着を着用し、大きな帽子をかぶり、ボロながら一張羅を着ていた。そしていつもより控え目で、ぎこちなく謙虚だった。みんなは彼に恭しく同情の言葉を述べた。彼は答えた。「**ありがたい、神があなたたちに報いますように……**」

ほかの者が互いに言い合っていたことは、ソロッコはそれまでとても辛抱強かった、ということだった。その錯乱した哀れな女たちがいなくなっても淋しく感じることはなく、むしろほっとするだろう。その病には治療法がなく、彼女たちは戻ってこない、もう二度と。これまで、ソロッコはあれほど多くの不幸を堪え忍び、あの二人と暮らして苦闘した。年月とともに彼女たちは悪化し、彼はもうどうすることもできず、援助を求めざるを得なくなった。必要だった。彼の援助に目が向けられ、やむなく無料の措置が講じられることになった。費用をすべて負担したのは政府で、あの車輛を寄越した。したがって、そのためにいま、彼女たちを精神病院に隔離しようとしていた。それがことの次第なのだ。

突然、老婆がソロッコの腕からすり抜け、あの車輛の階段にいき、そこに座った。「**お袋は何もしませんよ、駅長さん……**」ソロッコの声はとても穏やかだった。「**お袋は人に呼ばれると応じないんですよ……**」すると娘の方が人々の方に向き直り、また宙を見て再び歌いだした。彼女の顔はまったく平静だった。彼女は目立ちたくはなかったが、かつての偉大な信じ難い情景を演じていた。しかし人々は、老婆がずっと昔からの素晴らしい予感――慈悲深い愛情を感じて彼女の方を見ているのに気づいた。そして最初は囁くように、しかしその後は声を張り上げて老婆も、誰にも理解できない、相手と同じ歌を、例にならって歌い出した。いま、彼女たちはいっしょに歌い、歌い止むことがなかった。

そこで汽車の時間が近づき、人々は準備を終えて、二人の女を、格子で碁盤の目のような窓の車輛に乗せなくてはならなかった。こうして、またたく間に、別れの挨拶もする間もなく事が進んだので、彼女たちは訳が分らなかっただろう。その乗り物で長い道中の間、彼女たちに付き添うのは、手早く活気のあるネネーゴと、とても用心深い人ジョゼ・アベンソアードで、彼らは何があっても彼女たちから目を離さない役を務めていた。そして若者も何人か車輛に乗り込み、衣類の包みやトランク、不足しないように沢山の食べ物、パンの包みを運んだ。最後にネネーゴがまたプラットホームに姿を見せ、すべて順調にいっていると身振りで示した。彼女たちはきっと面倒を起こさないだろう。

いまや人々の耳に入ってくるのは、二人の女の歌の熱気、注意を喚起する単調な歌しかなく、これは、まったく理由《わけ》もなく、どこにでも、晩かれ早かれ人々に痛みを与える、この人生のとてつもない有為転変の確かさを表わすものだった。

ソロッコ。

どうかそれが終わってくれるといいのだが。列車がやってきて、機関車だけがきて、それにあの車輛を連結する操作がなされた。列車は汽笛を鳴らし、通り過ぎ、いつものようにいってしまった。

ソロッコはすべてが見えなくなるまで待つことはなかった。見さえしなかった。手に帽子を持って立っているだけで、あとは四角い鬚面だけで、何も聞こうとしなかった——それは彼にあっては一層驚くべきことだった。その男は、はっきりした悲しさのあまり言葉をいくつか話すことさえできなかった。物事のそんな状態に苦しむとき、彼は縁のない穴のなかで重みに耐え、不満も訴えず、模範的だった。そして彼は話しかけられた。「世の中はそんなもんですよ……」みんなは恭しく目をみはり、目に靄《もや》がかかった。突然、みんなはソロッコが好きでたまらなくなった。

彼は疲れ果て、すべては終わったというように体を震わせ、振り向いて立ち去った。まるで途方もなく遠くに向かっていくかのように家路につこうとしていた。

しかし立ち止まった。奇妙きわまりない素振りをみせたので、自分を見失い、存在するのを止めるかのように見えた。こうして理性を失い、霊だけになったようだった。予想できないことだった。誰がそんなことを考えただろうか？　突然のことだった――彼は大きく力強く、しかしひたすら自分自身に向かって歌いだした――それはあの二人の女があれほど歌い続けたものと同じ、錯乱した歌だった。彼は歌い続けた。

人々は寒気を感じ、沈んだ――一瞬の内に。人々は……打ち合わせもなく、誰もどうしたらよいか分らなかった。みんなは一斉にソロッコを哀れに思い、やはり、あの意味のない歌を声をあわせて歌い始めた。それもとても大きな声で！　みんなは彼、ソロッコとともに歩み、彼の後に従っておおいに歌い、最後部の者たちはほとんど駆け出さんばかりで、誰も歌を止める者はいなかった。もう記憶から抜け出すことのない出来事だった。比類のないことだった。

人々はいま、まさにソロッコを彼の家に連れていこうとしていた。人々は彼とともにあの歌の向かう所までいこうとしていた。

4　あの世からきた女の子

彼女の家はド・ミン山脈の後ろ、テモル＝ジ＝デウス〔「神の畏敬」の意〕と呼ばれる所、きれいな水の流れる湿地のほぼ真ん中にあった。父親は小さな農場の持ち主で、牝牛や米でなんとかやっていた。母親はウルクイアの生まれで、鶏を絞めたり誰かをくそみそに言ったりしているときでも決して小数珠を手離さなかった。そして彼女、マリアという名の女の子はニーニャと呼ばれていて、生まれた時からすでに小柄だったが、大頭で眼が大きかった。

じっと見たり、わざと見つめたりしている、と人に思われるのではない。大人しくじっとしていて、縫いぐるみの人形もどんな玩具も欲しがらず、どこにいてもいつもお座りし、ほとんど体を動かさなかった。「あの娘《こ》の言うことはたいてい誰にも分らない……」と父親が少々うろたえて言った。言葉の奇妙さはそれほどではなかった、というのは、彼女が例えば「**あの人はムニャムニャしたの？**」と尋ねることは本当にめったにないことだったから――そして誰のことやら何のことやらけっして分らないだろう。しかし考えの奇妙さ、あるいは意味を飾り立てることには驚かせられた。突然、笑いだして「**アルマジロはお月さまを見ない……**」と彼女は話した。あるいは、馬鹿げて漠然とした物語、すべてとても短い話をした。雲の方へ飛んでいった蜂について。いつ果てるのか、甘い物がいっぱいの長い長いテーブルに座った大勢の女の子と男の子について。日々、人々が失くす物すべてを一覧表にする必要性について。純然たる生活だけだった。

しかしながら、四歳にもならないニニーニャは普通、誰の邪魔もせず、文句のつけようのないほど落ち着き払い、じっと動かず、黙っていること以外に目立たなかった。物でも人でも何も特別好き嫌いがないように見えた。食べ物が与えられると、彼女はブリキの皿を抱えて座り続け、すぐにいちばんおいしそうで魅力的なものを、肉または卵、揚げてカリカリした豚肉を食べ、その後、残り物、フエイジャン豆、アングー〔トウモロコシの粉を水または牛乳で練ったもの〕あるいはご飯、カボチャを芸術的なほどゆっくりと食べ尽くした。彼女がいつもいつも冷静にしているのに気づいて人々は急に驚いた。「ニニーニャ、お前は何をしているの？」と尋ねた。すると彼女は長く引っ張り、楽しそうに抑揚をつけた声で答えるのだった。「あたしぃーしてぇーいるぅーのは……」空白があった。本当に少しお馬鹿さんなのだろうか？

彼女は何にも怯えなかった。父親が母親に濃いコーヒーをいれてくれるように頼んでいるのを聞き、にこにこしながら評した。「**意地きたない男の子……意地きたない男の子……**」母親にもいつもこのように言葉をかけた。「**大きな女の子……大きな女の子……**」それに父親と母親は腹を立てていた。無駄だった。ニニーニャはただ呟くだけだった。「**気にしない……気にしない……**」花のようにきわめて説得力があり、かつ不器用だった。大人や子供を夢中にさせる、そんな何か変わったことがあるから見にきなさいと呼ばれたときも、同じことを言った。出来事にも関心を見せなかった。大人しかったが、健康はと言えば、丈夫だった。彼女にたいして本当の影響力を持つ者はいず、彼女の好みは分らなかった。どうやって彼女を罰することができたろうか？　誰もあえて彼女を叩こうとする者はいず、そのような理由もなかった。しかし母親と父親に彼女が抱いている尊敬の気持は、一種おかしな寛大さのようにみえた。そしてニニーニャはわたしが好きだった。

わたしたちは時折話をした。彼女は重く黒いコートを着た夜が好きだった。「**いっぱいだわ！**」消すことのできる、超人間的な星を見ていた。星を「**ピヨピヨ星さん**」と呼んでいた。「ぜんぶ生まれるところだ」と繰り返し言った。その彼女のお気に入りの叫び声を多くの場合、笑顔を見せながら発した。そして空気。彼女は空気には思い出の匂いがすると言っていた。「**あたしたち、いつ風が止むのか分らない……**」彼女は裏庭にいて、黄色い服を着ていた。彼女の話すことは時にはまともで、わたしたちこそが大袈裟に聞いてしまっていたのだ。「**黒ハゲタカが飛ぶほど高く……**」そうではなく「**黒ハゲタカがいかないほど高く……**」としか言わなかった。小指はもう少しで天まで届きそうだった。思い出した。「**ジャブチカーバの実があたしに会いにくる……**」その後、溜息をついた。「**あたし向こうへいきたい**」どこへ？「**分らないわ**」そこで言った。「**小鳥が歌うのを止めたわ……**」実際、小鳥はさきほどまで歌っていて、時間が流れるように過ぎて、わたしは聞こえないと思った。それでいま、歌うのを中断していた。わたしは言った。「鳥さんが」それ以降ニニーニャはサビア鳥を「**お隣りさん……**」と呼ぶようになった。そして返事はもっと長くなった。「**あたし? なつかしいの**」またある時、すでに亡くなっている親類のことを話題にしていると彼女は笑った。「**あたしその人たちの所へいくの……**」わたしは叱り、忠告を与え、彼女は気がふれていると言ってやった。彼女はとても見通しのきく眼でからかうようにわたしを見た。「**あの人はあなたにムニャムニャしたの?**」わたしはもう二度とニニーニャに会うことがなかった。

しかしながら、わたしはその頃から彼女が奇跡を起こし始めていたことを知っている。

母親も父親もすぐにはその突然の驚異的な出来事に気づかなかった。しかしアントニアおばさんは別だった。午前中のことのようだった。ニニーニャは独りで座っていて人々の前の虚空を見ていた。「**あたし、ヒキガエルにここにきてもらいたいな**」彼女の言うことをしっかり聞いた者は、大嘘、いつもの彼女の狂気じみた言葉だと思った。アントニアおばさんはいつもの癖で指で彼女に合図を送った。しかし、そこへピョンピョンその生きものが部屋に入ってきて、まっすぐニニーニャの足元にいった——それにしても腹の出たヒキガエルではなく、緑の湿地からきた、沼地の美しいカエル、あくまでも緑色のカエルだった。そのような生きものの訪問はそれまで一度もなかった。そして彼女は笑った。「**カエルが魔法をかけている……**」ほかの者たちは驚嘆した。まったく口がきけなかった。

数日後、同じように安らかに囁いた。「**あたし、バンジロウのジャムの入ったコーンケーキがほし**

いな……」そしてまだ半時間も経たないうちに藁で包んだバンジロウ入りのケーキを持った婦人が遠くからやってきた。そんなことを誰が理解できただろうか？　それに続いて起きたそのほかの不思議なことも。彼女が望んだもの、話したことは何でも突如として起こった。ただし彼女は本当に少ししか、それもいつも取るに足りない、軽はずみな、どちらでもよいことを望んだ。母親が、薬が効かない痛みで苦しんだときに、彼女を治療するとニニーニャに言わせられなかった。ただ微笑むだけで、例の「**気にしない……気にしない……**」と囁いた。彼女は説得を受けつけなかった。しかしゆっくりやってきて、母親に抱きつき、心をこめて接吻した。すると、怯えの混じった信仰心で彼女を見つめていた母親はたちまちのうちに回復した。人々は彼女がまたちがった方法を採ることを知った。

家族の者たちはそれを秘密にすることに決めた。そうやって野次馬、意地が悪く利己的な人たちが大騒ぎでやってこないようにした。また神父たち、司教がその子を預かるだの、厳粛な修道院に連れていくだのと言い出さないようにした。誰にも、いちばん近い親類にも知られてはならないのだ。それに父親、アントニアおばさん、母親も口に出したくなく、そのことに異常な恐れを感じていた。幻想だと思っていた。

父親が少しずつ煩わしく感じ始めたことは、彼女の才能が思慮分別のある目的のために利用されないことだった。旱魃《かんばつ》が、これまで以上のものがやってきて、湿地までが干上がりそうだった。人々はニニーニャに雨が降って欲しいと願うように頼むことにした。「**でも、あたしできないよ……**」彼女は頭を振った。懇願された。そうしないと、すべてが、牛乳も、お米も、肉も、甘いものも、くだものも、砂糖きびの煮しめ汁もなくなってしまうから。「**気にしない……気にしない……**」安らかに微笑み、しつこく言われると、眼を閉じ、突然、燕のように居眠りしてしまった。

それから二日後の朝、彼女は望んだ。虹が出て欲しかった。雨が降った。そしてすぐに虹が現われ、緑と赤――もうひとつ鮮やかなバラ色が際立っていた。ニニーニャはその日の午後に涼しくなると、もう静かにしていず、たいそう喜んだ。今まで人に見られたことのないことをし、家のなかや裏庭を跳びはね、走り廻った。「青い鳥を見たのかな?」父親と母親は互いに尋ね合った。それら、小鳥たちは王国の使節のように囀っていた。しかしその時、アントニアおばさんがとても激しく、とても強く習慣に反して彼女を叱ったので、母親と父親までがそれを理解できず、気に入らなかった。そしてニニーニャは大人しく再びお座りし、以前と変わりなく、さらに一層動かず、青い鳥を夢みているようだった。父親と母親は満足して囁いた。彼女は成長し分別がつけば、きっと神様のおぼしめしにしたがって自分たちをとても助けてくれることだろう、と。

ところがニニーニャは病気になり死んでしまった。その辺りの悪い水のせいだという話だ。生きていく上でのあらゆる行為はあまりにも遠くで起きる。

その出来事が降りかかってから、家の者全員が次々に苦悩に、突然の激しい苦悩に悩まされた。母親、父親、アントニアおばさんは自分たちの各人が半ば死んだも同然だということに気づいていた。そして母親が数珠をまさぐっているのを見ると、胸がいっぱいになった。しかし彼女はアベ・マリアの代わりに荒々しくあの「**大きな女の子……大きな女の子……**」としか呻くことができなかった。そして父親は、ニニーニャがいつもいつも座っていた、彼の大人の体重ではこわしてしまうので座れなかった腰掛けを、両手で撫でていた。

いま、彼らは棺《ひつぎ》を作ってもらうために、純真無垢な乙女や子供たちを従えた葬儀を準備してもらうために村に伝言を送らなければならなかった。そこでアントニアおばさんは勇気を出して、話をする必要があった。雨が降り虹がかかり、小鳥がさえずった、あの日、ニニーニャが無分別な狂気じみたことを話したので、それで彼女を叱ったのだ、と。それはこうだった。彼女は緑色の輝く飾りのついたバラ色の棺が欲しい……と言った。縁起が悪い！　さて、いまは、そのような棺を注文し、彼女の希望を叶えてやるべきだろうか？

父親は大粒の涙にかきくれ、いやだと怒鳴った。ああ、もしもそれに同意すれば、自分が悪いと認め、ニニーニャが死ぬのに手を貸したと言うようなものだ……。

母親は注文することを望み、父親と議論し始めた。しかし、さらに泣いているうちに落ち着いた——それほど気持のよい、それほど大きな微笑を浮かべた——ある考えを思いつき、微笑は消えた。注文も説明も必要ないわ、だって、そうなのだから、そのように緑色の輝く飾りのついたバラ色になるべきだからだわ。そうなるべきだわ！——奇跡、栄光ある自分の娘、聖ニニーニャの奇跡によって。

5　ダゴベ兄弟

とてつもない不運だ。まったくの極悪人である四人兄弟の長兄ダマストル・ダゴベの通夜だった。家は小さくなかった。しかし通夜にやってきた人たちはそこに入りきらなかった。誰もかれも故人のそばにいたがり、誰もかれもその生きている三人を多かれ少なかれ恐れていた。

ダゴベ家の者たちは悪魔、役立たずの連中だ。彼らは死んだばかりの者の横暴な統率の下に家庭のなかに女もいず、それ以外の親戚もいず激しく憎み合いながら暮らしていた。故人はたいした極悪人にして首領で、威張り散らす家長であり、弟たち――彼の粗野な言い方によれば「坊やたち」を悪名高くした。

しかしながらいま、死んで生きていないという境遇にあっては、もう脅威を与えることはなく、蠟燭に照らされ、何本かの花に挟まれて、ただあの不本意な醜い顔、ピラニアのような顎、全体に曲がった鼻、それと邪悪な行為の数々を思い出させるだけだった。しかし喪に服した三人の視線にさらされているので、まだ彼に敬意を示さなければならず、ともかく、そのほうが無難だった。

時々、風習にしたがってコーヒー、温めた火酒、ポップコーンが出された。暗がりに包まれたり、ランプやカンテラの灯りに照らし出されたりした人々から、単調で低いガヤガヤとした声が聞こえた。外はとっぷりと暮れていた。少々雨が降った。はっきりと話す者がまれにいたが、急に自制し、迂闊だったことに目覚めて後悔していた。結局、儀式はすべてその地方の流儀に倣《なら》って執り行われた。しかし何もかも怯えた雰囲気があったのだ。

こうだった。誰からも好かれていたリオジョルジという名の穏やかで正直な、ことさら取るに足りない男が、ダマストル・ダゴベを果てしない黄泉《よみ》の国に送りこんだ張本人だった。ダゴベは明白な理由もなく、彼の両耳をそぎ落としてやる、と脅かしていた。その後、リオジョルジと出会うと、短刀の切っ先を向けて彼に迫った。しかし、大人しい青年は大型の拳銃を手に入れていて、彼の心臓の上の胸の真ん中に弾丸をぶっぱなした。そしてそれが彼の最期だった。

その後、あれこれあったが、兄弟たちが復讐を果たさなかったのが驚きだった。その代わりに彼らは急いで通夜と葬儀の準備をした。それにしても本当に奇妙だった。

あの哀れなリオジョルジがまったく動く元気もなく、すでに最悪の事態になると諦めて家に独り、なおも村に留まっていたので、なおさらだった。

そんなことが理解できるだろうか？　彼ら、生き残ったダゴベ兄弟は穏やかに、浮かれることはなかったが、いくらか楽しそうに、しかるべき儀礼を執り行っていた。主に末っ子のデルヴァウが、訪れた人たちや、すでにそこにいる人たちに対して社交的に、とても手早く動いた。「**お構いせず申し訳ないですね……**」今や一番年長になったドリカンはすでにダマストルの厳粛なる後継者ぶりを見せていた。彼は兄と同様に大柄で、ライオンとラバの中間ほどで、同じように顎骨が突き出ていて、悪意のある小さな眼をしていた。とりわけ冷静に上目遣いで言った。「**神が彼の面倒を見てくれるにちがいない！**」そして真ん中のジズムンドは見掛けのよい男で、台の上の遺体を見ると感傷を抑えた愛情を表わした。「**おれのいい兄貴……**」

実際、横柄で残酷なだけでなく、それ以上に卑しく、けちだった故人がかなりの額の金を紙幣で金庫に残していたことが知られていた。

そんな調子でいくのかと言うと、とんでもない。誰も騙されやしない。彼らは程度をわきまえていて、ただまだそうしていなかっただけなのだ。それはジャガーのやりかただ。もうすぐだ。なんら慌てずに、少しだけことを進めようとし、彼らは急いでいないのだ。血には血を、だ。しかし一晩、数時間、故人を弔っているあいだは、信用していると見せかけて、武器を脇に置くこともある。墓場にいった後に、そう、リオジョルジをひっ捕らえ、片付けるのだ。

それが、あれほどの混乱のなかで囁くように呟くように舌と唇を絶え間なく動かして隅で語られていたことだった。なぜなら、あのダゴベ兄弟はもっぱら怒りの発作につき動かされる野獣だが、また、ずる賢くも怒りの炎を消さずに保持することもあり、何でもやりかねず、水に流すなどありえないことだった。明らかに決意しているのだ。それだからこそ、笑い出さんがばかりの、確かなずる賢い喜びを隠せないのだ。もう血なまぐさい場面を想像して楽しんでいる。いつも、ことあるごとに、繰り返し窓辺に集まり、小声で密談していた。そして飲んでいた。けっしてその三人のうちの一人が他の二人から離れることはなかった。彼らは何を警戒しているのだろう？　そして再三再四彼らのところに誰かいっそう身内で、いっそう信頼のおける参列者がやってきて、知らせをもたらし、ひそひそ話をしていた。

驚くべきことだ！　夜が白んでいくあいだ、人々がきては帰っていった。そして話題になったのは、ダゴベ・ダマストルをこの世からあの世へ送るのに手を下した犯人、もっとも正統防衛を行ったのだが、リオジョルジ青年のことだけだった。通夜の客の間ではもう知られていた。いつも誰かが少しずつ話していた。リオジョルジには仲間もいず、自分の住居に独りでいて、気も狂わんばかりだろう。きっと彼には隙を見て逃げ出そうなどという才覚はないだろう――どこへいこうと、すぐに三人に捕まるだろう。抵抗しても無駄だ、逃げても無駄だ、すべて無駄だ。彼はきっとしゃがみ込み、真っ青になっているにちがいない。むこうで手立てもなく、度胸もなく、武器もなく恐怖に脂汗をかいているのだろう。もう冥福を祈られる霊になっている！　ただし、まだ……。

むこうから戻ってきた誰かが死者の親類たちに情報を、次のような伝言の中身をもたらした。リオジョルジ青年は大胆な農民で、まっとうな人間の兄弟を殺したいとは思ったことはなく、最後の最後に、悲惨な運命により、自分の身を守るために引き金を引いたのだ、と。失礼ながら殺したのだ、と。

さらに、公明正大に扱ってくれるなら、いさぎよく証明してみせるために、自分の無罪を訴えるために、独りでここに証言しに、みんなの前に丸腰で出頭する気がある、と。

蒼ざめるほどの驚き。そんなためしがあっただろうか？　恐怖のあまり、そのリオジョルジは気が狂ったのだ。もう死を宣告されたも同然だ。そうする度胸が半分でもあれば？　やってきたならば、飛んで火に入る夏の虫だ。そして実際、誰もが本当だと分っていることを――殺人者がいると、殺された者は再び血を流すということを思うと、鳥肌すら立った。確かにこの頃は奇妙だった。そしてその辺りには官憲さえいなかった。

人々はダゴベ兄弟の様子を、あの三人が瞬《まばた》きするのを窺っていた。ただ。「**ほっておけ……**」とジズムンドが言っていた。デルヴァウは愛想よく一家を代表して言った。「**お好きなように**」ドリカンはいかめしく、内に閉じ籠り、とても大きかった。彼だけは何も言わなかった。彼はいかめしさを増した。不安にかられ、列席者は温めた火酒を一層飲んだ。再び雨が降っていた。通夜の時間としては、時折とても長いように思われた。

聞き終わらないうちにだった。聞きただすのを中断した。さらにまた特使が着いたのだ。和解を調停しようとしているのだろうか、それとも悶着を掻き立てようとしているのだろうか？　何と奇妙な申し出だ！　リオジョルジが棺を担ぐのを助けると申し出ている……。よく聞こえたかい？　気違いだ、それに、あの三匹の狂った野獣だ。これまでにあったことだけでは不足だというのか？

誰も信じられない。ドリカンが調子の狂った身振りで命令の言葉を発した。無関心に話し、冷たい眼が見開かれた。「それじゃあ、きたらいい、棺に蓋をしてから」と言った。仕組まれたのだ。思ってもみないことが起こるぞ。

そうだろうか、そうだろうか？　待っていれば分るだろう。心に陰気な重みを感じ、少なくとも、ある種の漫然とした怯えを感じながら。あやふやな時間だった。そしてゆっくり夜が明け始めた。もう朝だ。遺体は少し臭っていた。ウッ。

祈りもなく、普通に棺は閉じられた。長い蓋の棺だ。ダゴベ兄弟は憎しみをこめて見ていた――リオジョルジにたいする憎しみだろう。そう想像して囁いていた。どこもかしこも陰欝なざわついた声がし、「そろそろ彼がくるころだ……」そのほか短い言葉があった。

実際、彼がやってきた。みんな、両目を大きく見開かなければならなかった。背の高いリオジョルジ青年はすっかり思慮を失っている。元気もなく、対決しようという訳でもない。心は諦め、ひどく卑屈になっているのだろう。三人に向かってしっかりと言った。「**とんでもないことになってしまい！**」それから？　そこでおしまいだった。デルヴァウ、ジズムンドそれに人間の格好をした悪魔ドリカン。「ふん……ああ！」としか彼は言わなかった。なんてことだ！

棺が運ばれるために持ち上げられた。それぞれ片側に三人の男がついた。リオジョルジ、左側の前の取っ手を掴め、と指示された。そしてダゴベ兄弟が彼を取り囲み、辺りに憎しみが漂った。それから、長々と続いていたこともようやく終わり、葬列が出ていった。人で鈴なりになり、ちょっとした群衆だった。道はすっかりぬかるみだった。出しゃばりは前に、用心深い人は後方に。みんな視線を地面に向けていった。先頭を棺が当然揺れながら進んでいった。そして邪悪なダゴベ兄弟。さらに取り囲まれたリオジョルジ。立派な葬儀だ。進んでいった。

ゆっくりと、一歩一歩。そのように混じり合ったなかで、みんなは訊きたくてたまらず、囁き、あるいは黙って互いの心を読んでいた。リオジョルジ、そいつは逃げられない。彼は自分の役割を立派に務めなければならない。尻尾を巻いていなければならない。その勇気ある者には帰り道はない。召使いのようだ。棺は重たそうだった。その三人のダゴベ兄弟は武装している。突然何かしかねないし、もう狙いを定めている。見なくても、見当がつく。丁度その時、細かな雨が降り始めた。顔も服もずぶ濡れになった。リオジョルジ、彼のどうしても行こうという気力、奴隷のような落ち着きは、何という驚きだ！　祈っているのだろうか？　自分のことをまったく意識せず、その宿命的な参列についてだけを意識しているのだろう。

そしていま、みんなはもう分っていた。棺が墓穴に下ろされたならば、至近距離から彼を殺すのだろう。あっという間に。細かい雨はもう弱くなっていた。教会には寄らないのだろうか？　そう、そこには神父がいなかった。

歩き続けた。

そして共同墓地に入っていった。《ここに誰もがきて眠りにつく》門の貼り紙にこうあった。墓穴の縁の粘土の上にだらしなく集まった。しかし多くの者は一目散に逃げ出そうと後方に控えていた。用心深い雰囲気がひしひしと感じられた。いまは亡きダゴベ、ダマストルには告別の辞はなかった。

丈夫なロープによって型どおりに地中深く下ろされた。その上に土。シャベルで一すくいずつ掛けられ、その音が人々を怯えさせた。さて、今度は？

リオジョルジ青年は待っていた。まったくもって沈着だった。自分の眼の前の七パルモ〔一パルモは二二センチ〕の大きさの墓穴しか眼に入らないのだろうか？　見えづらかったのだ。その兄弟たちの陰謀に対して。沈黙はひどく苦しかった。ジズムンドとデルヴァウの二人はドリカンを待っていた。突然だった。この男はくるりと振り返った。そうしたなかで初めて相手の姿が眼に入ったのだろうか？　手短に相手を見た。手をベルトに持っていったのか？　いや、それは参列者がそのように予想し、そんな身振りが見えたような気がしただけだった。突然それしか言わなかったが、はっきり聞こえた。

「若い衆、行ってくれ、引きとってくれ。実際、懐かしい兄貴はとんでもない奴だった……」

小さく歯切れ悪く、そう言った。しかし参列者のほうに振り向いた。二人の弟も。みんなに彼らは礼を述べた。あわてて笑顔をみせたかどうかははっきりしなかった。足の泥を振り落とし、顔に付いた雨の滴を拭った。もう立ち去ろうとしていたドリカンが締め括って言った。**「わしらはここを去り、大きな町に住むのさ……」**　葬儀は終わった。そして再び雨が降っていた。

6　第三の川岸

俺たちの親父は義務を果たし規律を守る行動的な男だった。それに、俺が問い合わせたときに、いく人もの慎重な人が証言してくれたところによれば、若い時分から、少年の時からそのようだったそうだ。自分が憶えていることからいっても、ほかの人と比べて、知り合いと比べても、変わっているとか陰気だ、というようには見えなかった。ただもの静かだった。お袋のほうが家のなかをとりしきり、日頃俺たちを、姉と兄と俺を叱っていた。ところが、何とある日のこと、親父が自分のためにカヌーを一艘《そう》注文したのだ。

本気だった。漕ぎ手一人がぴったり収まるかのような舟尾の薄い板きれだけの小さくて、アカシアの木でできた特製のカヌーを注文したのだ。しかし、およそ二十年か三十年の間、水のなかで持ちこたえる丈夫な材料を選び、しっかりと手をかけて作らなければならなかった。お袋はその考えにひどく悪態をついた。そんなことで道楽をしたことのない親父が釣りや狩りをしようというのだろうか？親父は何も言わなかった。家は当時まだ川にもっと近く、四分の一レグアも離れていないほどだった。川はその辺りでは大きく深く広がり、いつも静かだった。対岸の形が見えないほど広かった。それにしても、カヌーができ上がった日のことは忘れられない。

嬉しそうな様子も心配した様子もみせず親父は帽子をま深かにかぶり、きっぱりと俺たちに達者でな、と言った。ほかには何も話さず、食べ物も衣類の包みも持たず、別れに当たって、何かをしておくようにとも言わなかった。お袋は怒り出すものと俺たちは思ったが、ただ蒼白くなっただけで、唇を噛み、叫んだ。「いってても、ここに残ってもいいわ、いくんだったら、どうぞ帰ってこないでください！」親父は応じなかった。俺の方をそっと窺い、何歩か俺についてくるように合図を送ってきた。お袋が怒るのを恐れたが、とにかく思い切って親父に従った。そんな成行きに俺は元気づき、ふと尋ねてみたほどだった。「親父、その親父のカヌーでいっしょに連れていってくれるの？」親父はただ俺に視線を返しただけで、戻るように身振りで示しながら祝福を与えてくれた。俺は戻ったふりをしたが、まだ茂みの窪地のところで様子を見ようと振りかえった。親父はカヌーに乗り込み、漕ぎながら綱を解いた。そしてカヌーは出ていった——水に映ったその影はちょうどワニのように長々としていた。

親父は戻らなかった。どこへいったというわけでもなかった。いつもカヌーに乗っていて、けっしてそれから降りることなく、途中をいったりきたりしていつまでも川のあの辺りにいるという思いつきをひたすらやるだけだった。その事実の突拍子もなさに俺たちはまったく唖然としてしまった。ありえないことが起きていた。親戚や隣人や知り合いが集まり、いっしょに家族会議を開いた。

お袋は恥じ入り、とても慎重に行動した。したがって、みんなは、俺たちの親父について口に出したくない理由を、精神に異常をきたしたからだと考えた。一方、何かの願をかけて成就したお礼にそんなことをしているのかもしれないとか、ひょっとしたら親父は何かひどい病気、例えば、ハンセン病にかかっているのを恐れて、自分の家族の近くで、しかも遠く離れて暮らすという別な運命に身を任せているとか、と考える者はほんの少数だった。ある人たち――通行人や両岸の住人、それも対岸の遠く離れたところの住人――からも情報があって、親父がいかなる地点にも昼も夜も陸に上がろうと姿を見せることはないとか、また独りで隠者のように川を上下している様子を伝えてくれた。そこで、最後にお袋と親類は意見の一致をみた。親父がカヌーに隠し持っている食料はなくなる、そうなれば間違いないと思われるのは、親父は舟から下りて、立ち去り二度と戻らない、それとも、後悔し、きっぱりと家に戻るか、どちらかだと。

その点では、間違っていた。当の俺が毎日盗んだ食べ物をいくらか親父に運ぶ役を務めていた。それはすぐに最初の夜に思いついた考えだった。その夜、俺たちは川岸で焚火をたいてみて、それに照らされて祈ったり呼んだりした。それ以降、俺は板砂糖やトウモロコシのパンやバナナの房を持っていった。のろのろと経過する一時間後にやっと親父の姿が見えた。そうやって初めて鏡のような水面に停止したカヌーの底に座った親父が遠くに見えた。俺が目に入ったようだったが、こちらへは漕いでこず合図もしてくれなかった。俺は食べ物を見せ、動物に掻きまわされないように雨露に濡れないようにそれを土手の岩の窪みに置いた。それをいつもずっと繰り返した。後で驚いたことだが、お袋はその俺の役目を承知していて、知らん顔をしていたのだ。お袋自ら俺が手に入れやすいように残り物をさりげなく置いてくれていた。お袋はあまり気持ちを表に出さなかったのだ。

お袋は俺たちの叔父、お袋の弟を農園や取引の手伝いに呼び寄せた。俺たち子供のために先生を呼んでくれた。ある日、神父に川岸の砂地で式服を着て悪魔祓《ばら》いをしてもらい、親父に陰気に強情を張るのを止めるべきだと説得してくれるように依頼した。またある時にはお袋の手配で、脅かしてもらおうと二人の警官がきた。どれも何の役にも立たなかった。親父はカヌーで往来し、ある時は姿を見せ、またある時は姿を霞ませて距離を保ちながら通過し、誰にも、近寄って掴まえたり話しかけたりさせなかった。それほど前のことではないが、新聞社の人間がモーターボートを持ち込んで親父の写真を撮ろうとしたときも同じで、うまくはいかなかった。親父は反対側に姿を消し、数レグアもある大沼地にカヌーを向けた。そこは、葦と茂みの間にあり、その暗がりを隅々まで知っている者は親父しかいなかった。

俺たちはそれに慣れなければならなかった。辛いことで、実際心のなかでは、けっして慣れることはなかった。自分のことを考えてみると、好むか好まないかにかかわらず、俺はいつも親父のことを考えていて堂々巡りをしていた。辛いのは、親父がどのように耐えているのかまるで理解できないことだった。昼も夜も、晴れの時も俄雨の時も、暑さにも夜露にも、さらに年の半ばのひどい冷え込みにも身を守るものもなく古い帽子をかぶっただけで何週間も何カ月も何年もの間、死ぬことにも頓着しないのだ。両岸のどちらにも川のなかの島にも砂州にも上陸せず、二度と地面も草も踏むことはなかった。きっと、自分なりに眠るために、どこか隠れた島の突端にカヌーを繋いでいたのだろう。しかし岸辺の砂地に上がって焚火をしたり明かり取りの道具を使ったりすることはなく、もう二度とマッチを擦ることはなかった。食べて消費していたものも、あるかないかの分量だった。無花果《いちじく》の樹の根の間や、土手の岩の穴に俺たちが置いていたものも、親父はほんの少ししか手に取らず、間に合うほどではなかった。身体を悪くしないだろうか？　それにたえず腕に力を入れてカヌーを操り、大水の猛威にも増水の脅威にも耐えていた。そんな時には、川の凄まじい流れに乗って危険なものが流れてきて、動物の死体や木の幹が下ってきて、ぶつかりかねない。それに誰とも二度と言葉を交わさなかった。俺たちも二度と親父のことを話題にしなかった。ただ考えていただけだった。とんでもない、親父のことは忘れられなかった。一瞬忘れたとしても、忍び寄ってくる新たな不安にすぐに気づき、現実に目覚め、思い出すのだった。

姉は結婚した。お袋は祝おうとしなかった。俺たちはうまい物を食べているときほど、親父のことを思った。同様に、夜ぬくぬくと過ごしているときには、暴風雨でたまった水をカヌーからかい出すのに手と、瓢箪でできた容器しかない親父、そのような冷たく激しい大雨の夜の孤立無援の状態を思いやった。時々、知り合いの誰かが、俺がだんだん親父に似てきたと言うことがあった。しかし俺は、親父がいまは髪も髭も爪ものび放題にして不健康にやせ、日に焼け、毛のせいで黒くなり動物じみ、俺たちが時たま差し入れる服を着るとしても、ほとんど裸同様の状態に甘んじていることを知っていた。

親父は俺たちのことを知ろうとしなかった。愛情がなかったのだろうか？　しかし、まったく愛情から、尊敬の気持ちから、何か良い行いで俺が時々ほかの人から褒められたときに、いつも俺はこう言った。「以前そうするように教えてくれたのは、親父なんだ……」それは厳密には本当ではなかったが、真実に溢れた嘘だった。もしも親父が俺たちのことを二度と思い出さず、知りたくもなければ、なぜ川を上るか下るかして遠くの見つけられないところにある他の場所にいってしまわないのだろうか？　親父にしか分らない。姉に子供ができ、彼女は親父に孫を見せたいと思った。みんなで土手にやってきた。よく晴れた日のことで、姉は結婚衣装だった白いドレスを着て、子供を両腕に抱いて掲げ、彼女の夫が二人を守ろうと日傘を握った。俺たちは呼び、待った。親父は現われなかった。姉は泣き、全員がそこで抱き合って泣いた。

姉はここから遠くへ夫と引っ越した。兄は決心してある町にいってしまった。時はそのゆったりとしたような速いような調子で移り変わっていった。お袋も最後にはここを離れ、思い切って姉と同居することにした。お袋はふけてしまった。俺は独りここに残った。結婚するなど望むべくもなかった。人生の重荷を背負って残った。親父は俺を必要としていた、俺は知っている——自分の行動の理由を明らかにせず、荒地を流れる川をさ迷う親父。ところが、俺が本当に知りたいと思い、しっかりと尋ねてみると、人々は噂話を聞かせてくれた。親父はある時、カヌーを作ってくれた男に説明をしたということだった。しかし、いまはもうその男も亡くなっていて、もう何かを知っている者は誰もいず、もう何かを思い出す者も誰もいないのだ。ただ意味のない作り話だけだった。例えば、初めの頃に、雨期になって川が再び増水し始めた頃、雨が降り続き、みんながこの世の終わりを恐れた時に、こう言われていた。親父はノアのようにお告げを受け、そのためあらかじめあのカヌーを作ったのだ、と。そう、今かすかに思い出した。俺は親父を批判することはできない。それにしても、もう俺の髪には何本か白いものが見え始めていた。

俺は口を開けば悲しい言葉が出てくる男だ。何についてそれほど罪の意識を感じているのだろう？　実際親父はいつだっていなかった。それに、川、川、川、川――永遠に川だった。俺はすでに老いの兆候に苦しんでいた。この人生は先延ばしに過ぎない。俺自身持病があり、腹に痛みがあり、疲労し、リウマチでいつも足を引きずっていた。それで、親父は？　どうしてそうでないだろうか？　きっとひどく苦しんでいるにちがいない。あんなに年を取っていたので、晩かれ早かれ力が弱りカヌーを転覆させるか、力なく川に流されて漂い、数時間奔流に運ばれ、泡立ち、死を呼ぶ荒れ狂う滝に落下するのではないだろうか？　胸の締めつけられる思いがした。親父はむこうにいて、俺のように安閑とはしていられないのだ。俺は自分でも分っていないことに責任があり、良心にぽっかりと開いた傷口があるのだ。もしも知っていれば――もしも事態が別であれば。俺は考えていった。

翌日まで待てなかった。俺は狂人だろうか？　いや。俺たちの家では、狂人という言葉は使われず、何年来も使われず、人を狂人とみなすこともなかった。誰も狂人ではないのだ。さもなければ全員がそうなのだ。俺はただそうしただけだった。むこうにいったのだ。合図をするためにハンカチを一枚もって。気は確かだった。待ったのだ。とうとう親父が現われた。親父の姿がむこうに。親父はあそこに、艫《とも》に座っていた。あそこにいて叫んでいた。俺は何度となく呼んだ。そして急いで言わなければならないことをはっきりと誓って言った。声を張り上げなければならなかった。「親父、もう親父は年を取りました、親父なりのことをしたんです……。いまは、きてください、もう必要ありません……。親父戻ってきてください、そうしたら、俺がたったいま、いつだって二人のいいときに、俺が親父の代わりにカヌーの座席に座ります！……」そして、こう言うと、俺の心臓はこれ以上はない、しっかりとしたリズムで脈打った。

親父は俺の言うことに耳を傾けたのだ。立ち上がった。頷いてオールを水に浸し、舳先《へさき》をこちらに向けた。すると、俺は突然、心底から震えたのだ。というのは、その前に親父が腕を上げ、身振りで挨拶したからだ――あれほどの歳月が経った後の初めての挨拶だった！　それから、俺はできなかった……。恐怖のために髪は逆立ち、俺は常軌を逸した行動で走り、逃げ、そこを飛び出した。というのは、親父が戻ってくるように、あの世から戻ってくるように見えたからだ。そして俺は求めている、赦しを求めている、赦しを。

俺は恐怖からくるひどい寒気に苦しみ、病気になった。その後、親父の消息を知った者がいないことを知っている。そのような過ちを犯した後、俺は人間と言えるだろうか？　俺は存在しなかった者、黙っていなければならない者なのだ。いまさらもう遅いことを承知しているし、この世の浅瀬で命を縮めることを恐れてもいる。しかし、その時は、少なくとも臨終の際《きわ》には俺を捕まえてください、そして、長い岸辺のある止まることのないその水に浮かんだつまらないカヌーに俺も乗せてください。そして俺は川下へ、川を下って遠くへ、川のなかに――川。

7　精神的な奇術

　ぼくたちの学園で劇が行われた夜に起きたことは、アッと驚くことでした。ぞっとするほどでした。ぼくの知っているかぎり、起きたことをきちんと知った者は一人もいませんでした。何年も過ぎた今日でもなお、ぼくたちは憶えています。しかし、混乱よりも突然のことだったために、混乱よりも噂のためだったのです。その後、神父たちは学校ではそのような行事はおしまいにすると言ったのです。まったく何も説明できなかったリハーサルの監督で、地方誌と国史の教師であるペルジガン先生は退職し故郷に帰りました。まだ健在ならば、相当な高齢でしょう。そう言えば、背中にこぶのある、向こう見ずな黒人アルフェウはどうしているだろう？　アストラミロはいまは、飛行士になり、ジョアキンカスは**胴元**とそれに関連したことをしていて、二人とはぼくはたまに会い、あの頃のことを思い出しています。劇は五幕だけの「**ファモゾ博士の息子たち**」という劇になるはずでした。その劇が終幕までいかなかったのは、それを上演するために選ばれたぼくたちのせいだったのでしょうか？　そうだと思う時も、そうでないと思う時もあります。昼休みになりすぐに《**スルビン**》という綽名の守衛のシケイラさんが不思議なことにしかつめらしく、ぼくたちに重大な知らせがあるからと呼びにきた時から、ぼくたちのひたむきな熱狂から生まれた約束は破られずに突き進んでいきました。ぼくたちは十一人、いや、十二人でした。

ところが、ぼくたちは呆然自失していました。プレフェイト神父が厳かにぼくたちに伝達したのです。それから、ペルジガン先生をその脇において、精霊の明かりに照らされて、主の祈りと、三度のアベ・マリアの祈りを唱えました。そこでペルジガン先生は本を掴んで、てきぱきと要旨をぼくたちの心に染み入るように説明しました。すると各人は本文のなかから一節を読み、できるだけ美しい声を絞り出さなければなりませんでした。あたふたと読みました。ゼー・ボネーだけが不様なことをしても恥かしいとも思わず、徹底的なうすのろぶりで失笑を買ったのです。ペルジガン先生に送り出されたとき、ぼくたちは、いちばんしっかりしていて、人望のある二人、**ファモゾ博士**を演じるアタウアウパと、息子の大尉を演じるダルシが仲間のなかで折り合いが悪いことを思い出しました。しかし、その二人は仲直りをする必要があることを認め、ぼくたちが間に入って仲介を申し出るまでもなかったのです。彼らは和解し、さらにアタウアウパはダルシにトランスバールの切手を一枚やり、ダルシはアタウアウパにタスマニアか中国の切手を一枚やりました。続いて、彼らは指導者としてぼくたちを見下ろし、命令しました。「**誰も、ほかの者に劇のことを何も言うなよ！**」ぼくたちは同意して誓いました。とてつもない喜びがぼくたちの頭の隅に収まるには数秒必要でした。勿論、ゼー・ボネーを除いて。

ゼー・ボネーは実際たががゆるんでいました。仲間や話の内容にお構いなく、自分の見た映画を再現して休み時間を過ごしていたのです。あちこち狂ったように走ったり跳びはねたり、馬を疾駆させている真似をし、銃を射ちまくり、駅馬車を襲い、脅し、手を上に挙げ、果ては接吻までしましたーー同時に主人公、女主人公、悪党、シェリフの役を務めていました。彼のことは、おおいに笑わせてもらいました、あんぽんたんだ。それでも、みんなは、劇にかけては彼はぼくを上回っていると思っていました。プレフェイト神父とペルジガン先生は、ぼくが引っ込み思案で緊張するので、どんな場面でも役に立たないと決めつけたのです。好運なことに、校長先生がたまたま入ってきて、ぼくが勤勉な生徒で、語り手として適当な様々な声の調子を持っているので、充分にプロンプターがつとまると言ってくれました。ぼくは、ほかの者がぼくを友だちとして扱ってくれるのを見てにっこりしました。息子の神父を演じることになっていたジョアキンカスはぼくに新しい二種類の煙草をくれ、ぼくは彼に五百レイスの銀貨を一枚と、ポケットにしまっておいた半分のパンをやりました。その時、ダルシとアタウアウパが勇気を振り絞って、ゼー・ボネーは決められた役目を果たすことはできないと申し立てました。しかしプレフェイト神父は、ぼくたちの高慢な態度を叱り、ゼー・ボネーのする役、警察官の役はいちばん簡単なもので、科白《せりふ》も少ない、と言いました。**もうひとりの警官**を務めるアラウジニョが苦々しい顔をしてみても何の役にも立ちませんでした。その件についてはもう意見は出ませんでした。ゼー・ボネーには、ぼくたちは警戒心をおおいに掻き立てられ不安になったのですが。秘密を彼は守れるのだろうか？

その点ではさらに疑いがありました。もしほかの生徒たちが、団結してぼくたちに無理やり劇の粗筋《あらすじ》を話させようとしたら？　彼らのうちの二人がぼくたちの心配の種だったのです。その二人は強く、年長の寄宿生で、手のつけられないほどの素行の悪さで劇に選ばれませんでした。タンザンと、ぼくたちのチームのセンター・フォワードのマン・ナ・ラタでした。そこで、こちら側の一人が考え出したのです。ぼくたちは急いで何か別な、でっちあげた粗筋を考え出す必要があり、それを本物だと嘘をついて話し、ほかの者たちをだましてしまう。そしてゼー・ボネーの近くにはいつも一人がいて、見張っていることにする。

そんな心配は根拠のないものだったことが分りました。ゼー・ボネーは何についても少しも話しませんでした。彼は芝居の筋を、何か滑稽な部分あるいは思わぬ事件以外は、理解すらできず、それらを彼の映画のなかにすぐに不適当に混ぜたのです。というのも、彼は、休み時間の続くあいだ、驚くべきあの持久力と疲れをしらない軽快さで、それらを描写し続けていたからです。それに、タンザンとマン・ナ・ラタは芝居のことに口出しせず、確かにたいして気にも留めていない振りをしていました。しかし、ぼくたちが仕組んだもうひとつの粗筋は長く、大きく、次のようなものになり、ぼくたちのうちの一人、二人が提案した奇妙奇天烈なエピソードで、いつ果てることもなかったのです。「射殺された男」「決闘の列車」「犬の顔の仮面」それに、おもに「爆弾の炸裂」。ほかの生徒たちはそれを聞き、気に入り、さらに話してくれと要求しました。賄い婦の息子で障害のある黒人少年のアウフェウまでが、《**スルビン**》に見つけられて追い出されないあいだ、それを聞こうと素早く体を引きずりながら戻ってきたのです。もうぼくたちの間では、「ぼくたちの話」になっていて、時には、もう一つのほうよりも、劇の本当の話よりも気に入るほどでした。でも、ぼくは、プロンプターだという誇りから、劇のほうをすぐにこと細かにすっかり暗記しようと努力したのでした。ただ不満だったのは、昼間なのに暗闇のなかで、リハーサルではまだそんなことはないですが、あの箱か籠の下に入って観客から姿を隠していなければならないことでした。

「**演じることは、軽はずみな感情を超えて真の尊厳をもって生きることを覚えることだ**」とペルジガン先生は地味な顎ひげを突き出して、ぼくたちを激励したのです。《向こう見ず》のアタウアウパと、《ほくろ》のダルシは、そのような馬鹿げた綽名は直ちに止めることに決めました。僕たちが着ることになっていた服を、**ファモゾ博士**と《**友だち**》のモーニングコートや**息子の神父**の長衣や**息子の大尉**の軍服など服だけを何人かのお母さんが縫っていたのでしょう。ぼくたちは合い言葉として劇のなかの名前だけで呼び合うことに決めました。メスキタは《息子の詩人》、ルーツは《友だち》、ジルは《秘密を知っている男》、ヌーノは《署長》と。ペルジガン先生は次のように決めて、ばつの悪さを解消しました。ニボカは《召使い》の代わりに《従僕》と、アストラミロは《息子の犯罪人》ではなく《罪をあがなった者》、ぼくは《プロンプター長》でした。「**思い出しなさい、用意周到さと尊厳を**」と先生は言い続けました。「**芸術は長く、人生は短い……ギリシア人たちの広めたことです！**」

ぼくたちはあの夢を奪われるのではないかと不安に駆られていました。お祝いの日まではとても立派に行動する、隠れて煙草をすわない、並んでおしゃべりをしない、出来るだけ秩序を乱すことは避ける、授業ではよく聴く、とぼくたちは決心しました。ぼくたちのうちで《マリアの子供たち》でない者たちは、参加したいと懇願しました。ジョアキンカスは毎日聖体のパンを授かり、頭のなかだけではすでに神父や聖人だと自分を見なしていました。毎日午後、夕食後の休み時間以降、長めのリハーサルのために階上にいき、《**スルビン**》の目ざとい視線にさらされて行われる夜の勉強から逃れました。その特別扱いもほかの者たちにぼくたちを羨ましく思わせたのです。「**元気を出しなさい！ 発奮しなさい！ 辛抱してやり通そう。礼儀正しさと堅固な意志で。**艱難辛苦を乗り越えて星へ！ **いつもわたしの教えに従順に……**」ペルジガン先生が言ったのです。ぼくたちは完璧を期し、演出に苦悩しました。確かにゼー・ボネーを除いて。彼は行進するように入ってきて、敬礼しましたが、片言の科白も直せませんでした。そしてもう日にちが近づき、二週間もありませんでした。なぜ彼を、その愚か者を交替させないのか？ ペルジガン先生が認めなかったのです。「**生徒諸君、諸君の役作りを完成させるためには、わたしの忍耐力は屈しない！**」ゼー・ボネーは声の調子からして、いくらか理解したようで、すっきりした顔で満足そうに全身を伸ばして立ちました。ああ、厳しい、彼を本気で教育するは、彼にはその分、後にぼくたちに償いをしてもらうことになっていました。その時ではありませんでした。ただそう期待していました。ぼくたちはいつも目立つことではいっしょで、休暇の計画を延ばし、ほんのたまにしかサッカーへの情熱を思い出しませんでした。

運を天に委せろ、でした。ほかの者はぼくたちをからかっているのでしょうか？　ぼくたちには理解すらできないことをもったいぶって引用していました。もう劇の本当の粗筋を知っている、ぼくたちはペテン師に過ぎないと言っていました。実際、もうひとつの説が、申し分のない、ちなみによく出来た、しかしまったく嘘の説が広まっていました。誰がそれを広めたのでしょうか？　面白くて、とても独創力があり言葉巧みなガンボアは自信たっぷりに事実を知っていると断言していました。汚い奴だ！　芝居が終わったら、奴も殴ってやると誓いました。しかしいまのところは、ぼくたちに恥ずかしい思いをさせたそのガンボアの話と戦わなければなりませんでした。それで、ぼくたちはできるだけ誠実な調子で**ぼくたちの話**を絶えず繰り返していました。生徒たちはいつも一方または他方の説に味方しましたが、一日に何度も意見を変えることも稀ではありませんでした。タンザンとマン・ナ・ラタはガンボアの仲間たちを指図しているのでしょうか？

「**神の至高の裁きに委ねよう……**」とジョアキンカスが言いました。「**何ということだ！　おれがとっつかまえてやる！**」とダルシかアタウアウパが怒鳴っていました。しかし「**……神に見放された者、不正直者がぼくの毎日に不運を招く……**」もう節度がなく、曖昧になっていきます。《**スルビン**》は、ぼくたちの劇は教育の妨げになっていて、いずれにせよぼくたちが試験でよい点を取るというのは本当ではないと言っていました。そんなことがあるのだろうか？　マン・ナ・ラタは他のサッカー・チームと打ち合わせをしていました、というのは、ぼくたちがろくに練習をしないからでした。惨め！　ゼー・ボネーがいくらか分別のあることをするかどうか見るために、もう彼には例の映画をやらせないのが有効でしょうか？　そして早くも本物の劇のいくつかの場面が広まっていました。ぼくたちの間に裏切った者がいるのでしょうか？　そうではなかったのです。アウフェウだということが分りました。その猫背の奴は、弱々しく曲がった脚で、ほとんどきちんと歩けないのですが、蛇のように廊下や階段を軽やかに滑るように歩くことができ、リハーサルを聞きにドアの陰にやってきたのでした！　ただし、アウフェウにはこの催しが終わってからも、殴るわけにはいかなかった。彼はぼくたちのために神父たちの台所からパンや菓子やチョコレートなどをくすねてくれたからです。ぼくたちは彼に黙っていてもらうために代償を支払わなければならないのでしょうか？　幸いなことに、すべて三日間のことです。もうペルジガン先生はゼー・ボネーに自分の役柄を頭に入れさせるのを諦めていて、舞台上では口を開くのを禁じて、ただ黙って演じるように命令していました。ぼくは歯が一本痛くなったのです。顔が腫れそうでした。あるいは、実際には痛くなかったのでしょうか？　すべては二日間だけです。タンザンとマン・ナ・ラタは何を企んでいるのでしょう？　すべてはその夜まで一日半でした。そのためにぼくたちは身震いし、燃え上がっていました。その夜はぼくたちの本稽古だったからです。

「**さあさあ！　気を引き締めていこう……**」ペルジガン先生は軽やかに歩き回っていました。ぼくたちの本稽古は華麗に行われていき、ぼくには不愉快なことに、みんなが役柄を自分のものにしていました。プロンプターがいらなくなるのではないだろうか？　しかしながら、その時、雷がぼくたちの上に落ちたのです。校長先生が第五幕を見たのでした。彼の言うことは難しく重々しく、相手構わずでした。ことさら強調せずに言いました。ぼくたちは正確ではあるが、正確過ぎて健全な生活の息吹が感じられず自発的な自然さがない……、と。ぼくたちは下ろされ、落胆して呆然となりました。それにもう夜も更けていました。ペルジガン先生と言えば、髭まで蒼ざめて、「**生徒諸君**……困難を経て偉大に……」彼は呻きました。「寝ましょう……」。

そして、次の日、日曜日でしたが――たいした日でした！――何と、ぼくたちは再びリハーサルを行うことになるのでしたが、大騒ぎで、短い時間、少しの間でした。盛式ミサが執り行われ、ぼくたちは朝食に蜂蜜パンとビスケットをもらい、劇の準備を手伝わざるを得ず、緑色のプロンプター・ボックスは塗りかえられたばかりで、大勢の若い女性や婦人が現われ、ぼくたちの舞台衣装が真新しくきちんと包装されて届きました。その間、タンザンとマン・ナ・ラタが何人か乱暴者を集めて、ぼくたちを叩きのめし、喧嘩騒ぎを起こそうとしているという話が流れました。外部から訪問客が、両親や親戚が劇を見にやってきて、学校のなかを歩き回っていました。そしていまは、タンザンとマン・ナ・ラタの連中、ガンボア一味がぼくたちをひどく野次るという噂が流れていました。そして、突然ペルジガン先生が肝臓の具合が悪くなり、疝痛《せんつう》を感じ、ぼくたちは催し物が行われないのではないかと心配していましたが、ぼくたちの芝居のプログラムも準備が整い、それに、アウフェウが新しい服、水兵服を着ているほどで、彼の母親は今日、彼を松葉杖で歩かせていました。そして午後にはペルジガン先生はもう治り、厳かな黒い髭とともに起き上がり、ぼくたちは瓶入りの炭酸レモネードと鶏、ミート・パイ、二種類のスイーツのデザートと、早い夕食を摂りましたが、ぼくは食べ終えていなかったのです。というのは、そこに《**スルビン**》が満足した様子で何かを言おうとまっすぐにやってきたからでした——確かにぼくは最後の最後に不運なことが起きるのではないかと恐れていました。そんなふうに不信感に囚われながら、ぼくはその日を過ごしたのでしょうか？

静かになりました。《**スルビン**》はアタウアウパのところにきたのです。門のところにアタウアウパのおじがきていました——アタウアウパの父親は下院議員で、リオデジャネイロで臨終を迎えていたのです。アタウアルパは二時間後に汽車で出発しなければなりませんでした。それで、芝居、劇は？　アタウアウパは《**スルビン**》といっしょにもう着替えに、旅行の支度をしにいったのです。しかし芝居はやらないわけにはいかず、慈善公演だったのです。それに……アタウアウパの代わりになれる者は、**ファモゾ博士**のあらゆる役柄を憶えている者で、それはただ一人ぼくだけでした！　ああ、それではプロンプターは？　はっきりしています。プロンプターは、ペルジガン先生がなれば、最高でしょう。その通りになりました。

満足——心配。モーニングコートは？　観客。あそこで、半ば隠れるようにしてぼくを突っ突いているのは、アウフェウでした。「**一口飲むかい？**」彼がくすねたもの、神父たちの貯蔵庫からの、一瓶のジンでした。さらに度胸がつくと言いました。ぼくは欲しくなかった。それで、ほかの者たちは？　ゼー・ボネーは？　アウフェウは笑顔を見せませんでした。シューシュー声を出していました。ぼくはほかの者たちのことは知りたくなく、もう衣装を着せられていて、モーニングコートは少し大きいだけで、たいしたことはありませんでした。ほかの者たちも、ぼくたちの顔に紅を塗ったり——

男のすることではない！——ぼくたちの目に化粧を施したりしている婦人や若い女性がきっと気にいらなかったのでしょう。そして極めて重大な時になりました。劇場は広々として、観客は、「**もうこれ以上は入らない！**」群衆の頭、頭、頭、人々が入ってきて腰掛ける騒音、喧騒、喧騒、すごい明かり。ペルジガン先生はやはりモーニングコートを着て、「**もっと大きい声で**」と、かなり陰鬱な調子で言いました。重大な時ではありませんでした、そうでないかもしれないし、そうかもしれなかったのです。ちょうど時間になっていました。人々はぼくたちをまったく理由もなく押しやっているようでした。ぼくは前方に押し出されました。もっぱら明かり、笑い声しか耳に入らず、あまりに見え過ぎました。それから静寂。

ぼくは多くの観客の一端を目の前にし、あそこにモーニングコートを着て立ったまま、動かなかったのです。それにしても、ぼくは何を望まれ、何を期待されているのだろう？　後ろでは仲間たちがぼくをそっと押していました。指を鳴らしている時だろうか？　そして、ああ！　まったく突然、観客でいっぱいの平土間にみんながそれぞれ自分の席についているのに気づいたのです。タンザン、マン・ナ・ラタ、ガンボア、《スルビン》、アウフェウ、校長先生……ああ！　それから、ぼくは恐ろしいことを思い出したのでした、なんということだ、それでは、それまでに誰もそのことを考えなかったのだろうか？　というのは、ぼくが前にきて、ぼくたち全員が舞台に、前舞台にくるという設定は計画書に従ってのことだったからです。アタウアウパは最初、聖母マリアと祖国についての詩をいくつか朗唱しなければなりませんでした。しかし、その詩をぼくは知りませんでした。アタウアウパだけしか知っていず、アタウアウパはいま遠くにいて、かれの父親が臨終を迎えていたので、おじととともに汽車で旅行しているのです……ぼくは知りませんでした。ぼくは、強ばり、同時に弱々しく、うろたえ、冷汗をかき、熱い汗をかき、どうしてよいか分らず、吃り、ぎこちなく、ただ怯えていました。

時間は止まってしまいました。何千もの人がぼくの前で笑っていました。向こうの、神父たちの列からぼくに合図が送られていました。命令だったり質問だったり必死に合図を送り、ぼくが知らない、出来ないことをもう了解していることを知らせてよこしていました。ぼくは頭を強く横に振り、詩を憶えていないことを分ってもらおうとポケットのなかをひっくり返したのです。何かするように言われました。**「幕を下ろしなさい！」**プレフェイト神父の声が聞こえました。ペルジガン先生は馬鹿げた穴蔵のなかで喉を擦るような声を上げていました。ぼくは再び見ないようにしました。大声で言いました。その時、ぼくは叫び、震えたのです。**「聖母マリア万歳、祖国万歳！」**ぼくは叫んだのです。

大きな拍手が轟き渡りました。**「幕を下ろしなさい！」**袖にいたプレフェイト神父がさらに言いました。というのは、いまは、舞台に**ファモゾ博士**と彼の四人の**息子たち**だけしかいない時間で、そのため、第一景を始めるために幕を再び上げなければならないからでした。**「幕を！……」**しかし幕は下りませんでした。きっと故障しているのです。下りなかったのです、まったく。大混乱。場面から出ていかなければならない者が出ませんでした。ぼくたちは全員訳もなく間抜けな顔をして兵隊のように一列になって再び前進しました。そして、そこで野次が飛んできました。響きわたったのです……。

野次は誰も想像もしないようなものでした。海鳴りのようでした——野次馬全員がニャーニャー鳴き、いななき、吠え、口笛を吹き、足踏みしたのです。ぼくたちは何もしませんでした。あそこで、兵隊そのもののように並んで、苦悩に顔色を変えていました。「**気をつけ！　整列しなさい！**」しかし神父たちですらそれをやめさせられなかったのです。もう少しでペルジガン先生がむこうから、プロンプター・ボックスから姿を現わしそうになったのですが、そうできず、落ちてしまいました。ぼくたちは、野次が渦巻いているあいだ、足も動かさず、じっとしていました。野次が止みました。野次が再び始まりました。ぼくたちは耐えたのです。「**ゼー・ボネー！　ゼー・ボネー！**」彼らはその野次の後も、間も、合間にも叫んでいました。「**ゼー・ボネー！……**」充分だったのです。

ゼー・ボネーは前に跳びはね、ゼー・ボネーは横に跳びはねました。しかし西部劇でも、ペチャクチャまくしたてる悪ふざけでもなかったのです。ゼー・ボネーが演技し始めたのです！

野次がやんだのです、すっかり。

ゼー・ボネーは演じていました——力強く、しかも続いてうまく、確かに、抜け目なく——みんなは呆気に取られました。彼は、ぼくたちにはどれだか分らないが、重要な役柄を演じていたのです。しかし、ぼくたちは笑い出すことはできませんでした。本当です。彼はまったく存在感をもって朗唱していました。突然分りました。部分的に彼が演じているのは、ガンボアの物語だったのです。大きな拍手が鳴り響きました。

仰天すべきことでした。一瞬かっと熱くなり、ぼくは恥ずかしくなったのです。ほかの者たちもそうだと思います。このままにしておく訳にはいかない！　ぼくたちはてんでんに演じたのです。全員、ひと思いに、**ぼくたちが作った物語**を演じ始めたのです。ゼー・ボネーも。折よく行われたことでした。功名心に駆られたことでした――打ち合わせなしでした。さらに大きな拍手が鳴り響いたのです。

最初は、たわごと――なぞなぞ遊びのような無分別な大法螺でした。ペルジガン先生は調子の狂った返答や科白を、息を吐くように大きく吐き出していました。それらはほとんど利用されませんでした。残りは軽く、いくらか重々しさが混じったものでした。雰囲気のことなる言葉でした。ぼく自身言うことが分からず言ったのですが、言ったことはすべてうまくいき、全体の調子から外れなかったのです。後で言われたので、ぼくは知っていますが、何もかも強く美しい意味を持ち、持ち続け、その時行われている芝居が知られたものではなく奇妙で、あらゆるもののなかでいちばん美しく、一度も行われず、誰も書いたこともなく、決してもう二度と再び演じられることのないものだということを。ぼくは観衆が体を起こして、まったく黙って見惚れているのに気づきました。ぼくは気づいたのです――ぼくたちが別人であることに、ぼくたちの一人ひとりが変わったことに。ペルジガン先生はきっと自分のプロンプター・ボックスのなかに埋没し、失神していたにちがいなかったのです。

《**スルビン**》とアウフェウがアンコールと叫んだのです。校長先生までがサンタクロースのように笑いました。ぼくたちはよくやった！　ぼくたちは主役であり、ほかの役者であり、同時に端役であり、しかし人格化した登場人物だったのです。そしてぼくたちはかつてなかった自然な方法で推し進めていき、勇敢にも本当の生活を乗り超えたのです。ゼー・ボネーは全員のなかでもいちばんよかったでしょうか？　確かにそうでした。そうそう。ゼー・ボネーは強く輝いている！――演技は打ち震えている。どこからか、どのようにしてきたか分らないが成功したのだ。誰かがぼくに成功したと言ったのです。確かにそうだと誓ったのです。

しかし――突然――ぼくは怖くなったのでしょうか？　途中で恐怖のためにぼくは目覚めていました、それもあの奇妙な詩的霊感から。これはいつまでも終わらず、初めも終わりもないのでしょうか？　時間はまったく経過していないようでした。それでは、どうやって気を利かせてこれを終わらせたらよいのだろう？　そうする必要がありました。それでぼくは呪縛から自由になるために必死に努力しました。できなかったのです――流れているもの、持続しているもの、絶えざるものの外に出ることはできなかったのです。いつも新たに拍手を送られました。ぼくは分りました。ぼくたちの一人ひとりが自分自身を忘れていて、これ、つまり本当に生きるとは何か、ということに浸りきり、超越していたのです。そしてそれはよすぎ、美しかった――言葉で言いようもないものでした――ぼくたちは愛に乗って、言葉に乗って、ほかの者たちから聞いたことと、ぼくたち自身の話に乗って飛んでいたのです。それで、どうやったらやめることができるのでしょうか？

そこで、ぼくは好む好まないにかかわらず、しかもできなくても、たったひとつしか方法がないと感じたのです。中断する方法はたったひとつ、鎖から、川から、輪から、果てしなく演じることから抜け出す方法はたったひとつ。舞台の端の端に向かって絶えず話しながら前方にいきました。その前に、まだ見ました。震えました。宙返りを打ちました。わざと、ひっくり返りました。そして倒れたのです。

　すると、世界は終わったようにぼくには思えるのです。

　少なくとも、あの夜の世界は。その後、次の日、ぼくが休み時間に、元気に得意になっていると、そこへガンボアがやってきて、こう言った。「**エヘヘ、どうだい？　おれの話も本物の話だったろう？**」ぼくたちは跳びかかり、凄まじい殴り合いをしたのです。

8　いかなる男も女もいない

その他さまざまな再発見された遠い過去の物事に混じって、たまたま見つけられた大農園の母屋で、もう取り消すことのできない大きな出来事が、闇に沈む我々の記憶のなかで稲妻の反射光、閃き、明滅のように重々しく繰り広げられ、いまも繰り広げられている。その奇妙な大邸宅は幾重にも連なる山脈の陰に永遠に引き籠もり、想像するのも禁じられた名もない川に沿った森の端に位置している。あるいは、おそらく大農園のなかでもなく、発見されていない方角でもなく、それほど遠くでもないのだろう？　もう知ることは、けっしてあり得ないのだ。

しかしある少年がベランダの外れにある部屋に侵入し、そこに目鼻立ちのはっきりしない、しかし確かに奇妙な言い方だが、もう「年数を重ねた」男が一人いた。彼はきっとそこの主人だったにちがいない。そしてその部屋には、それは、その地方では高くて長いベランダのある大農園の大邸宅では普通「事務室」だと思われるが、カレンダーにひとつの日付が見えた。少年は字が読めなかったが、まるで色鮮やかな挿絵があり、それにまた、よい匂いのする雑誌でそれを読み返しているかのようだった。なぜなら、我々の記憶にその他のものすべてをしっかりと残すもっとも鮮明でもっとも長続きするのは匂いであり、テーブル、デスク、その抽き出し、その赤い木材の高級な材質の匂いだからだ。**二度とない**匂いだった。その容貌がはっきりしない男はいまや他の者——そのような年老いたおじたちや我々の知り合いたちの一人、なかでももっとも物静かな人に自分を似せようとしている。しかし、よく調べてみると、そうではなかった。誰かがあの時に、似たような響きのする名前で彼を呼んだということに過ぎなかった。そしてその二人、知らない人と知られている人とが混じり合った。それでは、誰かほかにもそこに入ってきたのか？　《乙女》が、イメージが。《乙女》はその時、美しく、心に何かを秘めた人として再び現われる。その《乙女》について思いだすイメージは並外れて風変わりで素晴らしい光を発しているので、**もしもいつかここで「平和」という言葉の背景にあるものを私が見つけたなら、それは彼女を通じても与えられたのだろう。**実際、日付はあの日ではあり得なかったろう。しかしながら、別の日だとしても、何かもっともな理由で記憶のいたずらにより入れ換えがなされたのだ。彼女とは関連なく出た声で、その日は一九一四年のある日だと述べたのは、《乙女》だったのか？　そして永遠に《乙女》の声はそれを正していた。

あの遠い昔に消えてしまった歳月に、《少年》がどこにいてどこを歩き回ったか、ひょっとしたら明らかにできる人たちが生きているあいだ、誰もが深く沈黙してそれほど長い間、現われなかったのだろうか？　いまになって初めて、たぶんきわめて長い旅路の果てに、きわめてゆったりとそのやっと思い出した記憶がひらめき、彼の意識を刺し貫くに至るのだ。星の明かりだけは他の方法では我々のところまでは届かないのだ。

しかしながら、私が知っていて、確かだと請け合うもっとも遠い過去の月光については、ありうる最大限のものを超えたものがあった。田舎風あるいは大邸宅風の家は目に見える歴史もなく、ただ影とぼやけた色彩によってわずかに感じられる。手すりのある窓、階段の踊り場、からの奴隷たちの寝台、家畜の騒ぎは？　**もし思い出すことができれば、私は落ち着くだろう。もし自分とのつながりを見つけられたならばよいのだが。すでに過ぎ去った真実と現実を占うだろう。**幼年時代はひとつのこと、ひとつのことだろうか？

《乙女》と《若者》は他の者たちとはちがって互いにうっとりして見つめ合い、二人は同じように似たように輝いていた。彼らは、高い梢で、算を乱した雲のもと、突然さえずり出したのが耳に入る小鳥のように、互いに見つめ合っていた。まるで灰が吹き飛ばされて炭火が赤々と燃えるようだった。彼らは近くから雨が上がったかのように見つめ合い、何も知らず、自分たち以外のものを意に介しなかった。しかし《乙女》はゆったりしていた。が、《若者》はじりじりしていた。いつもそのそばにいた《少年》は彼らの目を見ようとしなければならなかった。**正確にそのほかの思い出された光景が混乱した印象のなかに現われるあいだ、我々自身の暗い部分の悪意あるずる賢さが不可解にも我々を欺こうと、あるいは、少なくとも何か真実を細かに調べようとするのを遅らせようと動いているのだ**

ろう。しかし《少年》は、二人がこのように見つめ合うのを止めないように望んでいた。いかなる目も底知れない。人生もまたそうだ。

あの家にどうやってきて、またなぜしばらく逗留したのか、《少年》は？　おそらく家族の者と行動をともにせず道から逸れたのだろう。彼の滞在は実際よりも短期間だと思われていたのか？　なぜなら、最初、みんなはある部屋にあるものを、あの部屋へ通じる廊下を彼には隠そうと考えていたからだ。**そのために《少年》は強く疑い、いまになって彼がよく思い出す手掛りになっている。**しかしながら《乙女》はこれまでに見たもっとも麗しい人であり、彼女の美しさには限りがない。彼女は城の塔のなかのプリンセスにだってなれるだろう。城の高い塔の周りを黒い鷲が飛び回ったにちがいなかろう。物静かで口数の少ない年老いた男は実際、《乙女》の父親であろう。男はみんなと意見を同じくし、悲しくもないのに口を閉ざしていたのか？　**雲は見られるためのものではない。子供でさえ時には、我々が平穏と苦悩との間を歩かねばならない狭い道を怪しむことを心得ている。**

しかしながら、その後、彼らが考えを改めたからか、あるいは《少年》がそこにもっと長期間滞在しなければならなくなったからか、《少年》はあの例の部屋のなかに守られているものが何かを知るのを許された。見るのを許された。あそこには、一人の女が、老婆で、物語に登場し、語られる老いさらばえた小柄な老婆、信じられないほどの老婆だった。とてもとても年をとっていたので彼女は縮んで子供のように小さくなってしまい、すっかり皺だらけになり、萎《しぼ》んでいた。歩くことも立っていることもできず、理性の輝きさえも失っていたので、ほとんど何も意識していなかったのだろう。彼女が誰なのか、誰の曾祖父母の母なのか、見当も勘定もつかないので、何歳なのか、もう誰も分る者はいなかった。彼女は我々と同じ種類で同じ容貌をしていることは確かだったが、独りで何世代も通り抜けてきた。遠い昔の話で、どうやら彼らの親類だろうという曖昧な推測しかなかった。彼女はほかに比べるものがなかった。《乙女》が愛情たっぷりに面倒を見ていた。

細々と、細々ながら粘り強い努力が続けられて何かが思い出されなければならない。降っていた雨、過去に戻って空間のなかを成長していた植物、枝付き燭台、トランク、収納箱、籠、**薄暗がりのなかのランプの笠、**礼拝堂、**畳んでいるのを広げると崩れてしまう古いレースのような**聖人画、**もう二度と吸い込まれることのない匂い、**吊り下げられた森、クリスタルグラスの写真立て、**森と目、白っぽい島、**人々の声、**引き抜いて保持し、私のなかで思いめぐらし、ピントを合わせ、**曲げて磨いた木で出来た高いベッド、金鍍金《めっき》した頭板のついた寝床について。**おそらくもっとも手助けになるもの、もっとも長持ちするものだ。**つまり、黒人女の手にした鉄の長い串や、料理用の円錐形の容器、ジョッキ、ブリキのマグカップと並んで棚にあるジャカランダの木で出来たチョコレートの泡立て器。《少年》は怯えて、暗くて広々した台所へ走って逃げ込んだ。そこには、がっしりした足の女たちが談笑していた。

《乙女》と《若者》が彼を迎えにきたのだろうか？《若者》は、彼に反感と恨みを抱かせ、もう嫉妬させていた。《乙女》は黒ずくめの身なりをし、きわめて麗しく、長身でとても色白だった。結婚式の花嫁を介添する女性のようにも見え、また舞台女優のようにも見えたのではないか？彼女が

《少年》を抱き上げたので、彼は、咲き乱れている青々とした薔薇の香りを嗅ぎ、しかし薔薇の匂いよりもいっそう優しく重々しかった。《若者》はくすっと笑った。彼らは、その老婆が死に神ではないと言って彼を落ち着かせた。死んでいるのでもない。**むしろ生命そのものだ。そこで、ただ一人の人間となって生命が静かに振動し、自分自身の内で内在的に心臓、生命の精気だけが待っているのだ。あの女性がまだ存在しているのは、彼女自身には罪のない馬鹿げたことのように思えた。**しかし《若者》はもう笑ってはいなかった。そこにはあの黙した男もいて、背を向けて立っていたが、大きく黒い数珠玉のロザリオで祈りをあげていた。

　彼らは、小柄な老婆は幽霊ではなく、人だと《少年》に言い、見せた。本当の名前を知らないので、彼女をネーニャと呼んでいた。彫刻して磨き上げた脚のある高いベッドの中央に、金鍍金《めっき》した頭板のある寝床でとてもおとなしくしていたので、ほとんど寝具のなかに隠れ、彼女のか細さそのものには何やら犯すべからざるものが感じられ、かろうじて息をついていた。細かな皺はどれもシトロン色をし、見開いた目は青緑色をしていた。瞼もないのだろうか？　しかしながら、震えや萎んだ口の少量の唾液は、いとおしいほど理解できないものだった。《少年》は微笑んだ。「**彼女は健やかな眠りについたの？**」と尋ねた。《乙女》は彼に口づけをした。生命はランプを消そうとする風だった。動けない人の歩く影。

《乙女》は何も起きるのを望んでいなかった。《乙女》は扇子をもっているのか？　《若者》は視線を宙に泳がせて彼女に懇願していた。《乙女》は《若者》に言った。「**あなたはまだ苦しみ方を知らない**

わ……」そして彼女は憂鬱そうに震えていた。**私は思い出さなければならないわ。過去が雲のように私に訪れたの。認識されるために訪れるのよ。ただ私はそれを解読することができないわ。**彼らは大きな庭にいた。そこに小柄な老婆ネーニャも連れてきていた。

揺り籠のような籠にちょこんと座らせて日光浴をさせようと連れてきていた。すべてが洒落ていたので、《少年》は突然我を忘れて走り出した。彼女と遊びたかったのだ！　《乙女》は彼を叱ることなく優しく抑え、スイカズラとローズマリーの間に座り、誰がきてもその場を譲らないという態度を見せた。彼女はずっと一心に、何年にもわたって、さまざまな年代にわたって、彼女も昔の女の子に戻ってネーニャを眺めた。ネーニャを昔のショールでくるみ、その老婆の両手は見えなくなっていた。ただ少々可笑しく、子供のようにくるまれ、眠そうにわずかに口をもぐもぐ動かし、愛らしくも滑稽だった。口に少量の柔らかい食べ物をそっと入れてやっていた。時々、かすかな微笑みや軽い咳が戻ってきて、話すまでになったが、ほとんど理解されることはなかった。それは、白い小さな蝶のひらひら飛ぶよりも目立たない半ばささやくような調子だった。《乙女》は老婆の考えていることを読み取っていたのか？　水がほしいと言っていた。《乙女》はもってきた。縁までいっぱい入ったコップを平静に微笑みながら両手でもって、ただの一滴もこぼさぬようにして——我々は、このように彼女が縁まで水の入ったあのコップをもって生まれたに相違なく、それにこの世を去るときまで、少しもこぼさずにコップをそうしているにちがいないと考えていた。

いや、ネーニャは誰も見分けがつけられなかった。すっかり錯乱し、理性も働かずに、忘却、とてつもなく大きい欠落がひそかに宣告されていて、これだけしか考えていず、心臓の鼓動もかすかであった。**それでも、さまよう彼女の目のなかに、至福、超越的な仁愛と幻想的な幸福が内在するのが突然、捉えられるのだ。**《少年》は尋ねた。「**彼女はいま、完全に正気なの？**」《乙女》は、月光が照らし出すように目を凝らした。大きな鋏が音を立てて薔薇の枝を刈り込んでいた。逆光のなかで立ち上がった年老いた男、とても長身の男だった。《若者》は《乙女》の手を取った。彼は夢中になっていた。《少年》は悲しくふくれっ面をして地面を見ながら引き下がった。

年老いた男はただ花を見て、花に囲まれて、花の世話をすることだけしか望んでいなかった。年老いた男は花と戯れていた。**霧が立ちこめ、暗くなり、大きな疲労の壁が立ちはだかった。自分を正しく導くことができれば！　ぐるぐる回りながら山を登ってゆく小川のように。**棒に巻きつける紐が一本あった。《乙女》はそれほど多くのことをそれほど優しく《若者》に繰り返し話していた。**私は取り戻さなければならないわ、思い出さないことを思い出し、熟考しなければならないわ——どう言ったらよいのか——忘却の苦しい層について。私が生きて、変わったように過去も変わったわ。もし私がそれを取り戻すことができれば。**これが《若者》と《乙女》が話していたことだった。彼女の父親である老いた男については、医者から見放された病に罹《かか》っていて、いつ死んでもおかしくなかった。「それで彼はもう承知しているの？」と《若者》が尋ねた。《乙女》はとても上質の白いハンカチで老婆ネーニャの窪んだ口元を拭った。「**彼は承知しているわ。でもなぜだかは知らないの！**」と彼女が言い、じっと身を固くして目を閉じていた。《若者》は少し怒った。「**それでは、誰が分っていると**

言えるの？　僕たちはみんな死ぬことになっているんだったら知って何になるの？」と言った。今度は《乙女》のほうが彼の手を取った。

うとうとすると私は思い出し始めるわ。親類の人たちによってともかくそこで命を守られてきた祖先の人、年老いたあのネーニャの名前と人柄についての伝承があれほど完全に失われることがどうしてありえたかを。誰かが死ぬ前に、自分が思い出さないということをまだ思い出していた。彼女はほかの女性の、さらにほかの女性の、さらにほかの女性の、さらに前の女性の母親だったに過ぎないのでしょう。農園にやってくる前に彼女は町か村の広場に面したある家に住んでいて、何人かのハイミスの姉妹たちによって世話されていたのでしょう。そうした姉妹たちですらろくに語らなかった。ずっと昔に糸を紡いだり布を織ったりしていた、その一族の先立つ女たちはほとんど同時に破傷風や産褥熱で次々に死んでしまったのでしょう。そこで話は途切れてしまい、男たちはよそへ移っていき、年老いたネーニャは他人に世話を任され、並の生命力と年齢の限界を明らかに超えて、不滅になっていた。**こうして真実は消滅する。思い出はさらに遠いものになった。物事は大きな眠りの瀬戸際のところで止まっていた。**我々はいつも成長し、どうなるか分らない。

《若者》は、後ろから見ると、自制できず歯を食いしばっていて、優しいながらしっかりした《乙女》と言い合っていた。彼女が言った。「**……死ぬ時まで待って……**」《若者》は陰気に神経を高ぶらせて彼女の拒絶を理解できず、考えることもできなかった。なぜなら、《乙女》が説明したからだ。彼女の言ったのは、父親の死でも老婆ネーニャの死でもないと。続いて「**そうではなくて、私たちの**

死なの……」。これを言ったときに彼女は、女が姿を変えることのできるぎりぎりまで花のような満面の笑顔を見せた。神に誓ったので、そうせざるを得なかったのか？　いや、そうではない。さらに続けた。「**もしあなたが私を愛しているなら……私に確かな愛、唯一の愛だとどうして分るのかしら？生きていく上の間違い、間違えてしまうかもしれないことが沢山あるわ……あなたは私のことを忘れるかもしれないし、それでも、後になって知らずに、望まずに、ずっと愛し続けていける？　どうして私たちに分るの？**」《少年》は《乙女》の返事を聞いて震え、彼女がそんなことを話さなければよかったのにと思った。**思い出が再び失われ、あらゆる光景が混乱する。架け橋、架け橋だ――しかしある時、短くなったようだった。記憶との戦いがある。**《少年》はうろたえ、あたかも自分が誰でもなく、あるいはみんな――彼が視線を向けた《乙女》、《若者》、年老いた男、老婆ネーニャがたった一人になり、たったひとつの生命になったかのように、ほとんど自意識を失ってしまった。

いまは記憶が求めるように眼を少し閉じて見ることができる。その絵に見覚えがあり、はっきりと思い出す。《若者》は絶望し、血の気を失い、とげとげしく《乙女》と話をし、庭の垣根の横木に取りすがっていた。彼はこう言ったにちがいなかった。自分は素朴な男であり、思慮があるので、神意をためすことなどしないし、自分の力で平坦な道を歩んで普通の生活をしていくのだ！　と。**もしいま、《乙女》が彼を止めず、同意してくれないなら、どうなることか？**　《乙女》は眼に涙を浮かべて、しかしまだ微笑み、もういままでとはちがったように美しかった。彼女は同意しなかった。彼女は大きな愛をこめて《若者》を見つめるばかりだった。すると彼は彼女に背を向けた。そして《乙女》は跪き、老婆ネーニャの揺り籠に身を屈め、彼女と抱き合って泣いていた——《乙女》は不変なもの、不易なものを抱きしめていたのだ。こうしてひと思いに彼女が人々と別れたので、《少年》でさえ彼女のそばにいて、彼女を慰めようとすることができなかった。《少年》は自分の思いに反して《若者》と同行することにした。《若者》は彼を受け入れ、彼の手を取り、いっしょに歩んでいった。《若者》は躓《つまず》き躓きして盲人のように壁を手探りしてやってきた。そして彼らはベランダの外れにある部屋、事務室に入った。あの事務机、赤い木、抽き出しはあれほどよい匂いがし、《少年》は色刷りの挿絵の載った雑誌を自分のものにしたいと思った。しかし、くださいと言う勇気がなかった。《若者》は短い手紙を書いた。《乙女》に宛てたもので、そこに置いた。それに書いてあることはまったく分らない。もう《乙女》の姿は二度と見られなかった。《若者》は永遠にそこを後にし、放浪者になり、彼とともに《少年》は家路についた。《若者》は青いサージのケープをまとい、《少年》を鞍の前に乗せた。遠く離れてから振り返った。戸の敷居から長身の男だけが、顔は見えず、彼だとは見分けられなかったが、彼らにまだ別れの合図を送っていた。

長旅になるにちがいなく、《少年》と旅をするあの《若者》は彼を対等の者として扱い、後に残してきたものを言葉で証明する必要があった。彼、《若者》が言った。「**あの重大な時まで彼女のことを忘れずに僕は生きることができるだろうか？　僕の心についても彼女は正しいだろうか？……**」《少年》は答えず、ただ強く心のなかで考えた。「**僕も！**」ああ、彼はその《若者》に腹を立てていた、敵愾心のために腹を立てていた。他のことを繰り返し述べる《若者》については、彼は何も知りたくなかった。鞍の前ではなく馬の尻のほうに乗せてくれないかと頼んだ。彼は自分の憎んでいる《若者》の声と心臓の近くにいたくなかった。**突然、世界が小さくなるが、また突然、もう一度大きくなり過ぎることが間々ある。僕たちは第三番目の考えを待たなければいけない。**《若者》は、いまは話していなかった。挫折し、追いつめられ、また混乱し、突然泣き出した。少しずつ《少年》もとてもゆっくりと泣き始め、馬がいななくような声を漏らしていた。《少年》は感じていた。もしなんとかしてその《若者》が好きになれたら、その時は、あんなにきれいで、あんなに遠くにいて、いつまでも寂しくしている《乙女》のもっとそばにいられるようになるのではないかと。その時、家にいるのに気づいた。到着していたのだ。

私といっしょにきたあの《若者》については、もう何も知らず、誰だったのかも分らない。髭をたくわえた父に気づいた。父は、裏庭で新しい塀を立てている二人の男に命令していた。母は私に口づけをし、多くの人のことを知りたがり、私が服を破らなかったか、小さな聖人のメダルをひとつもなくさず首にすべて付けているかを見ていた。

そして私は自分の気分を変えるために何かする必要があった。私は泣き出し、彼ら二人に向かって叫んだ。「**あんたたちは何も、何も知らないんだ、分ったかい？　あんたたちは以前知っていたことを何もかももう忘れてしまったんだ！……**」

彼らは頭を垂れ、震えたと思う。

なぜなら、私は両親を以前のように知っている人だと思えなかったからだ。私にはあまりにも見知らぬ人のように思えた。彼らを本当に知っている人とはとうてい思えないだろう、私には。私には、だろうか?

9　運命

ある日、町に越してきたばかりの取るに足らない小柄な男が生死にかかわる問題で適切な措置を取ってくれるように我が友の家に頼みにやってきた。我が友は広い知識をもち、物分りがよく、詩人にして教育者、元騎兵隊軍曹にして現警察署長なのだ。おそらく広い経験に培《つちか》われてのことなのだろうが、いつもきっぱりと言い切っていた。「**人間は他の人間の間にいると、耐えられないのだ。理性では説明できないのだから、我々の目にしているのは、奇跡としか考えられない**」我が友は運命論者だった。

その日その時刻に我々は彼の家の裏庭の奥にいて、ライフル銃とピストルを交互に使って射撃の訓練をしている最中だった。我が友は、的を射る正確さと銃を引き抜く速さにかけてこの世に自分ほどの射撃の名手はいない、と自信満々だった。彼は日に弾丸を何箱も使っていた。ちょうど、彼は考え深げに述べているところだった。「**何でも分っていたのは、ギリシア人だけだ。人生には偶然に起きることなどほとんどないのだ**」我が友は射撃場の陶器皿のように運命論者だった。そんな折に、その小男が彼を訪ねてきたと誰かが彼を呼びにきたのだ。

男は様子と風体《ふうてい》からして田舎者だと見て取れた。二〇代の後半か三〇代かと見えた。しかしそれよりもずっと若かったにちがいない。小柄で、疲れていた。しかし獏《ばく》のように存在感があり、かわいそうに曇りがちで雨風にさらされた顔をし、卑屈だった。両手は鍬を握って作業をしたと見えて胼胝《たこ》ができていた。我が友は彼に座って待っているように言い、小声で会話を続けた。品定めをしようと時々横目で相手をとくと観察し話を続けているのだと私は思った。「**人の運命というのは、連続した構成要素からできていて——そのうえ、人の一般的な状況、時、場所……それに因果応報だ……**」と彼は言った。要は、我が友が本当に実在しており、作り話の登場人物ではないということだ。その小男は椅子に浅く座り、両足、両膝をぴったり合わせて、両手で帽子をつかんでいた。すべてが貧しいが小ぎれいにしていた。

名前を尋ねられると、ジョゼなにがし、失礼ながら、綽名だとゼ・センチラウフィで通じると言った。彼はとても自制心のある人間だと感じられた。それほど緊張している様子もなかった。事の深刻さに口ごもって話した。「**私は法律をきちんと守る男です……従兄弟に裁判所勤めをしている者が一人おります……しかし私を助けてはくれないのです……私は秩序をとても愛する人間なのですが……**」我が友は概略次のように呟いた。「**我々は法律のもとにいるのではなく、神の恩寵を受けてい**

るのです……」彼は聖パウロの手紙から引用していたのだと私は思う。私は、彼がゼ・センチラウフィに好感をもってはいないのではと不安に思った。しかしその小男は見くびられ、ほとんど侮辱され、さらに脅かされていると感じているので、十字架に架けられたも同然であったが、告発しにきたのだった。床に落ちた帽子を拾い、片手で塵を払った。

彼は次のように述べた。民法上でも教会でも結婚式を挙げていて、子供はなく、パイ・ド・パドリという村の住人である、と。妻と睦《むつ》まじく暮らしているので、普通の生活を楽しむこともでき、仕事でも何もいやなことがなかった。しかし何の因果か、よそから乱暴者がきて、妻に破廉恥にも言い寄り、いやらしい目つきを彼女に送り、彼の生活を地獄のようにした……。「**何という名前ですか？**」と我が友が遮った。彼はミナス州南部の無法者たち一人ひとりの身の上を知っていた。「**エルクリナウンとか言い、姓はソコー……**」と小男が説明した。我が友は振り返り、呟いた。「**身の毛のよだつような奴だ……**」確かにそのエルクリナウン・ソコーは人からいささかも好意を得るにも価しない。それに引きかえ、例えば、若きジョアンジーニョ・ド・カーボ・ヴェルジは二州を股にかけて名声を高めた。しかし我が友――「**……あれほど名高い誠実なる男……**」――と個人的に知り合いになると、彼と悶着を起こさないようにサンパウロ側へ移ることを決意したのだった。小男のゼ・センチラウフィは何のことやら分らずに頷いていた。そして話を続けた。

ひたすら争いを避けるために慎重に行動した。辛抱すればいつも報われる。そして侮辱を受けても仕返しをしようとはしなかった。しかし相手は卑劣なごろつきなので、改まるどころか、ますます下劣になり、厚かましくなった。**「彼は法律を守らない。誰がいったい邪悪な男に理を説くことができるでしょうか？　そんなことをする勇気は私にはない……」**進んで行動しようとしないならば、不当な不運に耐えなければならないだろう。告訴することもできない。パイ・ド・パドリには法の権威もない。妻はもう外出することもできない。あの男が現われて、彼女を無礼にも食い入るように眺めまわし、そんな口説き文句で厚かましい態度をとるからだ。**「あの身の毛のよだつよそ者のせいで事態は悪くなるばかりです……」**ゼ・センチラウフィは我々のほうに身を乗り出しすぎて、ほとんど椅子から転げ落ちそうなほどだった。我が友は彼を元気づけた。**「何と厚かましい男だ！」**そしてそこで彼は帽子を膝の上に乗せ、居住まいを正した。

恐ろしいことや悩みの種が相続いて起きるのに、他に方法がなかった。彼と妻は引っ越すことに決めた。**「私たちは貧乏なので、苦しく辛いことでした。そのうえ、パイ・ド・パドリを出ていき、寂しく思いました。私たちはそこではとても大事にされていました」**しかし神を敬まって、法律を踏み越えないようにするには、他に方法がなかった。**「アンパロの村へと出発しました……」**アンパロで小さな家、畑、菜園を手に入れた。しかしあの忌まわしい奴、いつも悪行を働き、衝動的なあの男が間もなく姿を現わした。そして住みついた。底知れぬ執拗さで、とてつもない人でなしになり、みんなは彼を恐れるようになった。そしてさらに苦労を重ねて、隠れるようにしてジョゼ・センチラウフィと妻はそこからまた、苦悩しながらやっとのことで逃げ出すことができた。

すべてあの人でなしのために。「神にかけて！」と我が友は叫び声を上げ、壁に斜めに飾ってあるライフル銃を注意深く調整しにいった。その部屋はライフル銃、ピストル、散弾銃でいっぱいで、誰も見たことのない部屋のようだった。「**こいつは射程距離がとても長いのだ……**」と言い、かなり意地悪そうに笑った。しかし再び腰を下ろし、ジョゼ・センチラウフィに向かって気持ちよさそうに笑顔をみせた。

しかし小男の顔は曇った。

泣き出しそうになったのか？

彼は話を続けた。「**私たちはこちらへやってきて、彼も後を追ってきて私たちを苦しめています。いやな奴です。私から目を離さなかった。私のいくところへ付いてきます……彼とばったり出会わないように気をつけなければなりません**」彼は一瞬ためらった。そこで初めて声を大きくした。「**奴にそんなことをする権利があるのでしょうか？　それは度を超えているのではないですか？　罪を犯していますよね？　指名手配されるべきですよね？　いかさま師だとわたしは承知しています。ここは町です、権利を主張できると言われています。私は貧しい人間に過ぎないのです。しかし私は、法律に罰してもらいたいのです……**」ここまで充分に言うと、黙り込み、犬のような目で静かに嘆願していた。

我が友はほかに何もしなかったが、半分ほど顔の向きを変えて、あのライフル銃を見つめた。真剣に一分間待った。それだけだった。声も出さず。銃にいっそう眼を凝らし、その間に小男のほうを横目で何度か眺めていた。そうして、まるで子供に宿題をやらせようというかのように、小男にも銃を見るように身振りで呼びかけた。しかし相手は、彼がなぜ合図を送っているのかまだ分らなかった。**「それでは私は何をしなければならないのですか?」**と単刀直入に質問した。

我が友はまったく耳を貸そうとしなかった。指に息を吹きかけていた。壁にかかった銃をずっと見つめ、同時に相手を横目で見ていた。できる限り何度も。やっとのことだった。その小男は眼を大きく見開いた——目覚めたのだ。とうとう彼は本当に謎かけの鍵を理解したのだ。**「ああ」**と言って笑った。根拠とその結論に。突然、彼は立ち上がった。彼は自分でやってみることができるのだ。

もう当惑せずに彼は自分の途を進んでいた。礼を言い、再び意気軒昂となり、彼の守護聖人がついていた。出ていこうとしていた。我が友はまだ尋ねるだけだった。**「コーヒー……それとも火酒を少しどうですか?」**すると相手は慎重に答えた。**「そうですね、いただきますが……あとにします」**ほかには言葉を交わさなかった。我が友は彼の手を握りしめた。そう、ジョゼ・センチラウフィは出掛けたのだ。

あれほど大胆な我が友は意図して彼をつかみ合いにいかせたのだろうか? 彼は補足した。**「銃床か砲身か……」**あれほど傷つきやすい小男は体重の軽い弱々しい男だった。巨人同士の乱闘に向いているだろうか? 我が友は大混乱のなかを勝ちぬく人間だった。しかしながら、自分の武器を調べ、弾倉がいっぱいになっているかを見ていた。そして言った。**「助けを必要としている我がアキレスの後を追おう……」**かくして、そうした。

我々は彼の後を追った。

彼は歩いていた、それもかなり速く。

我々は歩を早めなければならなかった。

そして、突如として事態は急展開した。あちらに相手が、法を守らないエルクリナウンが運命的にやってきた。我が友は火薬の臭いを嗅いだときにいつもする、犬がするような半ばくしゃみのようなものをした。

そして……終わった。天使のような速さで銃が火を吹き、死んだエルクリナウンがぼろ切れのようにそこに崩れ落ち、眼に自分のものと人間以下のものとの間の何かをすでに見せて、道の真ん中に大の字になっていた。弾丸の貫通した跡のようなものはなかった。生命よ、汝は何と美しく儚いのか！　三人が銃を引き抜いたのだが、二発しか聞こえなかったのか？　エルクリナウンだけが間に合わなかった。もう一発が心臓に当たった。ゆっくりした男。

センチラウフィが自分のことを説明した。「**このユダが……**」

我が友はそんなではなかった。ながく「**あああ**」と言うだけで感情を無駄に費やさなかった。そして言った。「**すべてが書かれていて、あらかじめ運命づけられていたのではないか？　今日は、この男の運命が。ギリシア人たちが……**」さらに「**しかし……必要に迫られれば非情なこともする……**」そしてさらに「**彼は逮捕されまいと抵抗し、我々はそれを証明できる……**」かくして彼は運命に対して「いいえ」を形而上学的に表現したのだ。

祝いの鐘の音も警報も鳴らさずにエルクリナウンを彼にふさわしい墓穴へと速やかに移動させるべ

く措置を講じた。

そして彼は我々を、とくにゼ・センチラウフィを昼食に招いた。

我が友は瞑想にふけっていた。そして言った。**「この我らが地球に人間は住んではいない。それは明らかなことだ……」**と核心をついて。

10　原因と結果

タボカスの街道を牝牛が一頭旅していた。キリスト教徒のように落ち着き払って道の中央を歩いていた。その小さな牝牛は深くて濃淡のない色、はっきりした赤色をしていた。優しくリズミカルにだく足で尻を少し上げ、蹄で地面の埃を巻き上げていた。十字路にきても、ためらわなかった。王冠のような曲がった角を振りたて、額を下げ、一直線に川へと向かう道を歩いていき、川むこうには、日付けの変わる頃にこの牝牛が辿り着くであろうキテリオ少佐とかいう人の土地、パウンドリャン牧場があった。

街道がその村落の端を通るアルカンジョで、牝牛は気づかれ、逃げ出した家畜だと分ると、何人かの人間に背を打たれそうになった。しかし必死になってその場から逃れ、行く先に向かった。牧草地のはずれで、牝牛の行く手の上を横切って飛んでいたオオハシカッコウがその牛の背に止まるのは具合がよいと考えた。水が乏しくてほとんど干上がりそうなゴンサウヴィスの小川で水を飲もうと立ち止まった。野原でシギダチョウ狩りをしている猟師が銃を撃った。反対側から犬の吠えるのが聞こえたので、囲い地のなかにこっそりと入った。すると焚き木を採りにきていた何人かの女がその牛から逃げた。もし馬に乗った人に出会ったなら、なに食わぬ顔をして柵囲いにそって遠ざかるとよいことを知っていた。ずる賢く頭を下げて草をはむふりをずっとしていた。しかしながら、一レグア先のアントニオス家の土地に入り、人の声が聞こえる柵囲いを通り過ぎると、突然、前屈みになり早足になったが、まだそこが行き先ではなかった。家の戸口にいる老テレンシオおじさんが相手と話をした。**「おい、誰の牝牛だ、あれは?」「いや、あれはうちのじゃないですよ、おやじさん」**牝牛はしっかりと自分の途を進んでいた。愛着からであって、偶然ではない。

このように小さい牝牛が一頭、ペドラから夜明けに、ムクドリモドキの最初の囀りと雄鶏の三番目の時をつくる鳴き声との間に、お日様が牝牛の顔の正面に現われ、空がほとんどその牛の色と同じになったときに、逃げ出したのだった。その牛は癇の強い家畜の血統を引き、家畜業者によって運ばれてきた家畜の一頭だった。生まれ育ったパウンドリャンからきたのだった。奥地生まれの牛がよその土地にくると、雷雨の始まる少し前の十月になると毎年ホームシックに囚われていた。朝日を正面から浴びながら、その牛の行き先に通じる道の入り口まで達した。

ペドラの主人ヒジェリオは報せを聞くと、**「あの牛の奴め」**と言った。彼は重要な人物でそんな小さなことに気づくような男ではなかった。情報提供者たちは、あの牛の焼き印は遠くのむこうの大牧場主のものだと彼に告げた。彼の牧童たちが配置され、準備が出来た。このヒジェリオには地元に何人か息子がいた。彼は彼らを必要としなかったが、ただこの件がどのように起きたかを知りたかった。

息子たちのうちの一人だけが、素晴らしい若者なのだが、突然それに挑戦してみようという気になった。馬の尻がいに投げ縄を結びつけた。そして言った。**「鮮紅色の牝牛だね？」**自分の馬に乗った。やれるとかやれないとか、何と言われようと構うものか。彼は主な道を、軽く拍車を入れて進んでいった。分らずに進んでいった。西から東へと。

話は牝牛に戻る。牝牛は先に出発していたが、牛にとってはまだ充分ではなかったようだった。きびきびと歩を進めて丘の前まできても、溝の草を食べようと止まりもしなかった。歩みながらも、ぼんやりとした不安に囚われて、草を引き抜いていた。登っていくときでも、全身の動きがばらばらになって苦労しながら頭を揺すっていた。下るときには、深い穴に近づくように、脚を広げ、前後左右に動いていた。その後、平地に着くと、だく足で走り出した。いまや、広々とした野に出て、ほかの牝牛たちの姿が遠くに見えた。その牝牛はそれらを眺めていた。首を伸ばして鳴いた。すると、鳴き声が悲しそうなあたり一帯に広がった。森と土埃の上では、広々と青く白い空が見えた。太陽はすっかり姿を現わしていた。

もう若者は自分がどこにきたのか承知していた。地平線が眼に入り、それが必要だった。彼は逃げ出した牝牛のことについて知っていた。牛たちが心の感じるままに行き先を決め、生まれ故郷懐かしさにより近道することができるのを。その間に、彼は手掛りを探していた。行方をくらました牝牛の情報を聞かせてもらった。彼の淡黄褐色の馬は踏ん張り、新たに歩を速めて走っていた。馬は、時間がどんなものか、とっさの冒険であることを心得ていた。そして速足に進んでいった。ずっとずっと進んでいった。自由奔放に足を運んでいた。そこの土地は干上がっていた。雨のない天候、赤茶けた平地、埃まみれで木のない台地、表情のない野原。若者はその頃疲れていた。その後長いこと休憩した。それを後になって悔やむのだった。彼は急いだ。

牝牛は時間差に乗じていた。高い柵に阻まれて立ち往生したが、柵にぴったりそって進んでいった。小川に通じていた。小川のなかに牝牛は入り、水のなかをどんどん進んでいった。三倍頭が冴えていた。それも、また別の柵に邪魔され、意気消沈するまでのことだった。引き返して、急に走り出した。すると、猛然と、ほとんど空中を飛ぶかのようにジャンプして柵を跳び越えた。克服したのだ。そして赤い牝牛は尻尾を振り、踊るような足取りで体を上下に揺すりながら、むこうに姿を消していった。敵はもう近くまできていた。

若者は空っぽの世界を通り抜けてきて、神のお召しを受け、行くところへ行けと命令されたかのように感じた。彼はいま、いらだっていた。道を引き返して、何もかも後回しにするほうがよいのではと考えた。自分を名づける言葉を考えた。自分は馬鹿者だと思った。挫けて前には進めない、引き上げてもいいだろうと思った。あの動物は俺をどこに連れていこうというのだ？　まだ始めていない、ためらっている、どうしたらよいか分からない、やらなくてはならない。あの牝牛を連れずに戻ったら、いい恥晒しになる。なぜやってみようと思ったのか？　まわりは陰気だ。丘の上には、葉のない樹が花を咲かせているだけだ。七月には、ジャカランダの樹が暗い紫色の花を咲かせ、八月には、ノウゼンカツラの樹が黄色い花を咲かせる。見えるのは、絵のような遠景だけだった。馬鹿げたような気配。広げた地図。びっくりするような空。そして地面を調べ、足跡を探した。いまは、雲がひとつ野に大きな影を投げかけていた。若者は視線を遠くに向けた。突然、額に手をかざし、叫び声を発した。彼いが引き払われた。あれが見えた。あの牝牛が埃を巻き上げていた。あちこちであの牝牛の姿が見られた。人の背丈ほどに見える姿が丘の背をよじ登っていた。よく見なければ。牝牛は峰の曲がった線に一瞬止まると、小さくなったように見える。それから反対側に沈み、彼の視線から隠れた。行き先を越えていた。

その間ずっと若者は乗っている良馬に拍車をかけて走っていた。いつも鋭い眼差しで見ていた。眼で足跡がどう続いているか辿ることができた。ひたすら風景を追跡していた。灰色と黄色からなる斑《まだら》な大きな広がりが増していた。空も黄色くなっていた。陽が傾くと、広大な大地が焦げて煙を吐いていた。煙は高く、いっそう高くなると青くなって消えていった。若者は——自分の前に生気がみなぎるのを見て——独り考えた。「**なるようになれ**」

それから彼も丘を登り、そこから遠くまで見晴らしがきいた。遥か遠くにある門の前に谷をそなえた丘の連なり——そしてその低所の、椰子の多い平地には川が一つ流れている。動きの見えない、静かで、輝く川。まるでそれは世界を二つに切ったように道と交差している、音もなく。川岸の近くの影は黒い穴のようだった。

曲がったり遠回りしたりした後、牝牛は川岸に、最後のカナ・ブラヴァ草の草叢に着こうとしていた。人目を避けてスピードを上げ、牝牛は自分の流刑の身に終止符を打とうとしていた。小さな動く物体――あたかも二つの角そのものが泳いでいるかのように、赤い牝牛が夕刻にその川を渡っていた。九月のことだった。夜を迎えようとし、噴煙を呼び込んでいる空のもとだった。

そしていまは、黄昏を黄金色に写生しなければならない。若者と良馬は地形にそってやってきた。川を渡る前に、鳥の姿を見ることはなかった。もう鳥は巣に戻っていたからだ。夕暮れに川岸に着いたが、危なっかしいことはしたくなかった。彼は立ち止まって両岸を見比べた。晩祷の鐘は聞こえなかった。勝つためにすべてを投げ捨てなければならないのだろうか？　そうでもあり、そうでもないのだろうからと、このように考えた。二度と再びこういうことはしないし、永遠に……ヒジェリオさんの息子は考えた。宿命的な追跡を途中で止めて立ち去ることもできる。ためらった。確かに自分自身でも何だか分らないもの――突然の神秘的な懐かしさ、それなしには済ませられないのだろう。いま、きわめて重大な転機に差しかかっているのだ！　彼はブーツを脱ぎだした。そしてなかに入った――勇気を振りしぼって。あの静かな水面をひとかきひとかき胸で受け止めながら。それは川であり、たいしたものだった。もう今は対岸に着いていた。

「**牝牛は？**」そして拍車を入れ、手綱をゆるめて、距離を詰めていた。しかし牝牛はしたたかで、騙そうとした。その間に、日が暮れた。そして彼の馬、淡黄褐色の馬が鞍をつけて長いこと軽やかに走ったことによる影響を感じ始めた。膝ががくがくし、前のめりになり、もう少しで乗り手を前方に投げ出しそうになった。

彼らは夜の闇のなかを進んでいった、漆黒の闇の母の家に向かって。牝牛、男、牝牛——通行人が疾走していた。**「それでパウンドリャウンはどこだ？　主人は誰なのだ？　彼の家はどこだ？」**遠くの坂のあたりで、山の頂上まで野が燃えていた。火花——最初の星だった。急いでいた。若者は盲目的な強迫観念に囚われていた。最高に苦しみ、もうこれ以上に絶望することはできなかった。樹々が黒々と震えていた。星とコオロギとの間の世界。薄明かり。星しかなかった。どこに、そしてどこへ？　牝牛だけが知っていた。それらの場所への愛によって。

牝牛は着き、彼らも着こうとしていた。広大な牧場の牧草地。牝牛が闇のなかに現われた。意表を突くようにモーと鳴いた。もう一度鳴いた。むこうにぽつりと明かりが見えた。こちらには大きい家の窓にぽつりぽつりと点いている明かり。ただの鬼火だったのか？　キテリオ少佐とかいう人の家が。

若者と牝牛は柵囲いの表門から入ってきた。若者は馬から降りた。奇妙な呆然とした気分で階段を登り始めた。それほど説明しなければならないことがあった。

それほど彼は歓迎されていた。

人の輪に。その家の四人の娘たちに。彼女たちの一人、二番目の娘に。背が高く色白で優しい。彼女が彼の前に現われた。彼らは互いに思いがけなかっただろうか？　若者は悟った。これにより事態は変わった。牝牛のことを彼は彼女に言うだろう。**「あなたのものです」**彼ら二人の心は変わるだろうか？　そしてすべては時機を得て、この世には愚かなことはありえない。蜜のような歓喜がこの時にやってきて、魅了された者たちの指輪も。彼らは愛しあっていた。
そして牝牛——意気揚々と、どこにいようともマイペースで歩いて家に帰ったのだ。

11　鏡

もし私についてこられることをお望みなら、お聞かせしましょう。冒険譚ではなく、実験に係わることなのです。その実験に、私は一連の推論と直観によって交互に引き込まれたのです。そのために時間を失い落胆させられ骨も折りました。それを自分の業績にしますが、自慢にはしません。しかしながら、皆さんとはちがった途《みち》に進み、他の人たちにはまだ馴染みのない知識の世界に侵入したのを我ながら驚いています。例えば、あなたは学究であり研究者でいらっしゃいますが、鏡とは実際いかなるものか見当もつかないと推測いたします。もちろん、あなたはきっと物理学にかなり通じていらっしゃり、光学の法則にも明るいことでしょう。私は超越的なことに関して申し上げているのです。ちなみに、何もかも、ある神秘の氷山の一角なのです。事実も含めて。あるいはそれらの欠如も。お疑いですか？　何も起きないとき、我々の眼に映らない奇跡が起きているのです。

具体的な話に参りましょう。鏡は沢山あり、あなたの容貌をとらえます。あらゆる鏡はあなたの顔を映し、あなたは、それをご自身の実際上変化しない容貌だと信じていらっしゃる。鏡は忠実な像を映してくれると。しかし――どの鏡が？　「良い」ものと「悪い」ものがあり、良い気分にしてくれるものと、貶《けな》されたと感じるものがあります。もちろん単に正直なものもあります。そしてその正直さや忠実性の水準と程度をどこに置いたらよいのでしょうか？　あなたや私や仲間たちは見た目にはどのような姿なのでしょう？　あなたはおっしゃるでしょう。写真がはっきりさせてくれると。私はそれに反論します。鏡だけでなくカメラのレンズにも同じような異論が当てはまり、それだけでなく、それから生じる像は私の主張を否定するどころか、図像上のデータ、写真の上に、神秘的なもののいくつかの形跡があるのを明らかにしていると。写真がすぐ次々に撮られたとしても、いつでも互いに**大きく**異なるものでしょう。もしあなたがそれに気づいたことがなかったなら、それは、我々がもっとも大切にしていることに、救い難いほど不注意に暮らしているからなのです。そして顔に合わせて作られた仮面は？　それらは、ざっと容貌を荒削りしたものですが、表情の素早い変化、その絶えず変化する動きにはついていけません。お忘れなく、我々は微妙な現象を扱っているのです。

　誰でも他の人の顔とその人の鏡に映った像を同時に見られるという主張が残っています。詭弁を弄せずに私はその仮定に異議を唱えます。ちなみに、まだ**厳密に**実現されていないそのような実験は、心理学的な種類の避けられない歪曲のために、科学的な価値に欠けるでしょう。ちなみに、そうしようと試みるならば、かなり意外なことに出会うことでしょう。そのうえ、瞬時に流れるように変化するのを考慮に入れるなら、同時に見ることは不可能になります。そう、時間はあらゆる手で人を欺く魔術師なのです。……そして我々一人ひとりの眼自体、もとから悪癖に染まっていて、その欠陥とともに成長し、さらにそれに慣れてしまったのです。初め、子供は物を逆さまに見ます、そのため、ぎこちなく手探りするのです。徐々にしか外の物の位置に関する不安定な映像を修正できないのです。しかしながら、他の欠点、しかももっと重大な欠点が残ります。眼はさしあたり誤りの入口なのです。私のではなく、あなたご自身の眼を疑ってください。ああ、友よ、人類は興奮して震える世界に少しの慣例と論理を課そうと奮闘します。が、何かが、あるいは誰かがことあるごとにそれに欠点を見つけ、我々を嘲笑しようとします……。それでどうなるのでしょうか？

気を付けてください、私の申し上げているのは、ふだん使っている平らな鏡のことに限っていることに。そしてほかのものはどうなのか、凹面、凸面、放物面のものは？　まだ発明されていないその他のあり得るかもしれないものは申し上げるまでもありません。例えば、四面の鏡ですが、その仮定は私には馬鹿げているように思われません。数学の専門家は、精神的な訓練の後に四次元の物体を作るに至り、そのために、子供たちが遊んでいる物のようにさまざまな色の小さい管を利用しました。本当だとは思えませんか？

最初、私の理性が正常であるか、あなたは疑っていらっしゃいましたが、どうやら、その疑いを解きはじめたようですね。しかしながら、常識の範囲から逸脱しないようにしましょう。我々の姿を細くしたり、まん丸くしたり奇怪なものに見せる遊園地のビックリハウスの滑稽な鏡のことを我々は笑ってしまいます。しかし我々が平面状のものだけしか使わないのは――それに、ティーポットの曲線でまずまずの凸面鏡が出来たり、磨かれたスプーンがまあまあの凹面鏡になりますが――それは、人類が最初、湖や沼や泉の静かな水面で自分の姿を見つめたという状況によっています。それらを真似て金属やガラスで、そのような道具を作りました。それでもティレシアス〔テーバイの盲目の予言者〕は美しいナルキッソスに、自分の姿を見ないあいだだけしか、生きていけないだろうと警告しました……。そう我々が鏡を恐れるのももっともなのです。

私は本能的な疑いから子供の頃から鏡を恐れました。動物も、いくつか信じるに足る例外を除いて、鏡を直視しようとしません。私はあなたと同様に、内陸部の出身です。我々の土地では、独りでいるときには、夜更けに鏡で自分の姿を見てはいけないと言われています。というのも、鏡に映るはずの我々の像の代わりに、何か他の恐ろしい像が現われ、驚かされるからなのです。しかし私は唯物論者で理性的な人間なので、しっかり地に足をつけています。根拠のない説明にもならないことで私は満足するでしょうか？　全然。それでは、それはいかなる恐ろしい像なのでしょうか？　奇怪なものとはどのようなものなのでしょうか？

私の恐怖はひょっとすると隔世遺伝的な印象の復活なのでしょうか？　人の映った姿は魂だと考えている人々、あのような原始的な人々に鏡は迷信的な恐怖を起こしていました。ご存じのように、一般的に迷信は調査のための実り多い出発点になります。鏡の魂――何と素晴らしい隠喩でしょう！　ちなみに他の人々は魂を体の影と同一視していました。そしてあなたはきっと明かりと闇という対立を見逃さなかったでしょう。誰か家の者が亡くなると、鏡を覆うか、壁に表側を向ける習慣がありませんでしたか？　もし魔術を真似たり、共感呪術を行ったりするときに鏡を用いるほかに、予言者が水晶の球を使うように鏡を使い、そのなかに将来の出来事をちらりと見るとしたら、それは、鏡を通じて時間が方向と速さを変えるように思われるからではないでしょうか？　しかし、私は長々と話をしてしまいました。あなたに話を聞いていただいて……。

たまたま、公共の建物の洗面所でのことでした。私は若く、自己満足し、自惚れていました。うっかり見てしまったのです……。説明させてください。二つの鏡が、ひとつは壁に掛かり、もうひとつは持ってこいの角度で開いていたドアに掛かり、ワンセットになっていました。そうして私が一瞬見たものは、最高に不愉快な、むかつくような、まったくおぞましい人間の横顔でした。その男は私に吐き気を催させ、憎しみと驚きと怒りと恐怖をかき立てました。そして何と――すぐに気づきました……私自身だったのです！　私がその発見をいつか忘れると思われますか？

その時以来、私は、滑らかで奥深いガラス板、冷ややかに輝いている鏡の表面に、自分の陰にいる私を探そうとし始めました。私の知っている限り、そんなことはかつて誰もやったことのないことでした。鏡で自分の姿を見る者は、身びいきから、たいてい当てにならない仮定から出発して、そうするのです。誰も本気で自分を醜いと思う者はいません。せいぜい、時によると、もう受け容れた美的な理想像と一時的に自分が一致しないと感じて不満に思うのが関の山です。私は率直ですよね。我々のしようとしていることは、もう存在している主観的な**理想的な形**を作り上げながら検証し、調整することなのです。結局、連続する幻想の新しい層によって幻想を拡大することなのです。しかしながら、私は完全に中立的、公平無私に調査する者なのです。非個人的ではないにしても私心のない好奇心にかき立てられて、私自身の外観を追求する者なのです。科学的な関心にかられて、とは申しませんが。何カ月もかけました。

そう、有益なものでした。私はあらゆる種類の策略を巡らして行いました。電光石火の一瞥、突然の横目、横目を使った凝視、逆に不意討ち、瞼のフェイント、突然明かりをつける待ち伏せ、絶えず角度を変えること。とりわけ、私は底知れないほど辛抱強かった。それにまた、ある特定の時に――怒ったり、恐れたり、鼻高々になったり、鼻をへし折られたり、ひどく喜んだり悲しんだりしたときに、自分を鏡に映して見ました。しかし謎が私の前に現われました。例えば、怒っている状態であなたが客観的にご自分の姿を直視するならば、怒りはひどく倍増して満ち引きします。すると、あなたは実際には、人が自分自身だけしか憎めないことを悟ります。眼はじっと眼を見る。私はこれを学びました。我々の眼は永遠です。眼だけが神秘の中央で変わらないままに残っていました。少なくとも仮面の後ろの私のことを、鏡はあざ笑わないでしょう。私の顔の残りの部分は絶えず変わりました。他の人々と同様にあなたはご自分の顔が単に人を欺くために永遠に変動していることに気づいていらっしゃらない。気づかないのは、不注意で、慣れきっているからなのです。私に言わせていただければ、こうでしょう。まだ眠っている、もっとも必要な新しい感覚を発達させていないのです。あなたは、あなたの足と私の足が踏んでいるこの惑星、地球の公転と自転に我々がふだん気づいていないように、気づいていないのです。もしお望みならば、私の失礼を赦していただかなくても結構ですが、私の申し上げることをご理解ください。

そんな訳で私はその霞んだものの本質——私の真の形を探るためにあの**仮面**の偽装を透かして見る必要がありました。やり方があるはずでした。私はじっくりと考えました。実証的な着想が浮かび、救われました。

外面的な顔の見せかけにはさまざまな要素が混じり合っているので、私の問題は、それらを「視覚的」に遮断したり、知覚的に取り消したりして、もっとも基本的なもの、もっとも粗野なもの、もっとも意味のないものから始めて各要素をひとつずつ消滅させることだろう、という結論を導き出しました。手始めに動物的な要素を取り上げたのです。

我々のそれぞれがある動物に似ていて、その顔貌を思い起こさせるというのは事実です。私はただこの事実を確認しているだけです。輪廻転生や遺伝子工学理論というような喧しいテーマに引っ張り込もうなどという気は毛頭ありません。ちなみに私はラーヴァーター〔一七四一—一八〇一、スイスの人相学者・神学者・詩人〕の学問に関するある権威からその問題を学んだのです。どう思われますか？　例えば、羊や馬のような顔や頭に関しては、群衆をちらっと見たり、知り合いを注意深く見たりすれば、確かにそのような顔や頭がたくさんあることを認めるのに十分です。しかしながら、進化の尺度で下位にある私そっくりなものは、ジャガーなのです。私はそれを確かめました。そしてその時に、それらの動物的な要素を細心に分解した後に、私のなかにある大きなネコ科の動物を思い出させる容貌を鏡のなかに**見ない**ようにすることが必要になったのでしょう。それほど打ち込んだのです。

　これ以上はない綿密な分析とたゆまぬ努力からなる総合とを交互に行ったときに、私が利用した方法、あるいは複数の方法を詳らかにしないのをお赦しください。準備段階ですら、根気の要ることをする気持ちの少ない人には、怖気づかせることになるでしょう。教養のある人なら誰しもそうであるように、あなたはヨガに精通されていらっしゃり、少なくとももっとも基本的な技法をすでに練習されたことでしょう。それに、創造的な想像力とともに集中力を高めるためにイエズス会士の「精神修養」に励む哲学者や無神論の思想家のことを私は知っています……。つまり、かなり経験に基づいた方法に頼ったことは隠し立ていたしません。光のグラデーション、彩色を施されたランプ、闇のなかで光を放つポマード。鏡の鋼鉄と錫鍍金《めっき》に他の物質を使用するというような手段だけは、偽造ではないにせよ、俗悪なので私は拒絶しました。しかしとりわけ、部分的に視野をずらして焦点を合わせる**方法**に私は熟達しなければなりませんでした。見ないで見ることに。つまり「私の」顔のなかで動物の**名残**に過ぎないものを見ないことに。成功したでしょうか？

　私が想像上の仮定ではなく、実験に基づく事実を追求していたことをご理解ください。そしてそうした実験で本物の進歩を遂げていたと申し上げられます。徐々に鏡の視界のなかで、私の顔は余分なものが減少し、ほとんど消えてなくなり間隙が出来てきました。私は続けました。しかしながら、もうその頃になると、他の偶発的で、錯覚を起こさせる要素を同時に扱うことにしました。こうして例えば、遺伝的な要素——両親や祖父母との類似——我々の顔にも進化論的な残留物としてあるものも。

ああ、我が友よ、卵のなかでさえヒヨコは無傷ではないのです。続いて、混乱した一時的な心理学的な圧力によって引き出されたもの、明白か隠れているかする熱情の感染から生じるものを減じなければなりませんでした。そしてさらに、我々の顔に他人の考えや暗示を具体化するもの、結末もいきさつも、関連も深みもない、束の間の関心。あなたにすべてを説明するには、何日も必要でしょう。あなたには私の述べたことを額面通りに受け取っていただきたい。

　私が除外したり、抽出したり、抜き出したりしてますます達人ぶりを発揮して取り組んでいくにつれて、私の視覚組織はカリフラワーやペンペングサのようにゆゆしい裂け目が出来て割れ、モザイク状になり、海綿のように明らかに穴だらけになってしまいました。そして薄黒くなってしまいました。その頃、健康には注意していたものの、頭痛に悩まされるようになりました。私は本当に意気地なしになったのでしょうか？　思いも寄らない、恥ずべき弱さを露呈し人間的な告白をして調子を変えざるを得なくなり、あなたに気まずい想いをさせてお赦しください。しかしテレンティウス〔前一八六／一八五―前一五九、ローマの喜劇作家〕を思い出してください。そうです、古代の人々です。彼らは、まさしく蛇が巻き付いた鏡によって寓意の神としての「賢明」を表していたことが私の頭に浮かびました。直ちに私は実験を放棄しました。実際何カ月もの間、いかなる鏡であっても自分の姿を見るのを止めました。

　しかし日々の繰り返しとともに、我々は落ち着きを取り戻し、多くのことを忘れるのです。時は長い目で見れば、いつも穏やかなのです。そして隠れていた好奇心に私は駆られたのかも、あるいはそれ同然だったのかもしれません。いつか……。お赦しください、私は故意に各状況の調子を上げようとする小説家のような効果を狙っているのではありません。鏡を見ても、自分の姿を見なかったとただ申し上げているだけです。何も見ませんでした。空っぽで、遮るものがない太陽や澄み渡った水のように光を散乱させ、すべてを覆う滑らかな表面だけでした。私には容貌、顔がなかったのでしょうか？　再三再四自分の体を触ってみました。しかし見えないものばかりでした。架空のもの、物質的に見えるものを欠いたものでした。私はそう、透明な見つめる人だったのでしょうか？……顔を背けました。呆然として、肘掛け椅子に倒れてしまうほどでした。

私の探し求めた心身の能力は、休息していたあの何カ月の間、勝手に私のなかで活動していたのです！　永遠に？　再び自分を見つめたいと思いました。何も。そして愕然としたことに、自分の眼が見えませんでした。何もない輝き、磨かれたもののなかに、私も眼も映っていませんでした！

こうして徐々に単純化した姿へと変わっていき、ついには完全な顔のない状態にまで私は剥ぎ取られてしまいました。そしておそろしい結末でした。私は内面的な、人格的な、自立した存在を失うのでしょうか？　私はなるのでしょうか……魂のない者に？　その時には、仮の**私**を装っている者は、動物として生存しているもののほかに、遺伝によって受け継いだ僅かばかりのもの、自由奔放な本能、奇妙な熱狂的な活力、感応力の交差、そして儚さゆえに言いようのないその他のものすべてに過ぎないのでしょうか？　そのように私に言ったのは、鏡の輝く光線と空っぽな顔でした――酷《むご》い背信行為で。そして誰に対してもそうなのでしょうか？　我々はあまり子供以上とは言えないでしょう――生命の躍動は痙攣性の衝動、希望と記憶という蜃気楼の合間の稲光に過ぎないのです。

しかしあなたは、私が狂気し途方に暮れ、形而下のこと、超自然なこと、形而上学のことを混同し、少しも均衡のとれた推論や事実の論理的な整理ができないと考えていらっしゃる――私はいま、分りました。また、私の申し上げたことで、首尾一貫したことは何もなく、何も何をも証明していないと考えていらっしゃるのでしょう。すべては真実であるとしても、俗っぽい自己誘導の強迫観念、精神や魂が鏡に映ることを期待するという馬鹿げた考えに過ぎないのだろう、と……。

あなたの考えていらっしゃることはもっともだと思います。しかしながら、私は話が下手で、事実よりも先に急いで推論してしまうのです。それで荷車の後ろに牛をつなぎ、牛の後ろに角がくるという始末です。どうかお赦しください。それから、私の話を最後まで聞いていただいて、今まで不器用に大あわてで話してきたことを説明させてください。

それは、心の奥底に属するもので、相当奇妙な性格をもつ出来事なのです。内密にしていただくと約束していただいた上で、私はそれをお聞かせいたします。恥じ入ります。かいつまんでお話ししなければなりません。

それは、後のことで、辛い苦労の時期も終わった数年後に、再び私は私自身と対面したのです――顔と顔を突き合わせてというのではないですが。鏡が私に自分を見せてくれました。聞いてください。ある期間、私は何も見えませんでした。その時初めて、その後初めてでした。少しずつ弱々しい閃光、発光となっていこうとする覚束ない一条の光のようなものの仄かな始まりでした。そのごく細かい漣《さざなみ》に私は感動させられました。あるいは、もう私の感動の一部になっていたのでしょうか？　私から発せられ、そのちょっと先で止まり反射し、驚いているあのか細い光は何なのだろう？　もしお望みなら、あなた自身で推理してみてください。

　見てはならないものなのです。少なくとも、ある点を超えては。さらにずっと後になって——最後に——鏡のなかに私が見分けることのできた別のものもあります。そこでは、こんなに詳しい話を許していただけるなら、私はもう愛着を感じていました——つまり私は諦めと喜びを感じることを学んでいました。そして……そう、私は再び自分自身を、自分の顔を、ひとつの顔を見たのです。あなたが私の顔だと納得していただいているこの顔ではないのです。そうではなくて、まだ顔になっていないもの——かろうじて輪郭だけが描かれたもの——深い淵から生まれた深海の花のように現われたばかりの……。子供の顔よりもさらに小さく、子供の小さい顔以上ではないのです。それだけなのです。あなたが理解されることは決してないのでしょうか？

　私の感じていること、発見していること、推論していることをあなたに語るべきだったのでしょうか、語ってはならなかったのでしょうか？　そうでしょうか？　私は明白なことを手探りしているのでしょうか？　私は後ろ向きに捜しているのです。この蝶番《ちょうつがい》の外れた我々の世界は平らでしょうか——平面の交差——そこでは、最後の仕上げが我々の魂に加えられるのでしょうか？

　もしそうならば、「生きること」は極端で深刻な経験から成り立っているのです。その技術は——少なくとも、その一部は——意識した重荷の軽減、魂が成長するのを妨げるものすべて、魂を一杯にし埋めるものを片付けることを要求するのでしょうか？　それから「**とんぼ返り**《サルト・モルターレ》」……——私がその表現を使うのは、とんぼ返りの芸を復活させたのがイタリア人だったからではなく、使用により冴えなくなり鈍くなった普通の語句が新しい手触りと響きを要求するからなのです……そして問題＝判断が素朴な質問とともにやってきます。「**君はもう存在するに至ったのか？**」

そうでしょうか？　しかしそれでは、我々は快適な偶然に任せて、何も理由がないまま不合理の谷間で暮らしているという考えは、取返しのつかないほど破壊されているのでしょうか？　以上です。もし許されるなら、いま私はそのようなことについてあなた自身のご意見をお待ちしています。あなたの僕《しもべ》であり、最近出来たばかりの友人であり、しかし科学、その正道を外れた成功、ためらいがちな対立を愛する上での仲間でもある私に、どうか反論をしていただきたくお願いする次第です。いかがなものでしょうか？

12　無と人間の条件

将来書かれるかもしれないお伽噺で、老いた王様か末っ子の王子様にでもなれたかもしれない見かけよりもずっと素晴らしい男がいたのだが、私の家族にも私の故郷にも、その男と知り合いになった者は誰もいなかった。男は大農園主で、マンアントニオおじさんと呼ばれていた。

彼の大農園は、母屋が隣の農園のいずれともおそらく優に十レグアも離れており、すっかり山に囲まれ、稀薄で透明な空気が燦々《さんさん》たる光線を浴びて聳え立つ地点にあった。そこでは、朝の訪れが早く、夕べには、西空を染める赤紫色と薔薇色の色調によって天気が良いのか悪いのかどちらとも言えなかった。その大農園を、その多くをマンアントニオおじさんは遺産によるよりもむしろ買い求めて手に入れたのだった。しかし彼は内に引き籠りがちで、人と話をするにも口数が少なく、ぶっきらぼうで、けっして大農園をその名称で呼ぶことはほとんどなく、まれにこんなふうに言うだけだった。「……

家《うち》では……家《うち》に帰る……」

その家《うち》というのは、二階建てで、しっかりした土台の上に建てられ天井が高く、細長い造りで、一度も使われたことのない廊下や寝室がいくつもあった。果物や花や革や木材や新鮮なコーンミールや牛の糞などの臭いがした。北向きで、レモンの果樹園と立派な家畜の柵囲いに挟まれていた。そして正面には、木の階段があり、四十段が二層に分れ、広々としたベランダに出られ、そこの隅にある垂木から、かつて奴隷たちを小屋から召集する鐘のロープがいまだに垂れ下がっていた。

そこでマンアントニオおじさんを待っていたのは、彼の妻、いつも、永遠に分別があり、貞節で昔から確固としたリドゥイーナおばさんだった。それに純真にして真面目、世話好きな娘たちが彼を取り囲み、溢れんばかりの愛情を彼に注いでいた。彼が最初の門に着くかなり前から、途中にある家に住んでいるさまざまな従僕、先住民から、いつに変わらぬ挨拶を受けていた。しかし彼は家に帰るたびに、まるで高いドアが彼を出迎え庇護するのにふさわしくない低くて卑しいものであるというかのように、身を屈めて入った。彼は心に期すところがあって暮らしていた。このように彼について多くの事実が、誰にも知られていなかった。

ただ遠まきにしていた。そしてある日突然、旅から戻って山を登ろうと険しい道を絶壁とクレバス——恐ろしく高いところにある深い谷間——にそって安定した足取りで上がってきた。澄み切った日なのでベランダから、まだ何レグアも離れているが、もう彼の姿が見え、街道のいくつかの曲がり角で、理に適っていないが近づいたり遠ざかったりして明るい空気のなかで芥子粒のようだった。力強くおとなしいロバにまたがってマンアントニオおじさんは辛抱強く少しずつ進んでいた。質素な出で立ちで、いつもの粗末な仕事着という程度のカーキ色のズックの普通の服だったが、ゲートルも巻かずブーツもはかず、たぶん拍車もつけていなかっただろう。注意深く繰り返し見ていると、彼がぼんやりしているときに主にする動作が見分けられただろう。ゆっくりと何かを自分のそばから追い払おうとするときに時たま見せる動作。何かしようという気分になっていないときに居眠りのふりをして、指で額の皺を伸ばそうとする動作。もう景色には眼もくれないのだろうか？

そう、彼は、山が翼を広げる頂上も、地獄のような信じられないほど深い淵も見たのだ。彼はそれらを凝視した、まるでそれらに、どうにか自分自身の最良のもの――彼の生活の最良のもの――を一種の希望か罪滅ぼし、犠牲、努力を奉納しているかのように。その代わりに貢ぎ物の礼として山の王か谷間の王にいつか会うことが許されるのではないだろうか？　というのは、想像できることはすべからず存在し、いつか出会えるかもしれないからだ。一体どんな種類の考えを――役に立たず、独創的で必然的なものを――彼がまったく意識せずに密かに独りで考えていたのだろうか？　ところが、そうだった。我々はただ昔の将来を生きているだけだ。その上、彼は渇望、孤独、暑さも寒さもけっして感じることなく、通常の不快も訴えることがなかった。しかしうずくまり、軽く頭を振り、真一文字に口を閉ざし、軽く苦しそうに息をついていた。彼の視力はその頃には衰え出していた。その当時は使い過ぎのせいでそうなっていた。けっして以前には知らなかった愛着で、遠くから谷間と山頂を眺めていた。たぶん彼はあそこにあるかもしれないものすべてに大胆に顔を向ける必要を感じたのだろうか？　そしてついに彼は辛い時間を過ごし、骨を折って坂を登った後に、家に着くのだろう。

するとと彼の妻のリドゥイーナおばさんがほとんど何の前触れもなく、ああと溜息をつく間もなく、中断したアベ・マリアを再び唱えることもなく亡くなった。マンアントニオおじさんは逡巡せず、大きく細長い家のすべてのドアと窓を開け放つように命じた。母親を失った娘たちが抱き合い、最愛の人の遺体を安置するあいだに、彼はその場に似つかわしくなく家の端から端まで部屋をひとつずつ見て回った。

それぞれの部屋の窓から眺めた。次々と急いで歩き回った。前の部屋で、さらにその前の部屋でしたようにひとつながりの一部分であるかのように風景を見やった。家を一回りして彼はおぼろげに、谷間や山頂があるところには地平線があり、まったくすべてが存在することを少なくとも見た。もう一度ぐるりと視線を巡らせて彼は風景の背後を見た。谷間と途方もない山の影が、翼が生えたように軽やかに消えていった。いまや彼はそれらが必要だったために、再びそこに助けを見出すのだろうか？　彼にはもう過去も未来もなかったので、あらゆる矛盾や抵抗があったにもかかわらず、岩のように堅固に自分のいるところに留まる決意をした。おそらく、心中深く厳粛で重大なことを音もなく意味もなく呟いたことだろう。

最後に彼女たちのそばに、みんなが望んだように山と積まれた花に囲まれてその時代風に正装して動かないリドゥイーナさんのそばに戻った。娘たちは悲しみをともにしていたので、彼のことを完全には理解できず推し量るばかりで不安であったが、それでも何か助けてくれると彼に漠然と望みを託していた。しかし彼は、まるで人生は隠蔽できるというかのように外的な自己を曖昧な場所と時間に引込めた。顔つきをとおしてでは彼は理解されないであろう。したがって、彼は自分のなかの順応性のあるものを作り直した。彼は今やちがった種類の、もっと品位のある人物になり、薄い青い色の眼をしていた。しかし顔はやせて率直で、灰色がかった黒っぽい色をしていた。

いま、彼を見つめるなら、いかにして彼の娘たちが突然、彼の眼の奥底から何か知り得ない癒しの恵みを得ているか、言いようのない遠い反射作用か徴候により推測できるだろう。いちばん年下のフェリシアだけが父親に話しかけて叫んだ。「**お父さん、人生は油断のならない浮き沈みに過ぎないの？わたしたちには本当に安心していられる仕合せな時なんかないのかしら？**」すると彼が慎重にゆっくりと穏やかな声で応えた。「**なあ、おまえ、そうだと信じなさい……そうだと信じなさい……**」娘たちは半分しか分らなかったが、それ以上期待しなかった。マンアントニオおじさんは頭を垂れていて、それらの言葉を口に出したときに、それ以降、彼の永遠の言葉になるのであった。そして彼は軽く妻に口づけした。すると娘たちと彼は涙を流した。しかし一種の自由、より強く、より大胆な期待からそうなった。

彼らはリドゥイーナおばさんを長年にわたって愛し、彼女が苦しみながら微笑んでいる――人が普通にやっているように辛い悲しみや暮らしぶりをしている――のを眼にしてきた、そしていつもの愛する者たちはみな痛ましい寂しさを感じていた。リドゥイーナおばさんはもう仄かな音楽や姿になっていた。

しかしながら、マンアントニオおじさんは喪に服そうとせず、道理をわきまえ、無理なことはせず、悲しみに沈み込むこともなく、連れ合いに先立たれた男のような素振りも見せなかった。確かに以前よりも髪に霜をいただき、少々肩を落としていたが。ほんの少しの間だけだと、彼のことをみんなはそう言っていた。彼はけっして自分の深い悲しみを口に出すことはなく、時には彼のまわりの人たちは誤解して、彼は再びつまらない人間になり、また意見もなく、性格もなくしてしまった、と考えた。しかしそれどころかマンアントニオおじさんは考えていた。「**信じていなさい!**」と、機会あるごとにとても穏やかに命じた。完全に信じられる、実行できる計画をひとつ立ち上げていた。滞りなく始められた。

彼の裸足の労働者たちは焼けつくような陽射しに鎌や鍬や鉈《なた》を光らせて、本業ではなかったが、陽気に機敏に腕力《うでぢから》を用いて彼に忠実に従っていた。しかし彼はとても果敢に、ごく知られた最良の方法や目的によって、彼ら、技師や製造業者や多くの場所の男たちを指導していた。彼らと一体になり、そして激励した。「**みんな、そうだと信じなさい……そうだと信じなさい……**」と、口元にうっすらと微笑を浮かべ、しかし厳しく、実際自分に妥協せず、穏やかに囁いた。彼は来る日も来る日も早起きし、せかせかと動き回って彼らを追い立て、引きずり込んで森を伐採させ、樹を切り倒させ、風景をすっかり一変させる、たっぷり日数をかけて大仕事をさせた。確かに、それらの男たちは骨身を惜しまず、皺の寄った人間で、のろまで怠惰であったが、けっしてそこでは召使いと主人という関係を考えることもなく、本気で彼を愛し、自分たちの一人として評価していた。そして熱心に彼らは周囲の森全体に手を入れたので、それは峰から谷間まで、決められたようにきちんと曲線を描いているのが一望されるようになった。

しかし必要だとも有益だとも思わない噂好きな男たちは、それらをおそらくむしろ支離滅裂で頭のおかしい、馬鹿げた、まるで質の悪いいい加減な活動と思っただろう。だが、マンアントニオおじさんは「もしそうなら、そうなのだ」という調子で、麦藁帽子の鍔を下に向け、太陽に半ば眼を閉じ、汗をかき、時々咳き込んだ。彼は同意する時もそうでない時も、頷くことのできる人間だった。しかしながら、彼は秘密主義を採り、誰にもこれがどんな結末になるかを知らせなかったが、彼が目覚めていて、熱意に溢れていたことは誰にも分った。しかし結局、彼は他の人々のように弱い肉体をもった人間ではなかったのか？　それでも時刻に無関係に持続力を保って疲れることがなかったのには、別の理由があったにちがいなかった。彼はたゆまず働き続けたり、後退を余儀なくされたりしたが、心の中は、その間ずっと何かで忙しい、ということはなかった。

巧みに彼は、新たに作り笑いを浮かべ、邪気のないような態度を取り戻した。過去のよいことすべてを忘れていた。そして彼の口に出さない計画は結局、その指定された時に完成された。したがって、娘たちはすべてが終わったのを見た。そして彼女たちは悲しみに暮れた。

父は何て報われない奇妙な考えにとりつかれ、ずっと昔から母が見て愛した聳える山の斜面の姿、その景観を崩そうとしたのかしら？　効果的に間引きされ、短く刈られ、手心を加えられたものは何もなかった――露出した森や藪のちっぽけな花や茂みまで――そこでは、すべてが乾いてやせた土地になっていた。それほどだったので、愛娘のフランシスキニャが心配になって優しく彼に尋ねた。思いやりも何もなくして、みんなが懐かしく感じているのに酷《ひど》いのではないかしら？

彼は落ち着いて娘の言うことを聞き、彼女を見つめながら、まるで別のことを考えているかのように、心ここにあらずという様子で応えた。「**おまえ、そんなことはないさ……そんなことはないさ**……」そう言ったときに、何と彼は曖昧に微笑み、それ以上言葉を続けなかった。その代わりに、向こうに広げられた野を指さした。影もなく大きな四角形に開かれた光景であり、緑の生きいきとした草の最高に素晴らしい草原だった。

ああ、誰によって何をされたのか、いまや信じられないほどの幻想が現実のものになったのだ！というのは、あちこちに、まるで暑い日に反芻している牛たちに日陰を与えるために残された樹だというかのように、それぞれぽつんと厳かに立っているのは、素晴らしく目立つパラダイスナッツノキ、小峡谷の縁にある奥地のヤツデクワ、二月、三月と六月、七月に葉を落とし花だけになる樹、それぞれ堂々としたピンクのパンヤノキとほとんど深紅色に近い赤紫色のトックリキワタだった。さらに多くの樹があった。しかしリドゥイーナおばさんが生前にいちばん愛したそれらの樹々、彼女の喜びの源を除いて、どこにも、もう何もなかった！

娘たちは驚き、眼を大きく見開いた。彼女たちは流した涙によるもの以外は、言葉少なだった。実際、マンアントニオおじさんが正しいように思われていて、そうだったし、これからもそうなることが明らかになった。そして死を免れないことを意識し、幸福であると知らされてとりわけ生きていることが。

実際、彼の全関心が勝手気ままに向けられていた事柄についても、彼は意図せず予言し、占い師だった。というのは、ちょうどその時に家畜の価格が突然かなり高騰し、大牧場主たちは全員さらに牛を買い増したい、牧場を広げたいと思っていたからだ。するとマンアントニオおじさんは抜け目なく正しい手を見事に打ち、労せずしてみんなを出し抜いた。彼はとても謙虚なので、そうするのを潔《いさぎよ》しとしなかったのか？　彼は自然の草原の緑の斜面にも洞察力のある視線を投げかけ始めた。それはほとんど山全体を覆っていた。それは人が作ったのではなく、高い山だった。

彼が、ほかの人たちのように実利的に行動する人間ではない、と人に信じさせられるものは何もない。しかし彼は自分独自の方法でそうした。飽くまでも分りやすく。自分が何を望んでいるかを見きわめ、それに応じて行動しながら、このように正直な抜け目なさで前進したのか？　一年後にリドゥイーナおばさんの命日に、運命を欺こうと、まるで彼女が生きていて出席しているかのように追悼の儀式をしようと提案した。

娘たちが同意したので行われた。彼女たちは成長し、もう教育も修了していた。若い従兄弟たちがやってきて、彼らは素晴らしい考えを抱いていた。マンアントニオおじさんは彼らを迎え、会って、彼らの考えを承認した。そして美しく、それぞれが比類のない三人の娘は婚約し、まもなく結婚した。直に彼女たちはマンアントニオおじさんの娘婿たちと、それぞれ異なる遠隔の地へと向かった。彼はその日以降も以前のように大牧場に留まった。そこ、彼の古くて人里離れた家、見上げれば青い山頂と途方もない急斜面、見下ろせば切り立った壁のような断崖、洞穴、底知れぬ絶壁——宙吊りになった大邸宅に——天空に。

自分の三人の娘が何年にもわたる愛情を通じて幸福や勇気を新たに発見して——よくあるように、ただ生きていき、暮らし、成長して生まれ変わるのを彼は見た。彼女たちから彼は経験を積んだ優しい愛情を感じたいと思っていたが、悲しいことに彼女たちはそういう願いを叶えてくれなかったのだろうか？　彼の娘たちは今や仄かな歌の不可分な部分になっていた。

彼は独りぼっちだったが、悲しくはなかった。マンアントニオおじさんは、無言で動くものは保持しようとせずに尊重した。自分の手にしている何かを手放すときのもっとも特徴ある動作にさえそうだった。しかしながら、簡素な手作りのものを逆に愛《いと》おしみ、買戻したときには、うっとりしていたのか？　しかし、時々、最高の満足感に満ち溢れているときには、彼は起きあがり、はっきりと論理的に考えているのではないが、なにか荒っぽく辛い仕事に従事した。雨に濡れそぼち、太陽に焼かれ、激しく行動して。彼は、まるで大勢の人々から、種を蒔いて広げるように命じられたり、懇願されたり、彼自身を少々必要としていると言われたりしているかのように思ったのだろうか？　あるいは、彼は山の翼に乗って未来へ真の自己を捜し求めにいこうとしていたのか？　信じていた。彼は凪と旋風を信じていた。

この間ずっと彼はまだ病に冒されることもなく疲れを知らない生命力と乱されることのない平静さを保っていた。その後になるようなオジギソウの花のような白髪にもなっていなかった。

彼は順風満帆の日々を送り、野を牛で満たしていたので好き勝手に金を遣うことができた。しかしながらマンアントニオおじさんが評価するものは何もなく、すべてが余分なもので、人間的な弱さを表すものだった。彼は出来事や事実の関係を抑制した調子と鋭い調子とで話す力を手に入れていた。そしてすべて——あらゆる貪欲と何でも大量に欲しがることを思い止まっていた。彼——死ぬべき運命をもっている。実際、彼の思考は後戻りしなかったのか？　したのだが、彼は自分の見方が不運であり偏狭であったので、自分の周囲の世界と自分自身のなかの両方で希望を抱く理由を見つけ出していた。

きわめて一般的な意味では、彼はもっとも高度な正義を持っていると認められるだろう。そうなる必要があったのだろう。穀物倉庫は新しい収穫物を収めるには空っぽにされなければならない。半分ならば全部を、空ならばいっぱいになるまで要求する。これが、ある日マンアントニオおじさんが達した結論だった。それでそうだと信じられている。確かにそうなった。それはとても混乱した話だった。こういうことだ。さて、それでは。

少しずつ、時間を置いて、部分的にマンアントニオおじさんは自分の土地を自分の裸足の召使い、黒人、白人、ムラート、褐色の人、サンダルを履いた先住民、作男、牧童、日雇い——けっして逆らわない身近の者たちに分け与えた。そう、こうしたことは、そのような気前のよいたいした行為がそれほど驚くべき形で行われているというニュースを流布させてみんなの欲を掻きたてないようにと静かなやり方で密かに目立たないように行われた。

そして彼自身は、土地をそれ相応に売っていて、もうけた金を、娘たちや娘婿たちに几帳面に送っている振りをし、信じさせるために伝言をそれに添えた。幸いなことに娘たちも婿たちも、ひと思いにか少しずつか奇形な山頂《トルト・アルト》を、雲のなかの近づきがたい大牧場を分割して売ってしまう以外に、どうにかしたいとは思わなかった。しかしながら、彼にはそれはまだあらゆる場所のなかの場所、冷たく澄んでいる土地だった。

とにかくマンアントニオおじさんは考えなくてはならないことを考えていなかった。まさしく憐れみの情だったのか、それとも狂気やそれよりも悪いことだったのか？　重要な動きは回帰だ。今後は、世話をしなければならないものを何も持たなくなるのだろう。世界の危険な深淵や山並の雲を突く峰は誰のところにいき、誰のものになるのか？「**みんな、そうだと信じろ……そうだと信じろ……**」これがみんなに対して彼が言ったことで、そうした言葉を言うときでも、彼は慎重に、微笑んだりはしなかった。

彼のあれほど多くの召使いたち、彼から恩恵を受けた者たちは彼を理解できなかった。しかしながら、彼らは彼の贈り物が本気でなされたのが分ると、歓喜のあまりに笑い出したが、同時に不安にかられ、小躍りするのをためらい、十字を切った。

彼に付き従った多くの男たちは、実際には何年もいるのを彼に知られず、ただこれまでそうであり、これからもそうであるように存在し、彼の役に立ち、暮らしているということだけしか知られていなかったが、彼らはいまや彼の計画を実行するのに欠くことができなくなっていたのか？　彼の手下の男たちは、けっして解読できないテクストのなかの必要な登場人物だった。

そしてマンアントニオおじさんはすべてを、まさしく望んで書き留めたように契約書という形、適切な形式で自分自身のまだしっかりとした手で書いた文書として残した。そして理由と、その裏にある論理を説明するにあたって、彼は一般人の意見とあらゆる矛盾を考慮に入れて疑念の生まれる余地をなくした。後に起きるように、彼は用意周到に検討して、彼の以前の召使いや日雇いたちに対してなされるだろう告発や、後に真っ赤に燃えた夜に大規模に起こることを千里眼のように予想していたようだった。彼は、起こるよりもずっと前の日付をインクで記した声明によって彼らを守ろうと気遣った。

彼は自身のためには、あの聳える高地に建てられた巨大な古い家、優雅で広々とした眺望があり、世界がより大きく透き通って見え、その隠れた土台により人を欺く深さがある建物を除いては、何も保持しておかなかった。何も。おそらく何も。何も持っていないと信じ込ませた。自身にそう信じ込ませていた。他人に対しては、彼はどんなに愛していても、彼らをまったく理解していなかった。

それらの他人たちに自分たちが主人だと信じさせていて、彼らは慣れていった。彼らは彼を理解していなかった。彼らはいつも彼の隠れた人柄を恐れ、彼の重要性、城のような大邸宅にいる彼、いつも威厳に溢れた彼を敬わなければならないので、確かに彼を愛していなかった。それでは、なぜ彼はひと思いに立ち去らないのだ、あの役立たずの案山子《かかし》、ぼけた気違いは？　思慮深く、じっと腰を落ち着け、彼らが進歩し、けっして後退しないことを望み、彼らを見守り、そして親切にもまだ彼らの経営者や監督や地主として彼らのことに気を遣ってやっていた。彼らはまだそれまでそうしていたように彼に仕えた。しかし確かに遠い昔からの動物的な憎しみで彼を憎んでいた。

マンアントニオおじさんはすべての人に向かって動き、秘密の合言葉は彼自身から、彼自身のなかの彼自身にとって離れていた。彼はもはや何についても尋ねなかった――地平線か永遠か――山頂か天頂か。したがって直立して静かに年月の重荷を運び、虚しさ、まったくの無意味を受け容れて力いっぱいに何もしないということをしながら生きた。そして考えていることを考えた。一度もなかったのか、いつあったのか、と。

そしてこんなことが続くなかで起こった。どう考えても納得できない、ためらいがちな一歩が踏み出された。糸が針の目を通るように彼は死んだ。彼は信じさせた。そばには友人も愛する人もいずにいちばん小さい寝室のハンモックにいるのが発見された――この世界の住人、通行人、独りぼっちの王子として。

ああ、恐ろしさのあまり人々は呆然となり、みんなは、紛れもない熾天使《しきてんし》、そのような男が看取られることもなく最期を迎えることがあるのかと驚愕して黙り込んだ。そして神聖なる恐怖と、ほとんど意識しない憎しみから、そのような死からひどい災難や不合理な罰が復讐として彼らや子供たちの上に次々に解き放たれ、降り注ぐのではないかと恐れた。

それにもかかわらず、彼が死んだので、彼らは、彼の人間的な親譲りの、しかし五体満足な体に通常の敬意と弔意を表さなければならなかった。彼の枕元と足元の四箇所に大蝋燭を灯し、スモモ色の固いサージの服を着せ、見つけた黒いブーツを履かせ、その家のいちばん大きい部屋、客間のテーブルの上に長々と安らかに憩わせた。さらに、親類や不在者や、近所や遠方からくるかもしれない人たち全員が参列できるようにと使者や伝言を送らなければならなかった。ベランダでも涙が流された。鐘がゆるやかに打ち鳴らされた。

夕べに義務がすっかり果たされると、突然その家は炎に包まれ、消失した。確かに誰かがその時刻になかにいたにちがいなかったが、誰もいなかった。

こうして信じられないほど大きな紅蓮《ぐれん》の炎が広がり始め、数日も続くことになり、増々高く上り、次々に隔壁や物をパチパチと音を立てて嘗めつくし、見る見るうちに飲み込んでいった。炎は燃え上がるたびに風を起こし、家畜小屋の汚物の埃を空中高く巻き上げ、家畜小屋も焼け落ち、こうして四十段からなる階段もレモンの樹の庭も焼けて枯れた。風に運ばれて火、火の粉、残骸が半径一レグアにわたって切り立った坂、峡谷、洞穴の上に散乱し、あたかも幻想的な翼のある大波がきらめくかのように山全体が燃え上がった。輝き、白くて不条理な明るさ、気味の悪い光が発して夜を刺し貫いた。

遠くの火に直面して輪になって女たちが跪き、男たちは飛び跳ねながら叫び、有害なガスに冒されて悪魔に取り憑かれたようになっていた。彼らは顔を地面に付けてひれ伏し、必死に心の安らぎを求めて、何かをくれるように、あるいは何もくれないようにと祈っていた。

そして死体が遺骨になって焼き尽くされると、彼は主人となって土、墓の土へと独りで向かった。引き続き無数の行為の総ての結果として。

彼は神によって予定された者になったのだった——私のおじさんマンアントニオは。

13　ビールを飲んでいた馬

その男の農園は、家の周囲に見たことのないほど樹が鬱蒼としていたので、半ば隠れたように暗がりに包まれていた。外国人の男だった。お袋から、彼がスペイン風邪のはやった年に用心深く、怯えたようにやってきて、あの守りやすい場所と、どの窓からも銃を手にして遠くまで見張ることのできる住居を手に入れた、とその時の様子を聞かされた。男は当時、まだそれほど太っていず、人に吐気を催させることはなかった。噂によると、ありとあらゆる汚らわしいものを、カタツムリやカエルまで、水を入れたバケツに浸した数抱えもあるレタスといっしょに食べていたそうだ。昼も夜も外でドアの敷居に腰を下ろして、地面にレタスの入ったバケツを置き、太い両脚の間に挟んで食事をしているのが見かけられた。しかし、肉は、料理した本格的な牛肉だった。金をもっとも使ったのはビールだったが、人前では飲まなかった。俺がそばを通ると頼まれた。**「イリヴァリーニ、もう一本必要だ、**

馬にやるんだ……」俺はいちいち訊くのが嫌で、面白いとも思わなかった。届けない時もあれば、届ける時もあった。そうした時は、彼はその分の金を払ってくれ、駄賃もくれた。彼については、やることなすこと何もかも腹が立った。俺の名前をきちんと言えるようにはならなかった。侮辱されたり軽蔑されたりすれば、俺はどこのどいつであろうと、勘弁するような男じゃないのだ。

お袋と俺は、農園の門の前を通って小川に渡した木の橋を渡る数少ない人間だった。「**放っておきな、可哀想な人だ、戦争で苦労したんだよ……**」と、お袋が説明してくれた。彼は、農園を見張らせるための大型の犬数匹に囲まれていた。そのうちの一匹は、彼は嫌っていたが、怯えていて人に馴れず、いちばん可愛がられていないのが見て取れた。それでも彼の足もとから離れないので、彼はいつも馬鹿にしながら、その哀れな犬を「**ムッソリーニ**」と呼んでいた。俺は恨みに思っていた。そんな猪首で太鼓腹、かすれた鼻声で、むかつくような外国人が金と地位をもち、他人の貧しいのを馬鹿にしてキリスト教徒の土地を買いにきて、何ダースものビールを注文し、ビールだか何だか、きちんと言えなくて、それでいいのか、と。実際、彼は馬を何頭か、三頭か四頭飼っていて、いつもその馬たちを休ませていて、彼は乗ることも、そうするのに耐えられもしなかった。ろくに歩くこともままならなかった。トンマめ！　立ち止まっては、小さくて臭い葉巻をクチャクチャ噛み、涎《よだれ》まみれにして吸っていた。たっぷり懲らしめてやるに価していた。ひどく杓子《しゃくし》定規で、家に鍵をかけ、誰もかれも泥棒だと考えているようだった。

そうそう、彼は俺のお袋を重んじてくれ、好意的に接してくれたんだ。だからと言って、俺には、それは何の役にも立たなかった。お袋が重い病気になり、彼が薬代を出してくれたときでさえ、俺は彼を憎まざるを得なかった。俺は金を受け取った。断ってばかりいて誰が生きていけるものか？　しかし俺は礼を言わなかった。きっと彼は外国人で金持ちなので自責の念に駆られていたのだろう。そして、それはいずれにせよ役に立たなかった。信心深いお袋は闇の世界にいき、そのとんでもない男は、埋葬代を払わなければならなかった。その後、働きにこないか、と俺は訊かれた。俺はよく考え、なぜか、と自問した。彼は、俺が勇敢で誇り高く、何にでも正面から取り組めて、この辺りでは、俺と対等に口をきける者が少ないことを知っていたのだ。彼が、昼も夜も行き交う好ましくない連中から俺に守ってもらいたいからにちがいないと思った。したがって、俺にはやるべき仕事を言いつけることはほとんどなかった。俺は武器を身につけていれば、その辺りをぶらぶらしていられた。しかし、彼のために買い物をしてやっていた。「**ビールだ、イリヴァリーニ。馬のためだ……**」と、真面目くさって、卵をかき混ぜ、泡立てるような、あの言葉で言うのだった。奴に俺を罵ってもらいたいものだ！　あの男に俺がどうなるか分らせてやるさ。

俺がもっとも奇妙に思ったことは、そういう隠蔽工作だった。大きく古い、夜も昼間も鍵をかけた家には、誰も入っていかなかったことだ。食べるにも、料理するにも。すべてがドアの外で行なわれた。彼自身、寝るためやビールを――**ワッハッハ、ワッハッハ**、笑ってしまう――馬のためだというビールをしまうため以外には、めったにそこには入らなかったと俺は思う。そして俺は独り言を言った。「**お前、今に見ていろよ。豚野郎、近いうちに何であれ、俺が入ってやるからな！**」たぶん、そんな時には、俺はまともな人たちを見つけてきて、そんな馬鹿げた話を聞かせ、どうにかしてくれるよう頼み、俺の疑いをさり気なく仄めかしてやろう。簡単なことは、俺はしなかった。俺は口が重いのだ。だが、その頃には彼ら、よそ者たちも現われたのだ。

その狡猾な二人の男は、首府からやってきたのだ。彼らのために俺を呼びつけたのは、副警察署長のプリシーリオさんだった。彼は俺に言った。「**ヘイヴァリーノ・ベラルミーノ、この方たちは、信頼できる当局の人たちだ**」そして、よそ者たちは俺を脇に呼び、色々と質問をして情報を聞き出そうとした。彼らはあの男の習慣を洗いざらい引き出そうとあらゆる種類のくだらない質問をした。俺はそう、我慢したが、何も教えなかった。俺をいったい誰だと思っているんだ、犬が吠えかかるハナグマか？　変装し、それにやくざっぽいそいつらの人相の悪い顔を見て、俺も警戒心を抱いた。しかし、俺にたっぷりと金を出してくれた。彼ら二人のうちのリーダー、手を顎に当てた男が、俺を任務に就けた。俺の主人は危険きわまりない男なので、彼が本当に独りで暮らしているのか調べるようにと。さらに、最初の機会を掴んだら、彼の片脚の下部に、刑務所から逃亡した犯罪者の鉄の輪、その輪の古い跡がないかどうか見るようにと。分りました、と甲高い声で俺は言い、約束した。

危険な奴だって、俺にしてみれば！　**ワッハッハ、ワッハッハ**。たぶん、若い頃の奴は本物の男だったかも。だが、いまは太鼓腹の大食い、うすのろで、ビールばかりを欲しがる――それも馬にだと。とんでもない奴だ。ビールなんかうまいと思ったこともない俺だから不満だというのではない。もし好きだったら、買って飲むか、買うように言うさ。彼がくれたことがあった。彼もやっぱり好きじゃない、と言っていた。実際そうだ。彼は肉と山盛りのレタスしか食べず、オリーブ油をしこたまかけて、むかつくほど頬張って、滴るのをさかんに嘗めていた。最近は途方に暮れていて、よそ者たちがきたのを知っていたのだろうか？　彼の脚に囚人の跡があるか、俺は見たことがなく、そうしようとしたこともない。俺は、いつだって書類に署名している、やたらにしつこく考える役人の召使いか？　だが俺は、たとえわずかな隙間からでも、あの厳重に戸締まりし見張っている家を覗いてみたかった。犬どもはもうおとなしく、なついている。しかしジオヴァニオさんは疑ったようだ。というのは、驚いたことに、俺を呼び出し、ドアを開けたからだ。中はいつも密閉されていた物のようなひどい臭いがするほどで、よい空気ではなかった。部屋は大きく、家具は何もなく、だだっぴろいだけだった。彼は意図したように俺に好きなように見させ、俺といっしょにいくつかの部屋を歩き、俺は満足した。ああ、だが、後で考えてみて、最後に思いついた。それで寝室は？　寝室がたくさんあった。俺は防護されたすべての寝室に入ったわけではなかった。それらのドアのいくつかの陰に、何か息づかいを感じた——もっと後になってからだったか？　あのイタリア移民は抜け目がないというところを見せつけたかったのだ。そして俺は彼よりも上手《うわて》ではないのか？

さらに、数日後のこと、夜も更けて何度か人里離れた平地に、農園の門から出てきた馬に乗った男が馬を疾駆させる音が聞こえた。あり得るか？　それでは、あの男が俺を騙して、狼男になっている幻覚を起こしているのか？　俺には最後まで理解できない、あの徘徊は、ひとえに何かを説明していた。彼が、本当にいつも家の暗がりに、あの中に隠している奇妙な馬をもっていたとしたら？

プリシーリオさんがちょうどその週にもう一度、俺を呼びつけた。よそ者たちが、ひそかにそこにいて、俺はその会話の最中にそこに入っていった。彼ら二人のうちの一人が「領事館」のために働いていることを耳にした。しかし、俺は多くの件について復讐のために洗いざらい、もしくは多くを話した。すると、よそ者たちはプリシーリオさんに懇願した。彼らは人目を避けたいと思っていて、プリシーリオさんが単独で行動すべきだと考えていた。俺にはさらに金を寄越した。

俺は用心して、その辺でのらくらと知らん振りをしていた。プリシーリオさんが姿を見せ、ジオヴァニオさんと話をした。ビールを飲む馬という話はどういうことなのか？　問い詰め、詰め寄った。ジオヴァニオさんは、相変わらずとても疲れているように見え、頭をゆっくり振り、葉巻の根元まで鼻汁を吸い込んだ。しかし、相手に嫌な顔を見せなかった。額を手で盛んに撫でた。「**お見せしましょうか？**」そこを離れて、いっぱいに入った壜をいれた籠と桶をもって戻り、その桶に泡立つビールをすっかり流し込んだ。俺にあの馬を連れてくるように言った。美しい顔をした明るい肉桂色がかった栗毛の馬だった。それは――信じられるだろうか？――すぐに速歩できて、耳をピクピク動かし、鼻面を丸くし、舌なめずりしていた。そして音を立ててビールを飲み、桶の底までうまそうに飲み干した。馬がもうそれに馴れていて、それで肥育されていることが分った。いつそんな芸当を仕込まれたのだろう？　そうなんだ、馬はまだもっともっとビールを欲しがっていたほどだった。プリシーリオさんは決まりが悪くなった様子で、礼を述べて退散した。俺の主人は思わず口笛を吹き、俺の方を見た。「**イリヴァリーニ、この節、物騒なことになっている。武器を放すなよ！**」俺は頷いた。彼が変わった考えや大袈裟なことを言うので、俺は笑顔を見せた。それでも、俺はなかば彼が気に入らなかった。

そのため、よそ者たちが再びやってきたときに、俺は観察していたことを話した。あの家の寝室には何かいわくがあるにちがいない、と。プリシーリオさんは今回は兵隊を一人連れてきた。法のもとに部屋をすべて捜索したいとしか告げなかった。ジオヴァニオさんは穏やかに立って、もう一本葉巻に火を点け、いつも協調的だった。プリシーリオさんと兵隊が入れるように家を開放した。そして俺も。寝室は？　彼はしっかりと閂《かんぬき》のかかった寝室にまっすぐに向かった。驚くべきことだった。その中は、とても広く、奇妙だった——つまり、存在するものはなかった！　剥製にした白い大きな馬がひとつあった。まったく完璧で、顔は四角く、まるで子供の玩具のようで、輝くばかりに明るく、真っ白で、清潔で、立派な鬣《たてがみ》、大きな尻、教会の馬——聖ジョージの馬のように背が高い。どのようにそれを持ち込んだのか、取り寄せたのか、梱包してそこに入れたのか？　プリシーリオさんはすっかり感嘆し、度肝を抜かれた。それでもまだ何度も馬に触れ、空洞のところも中身のはみ出たものも見つからなかった。ジオヴァニオさんは俺と二人だけになると、葉巻を吸った。「**イリヴァリーニ、罪なことに俺たち二人ともビールが好きでないよな？**」俺は頷いた。裏で起こっていることを彼に話したくなった。

プリシーリオさんとよそ者たちは、いまや好奇心をすっかり取り除かれていただろう。だが、俺はこのことから気を逸らされてはいなかった。その家のその他の寝室、ドアの背後はどうなのだろう？

彼らは一気にその家をすっかり捜索しておくべきだったろう。俺は彼らの眼をそちらの方向に向けさせようとはしなかったし、間違いを正してやる教師でもなかった。ジオヴァニオさんは俺とさらに話し、物思いに沈んでいた。「**イリヴァリーニ、なあ、人生は厳しく、人間は囚われの身だ……**」俺は、あの白い馬のことはどうでもよいことだと考え、問いただそうとしなかった。きっと戦時中にとても可愛がっていた彼のものにちがいない。「**だがよ、イリヴァリーニ、俺たちは生きていくことがあまりに好きなんだ……**」彼は俺といっしょに食事をしたがっていたが、彼の鼻はあのような鼻汁を滴らせ、ろくに鼻をかまず、啜り上げ、葉巻の臭いを四方にまき散らしていた。あの男が自分を惨めだと言わないのを眼にするのは、恐ろしいことだった。そこで、俺は出ていき、プリシーリオさんのところで話した。俺は、あの悶着を起こす男たちのことは何も知りたくないし、二枚舌を使うこともしたくないのだ、と。もし彼らが再びやってくるなら、彼らを追い払い、怒鳴り散らし、脅かしてやる――そこで止めろ！　ここはブラジルなんだ、彼らも外国人だ。俺はナイフと武器をためらわずに使うのだ。プリシーリオさんは知っていた。ただし、これから起きる驚くべきことについては、知らなかっただろう。

　それは突然のことだった。ジオヴァニオさんが家を大きく開け放ったのだ。俺は呼び出された。居間の床の真ん中にシーツに被われた男の体が横たわっていた。「**ジョゼペ、俺の兄弟だ……**」と彼は抑えた調子で言った。神父を呼び、教会の鐘を三度、三回鳴らさせ、まさしく哀れを誘う弔鐘を鳴らさせたかった。人との交渉を避けて、ひっそりと閉じ籠っていた男がどんな兄弟なのか誰も知った者はいなかった。その葬儀はとても格式ばったものだった。ジオヴァニオさんは皆の前で誇ることができた。ただしプリシーリオさんがその前にやってきて、俺が思うに、よそ者たちが彼に金をやると約束したのであろう、調べるのでシーツを上げるように要求した。しかし、そこには俺たち全員にとって眼も背ける恐ろしいものがあった。死者には、言うならば、顔がなかった――鼻もない、頬もない恐ろしい大きな古い傷跡の残った大きな穴だけだった――覗き込むと白い骨、喉の入口、食道、扁桃が見えた。「**これが戦争というものだ……**」とジオヴァニオさんが説明した――汚らしい甘ったるさで閉じることを忘れた愚かしい口もとだった。

いま、俺はそこから出て、自分の好きなところへいきたかった。周りをすっかり樹に囲まれて薄暗く、奇妙で不吉な農園にいることは、俺にはもう何の役にも立たなかった。ジオヴァニオさんは何年も続く習慣にしたがって外にいた。明白になった痛みに刺し貫かれて突然、いっそう病み、老けたように見えた。しかし彼は彼流に肉と、バケツのなかのレタスの玉を食べ、鼻を鳴らしていた。「**イリヴァリーニ……この人生は……必要なのだ。分るか?**」と、すっかり歌うような調子で尋ねた。彼は赤い顔をして俺を見た。「**分ります**」と俺は答えた。俺は嫌悪していた訳ではないが、こちらも涙を見せないように、気恥ずかしくて彼を抱き締めることはしなかった。すると、彼はこれ以上はない途方もないことをした。ビール瓶を開け、あるだけのビールを泡立たせた。「**さあさあ、イリヴァリーニ、農民よ、若者よ!**」と提案した。俺はそうしたいと思った。グラスを重ね、二〇杯、三〇杯とそのビールをすっかり飲んでいった。彼は穏やかに、俺が立ち去るときには、ビールを飲む馬と、あの痩せた陰気な犬**ムッソリーニ**を連れていってくれと俺に言った。
二度と俺の主人の姿を見ることはなかった。彼が死んで、遺言で俺に農園を遺してくれたことを知った。彼のために、彼の兄弟のために、俺のお袋のために墓を建て、ミサを上げさせた。あの地所を売らせたが、手始めに樹を切り倒させ、あの例の寝室にあったものを野に埋めさせた。あそこには二度といくことはなかった。いや、あの例の日のこと——ひどく哀れであったことを俺は忘れはしない。俺たち二人は、何本も何本も飲み、その時、誰か別な者が俺たちの後ろから突然現われると思った。白い顔をした栗毛の馬か、大きな聖ジョージの白馬か、恐ろしく不幸な兄弟かが。幻想だった、そこには何もいなかった。俺、ヘイヴァリーノ・ベラルミーノは分った。残っていたすべての壜を飲んでいて、間違いを終りにするために、あの家にあったすべてのビールを飲んだのは、俺だったのだとしよう。

14　眩いばかりに色白の若者

一八七二年十一月十一日の夜、ミナス・ジェライスのセーホ・フリオ地方において恐ろしい出来事が起き、当時の新聞で取り上げられ、同日暦に記録された。それらによると、大音響に続いて空中に光を放つ現象が起き、地面が地震のように振動し、高所を揺るがし、家々を瓦礫にし、谷間を震わし、無数の人々の命を奪った。その上、恐ろしい暴風雨になり、驚くべき、かつてない洪水を引き起こし、川や小川の水位は平常値よりも六十パルモ上昇した。この大災害の後、半径半レグアにわたって地形は様相を変えたことが確認された。残ったのは、瓦礫の山、新たに開かれた洞穴、水路を大きく変えられた小川、根こそぎにされた森、新しく押し上げられた山や崖、跡形もなく飲み込まれた牧場――石や泥がところ狭しと地面一面に広がっていた。不運な地域から離れたところでも、多くの人や動物が生き埋めや溺れて非業の最期を遂げた。被害に遭い、かつて知っていた道が分らなくなり、当てもなくさまよう人たちもいた。

一週間後、告解者、聖フェリクスの日に、そのような哀れな放浪者の一人、呆然となった若者が、イラリオ・コルデイロ所有の、アハイアウ・ド・オラトリオ通りに本部があるカスコ牧場の中庭に、確かに飢えのために止むなくやってきたのだ。それは突然のことで、容姿の整った若者であるが、悲惨な状況にあり、身にまとう襤褸《ぼろ》の残りもなく、どこで見つけたものか想像もつかない、馬の体を覆う毛布の一種に身を包んでいた。そんな状態で恥じ入りながら朝早く姿を現わし、牝牛の柵囲いの陰に隠れた。とても色白だが、病的な白さではなく、いくらか白く、輝くように半ば黄金色だった。皮膚の内側に光源があるかのように見えた。とりわけ、そのあたりでは出会わない見たことのない、そういう外国人にちがいないように思われ、まるでまったく別な人種のようだった。今日でも彼のことが語り草になっているが、なにぶん何年も前のことなので、かなり混乱し、不確かだ。これは、幸い彼と知り合いになった、当時若者や子供であった人たちの息子や孫から聞いた話なのだ。

イラリオ・コルデイロは貧しい人々に優しく、神を畏れ、善良な人で、さらに、自身の親類が死んだり、全面的な打撃を蒙ったりした大災害の直後の頃であったので、躊躇《ためら》わずに彼を宿泊させ、食べ物から服やブーツまでを十分に与えることに気を配った。そしてその若者が驚きとショックで並外れた不運を経験したので、そのような援助は急を要するものだった。彼は自己、自分の人となりについての記憶だけでなく、言葉の使用も失っていた。したがって彼にとっては、おそらく未来は過去と区別がつかなかっただろう。何も聞き分けられず、はいとも、いいえとも答えなかった。同情すべき悲しいことだった。身振りを理解しようとさえしないようで、時には逆の意味にとった。きっともう洗礼名を持っているにちがいないのだが、想像がつかず、他の名前をつける訳にはいかなかった。両親のことも分らず——孤児と同然だった。

彼がやってきてから後の数日間、さまざまな住人が彼の様子を見ようと現われた。愚かしくは見えなかった。いくらか疲労の色をみせ、夢をみようとしているだけだと思われた。しかしながら、彼が控え目ながら十分に観察し、物や人物の小さな特徴に気づいたのは、驚きだった。だが、はっきり分ったのはその後のことだった。誰もかれも彼のことが好きになった。たぶん、頭のおかしい音楽家の半ば解放された奴隷で、自身も考えがおかしい黒人のジョゼ・カケンジがいちばん気に入ったのだろう。この男は最近この地方で起きた大災害に苦しんだことにより完全に気が触れてしまい、いまや、ここそこをうろつき出し、大災害の前日にド・ペイシ川の岸辺で見た不思議な人物について真実を突き止めるのだと、警告をしたり途方もない愚かな話を語ったりしていた。したがって、その若者を気に入らなかったのは、最初から嫌悪し、得体のしれない、隠れた悪人とみなし、昔だったらアフリカに追放するか王様の地下牢に鉄鎖で幽閉するに値すると言っていたドゥアルチ・ジーアスという男ただ一人だった。この男はヴィヴィアナという名前のもっとも美しい娘の父親で、意地悪で不公平で、絶対的な権力を揮《ふる》い、頑として譲らない男として知られていた。あの男の心には一滴の雨も降ったことがなかった。彼には誰も注意を向けなかった。

しかし若者はミサに連れていかれると、おとなしくして、信じているとも信じていないとも分らない態度をみせた。合唱団の歌にも音楽にも真剣に気持ちを込めて聴いた。悲しそうだったかと言えば、そうではなく、礼拝を理解していなかったが、他の人たちよりもいっそう郷愁、申し分のない郷愁を感じているかのように見え、したがってより純粋な喜び——つまり主人のそばにいる犬の心のようなものにまで高まっていた。彼の微笑みは、時には他の場所、他の時代のことを考えているかのように動きが止まっていた。目ではなく顔でいっそう微笑んでいた。決して歯を見せることはなかったのだが。バヤン神父が若者に優しく話しかける前に十字の印を不意に彼の上に切ったが、その若者は聖なる動作に少しも不愉快そうな素振りを見せることはなかった。若者は崇高な雰囲気を醸し出し、存在感を増した。**「彼と比べると、我々はみな平凡で、硬い顔つきをし、絶えずひどく疲れた様子をしている」**マリアナ司教座聖堂会員のレッサ・カダヴァウに宛てた、奇妙な人物について証言し、自筆で署名した書簡で、同神父が記録したのが、この様相だ。その書簡で同じく神父は、黒人ジョゼ・カケンジについて触れている。その黒人は川岸で自分が見た光景を大声と狂気じみた話しぶりで報告し、押しつけようとして、その同じ折に同神父に近づいたのだった。**「……引きずるような強風と光輝く雲の威光、そしてそのなかで火により渦巻く濃い黄色の物体、飛び回る乗物、それは平たく丸い縁があり、青みがかった色のガラスの鐘が上に置かれている。そして着陸すると、中から車輪、揺らめく炎、ざわめきのなかを大天使たちが降り立った」**そして、にこやかなジョゼ・カケンジといっしょに、イラリオ・コルデイロがまるで実の父であるかのように細やかな心遣いで若者を家に連れ帰った。

しかし、教会の戸口のところに物乞いをする盲人ニコラウがいて、その男を若者が見つけ、じっと一心不乱に見つめ――まわりにいた人々は、若者の目はバラ色だったと言っている！――そして真っ直ぐに盲人に近づき、ポケットから取り出した小さなものを素早く手渡した。ちなみに、盲人が太陽に照らされて汗を流しているのは、光の美しさを享受すらできない者が、天体の王の暑さにそれほど苦しんでいるという対比をキリスト教徒に考えさせたにちがいないだろう。盲人は手のなかの贈り物を指で探って、それが異様な種類の貨幣だと考えているようだったが、すぐに貨幣でないと結論し、それを口に運ぼうとした。それを、道案内の少年が、食べ物ではなく、一種の樹の種だと注意した。すると盲人は腹を立ててその種をしまい、ここではまだ語っていない事実の結末後にやっと植えるまで何カ月もそのままにして置いた。そしてきわめて稀で予想もしなかった青みがかった花が咲いた。一つの花にさまざまな花の様相が愛らしく、あり得ないように混じり合って、色については、人々の意見は一致せず、その世紀には知られていなかった。少しずつ萎れ、枯れ、種も苗も出さず、昆虫すらそれを見い出すことができなかった。

しかしながら、その光景が見られた後に、ドゥアルチ・ジーアスが数人の仲間や召使いとともに教会の境内に現われ、思い掛けない要求をして問題を起こそうとした。彼は、その若者が肌の白さと、物腰の上品さから言って、その地方の地震で行方不明になった彼の親類であるヘゼンジ家の一人にちがいないという根拠で、若者を連れて帰りたいと思っていた。したがって、何かはっきりした知らせが入るまでは、習慣により若者を保護するのは彼の役目だと言った。イラリオ・コルデイロは、すぐさまその要望に反論し、論争はジーアスが自分の考えに固執し苛立ったために、すぐに深刻な諍いになっていただろうが、最後には、セーホ出身の著名な政治家で共同団体の会長であるキンカス・メンダーニャの意見によってジーアスが自分の誤りを認めた。

後に、イラリオ・コルデイロが若者を献身的に保護したことが正しかったと明らかになるのだった。すべてが、健康であれ平穏であれ、彼の家は幸運に恵まれ、また取引も十分に増え、財産、所有物も豊かになった。若者は仕事に従事したり何かの職務に専心したりして彼を助けた訳ではない。胼胝《たこ》のできていない手、宮廷人のような白くて上品な手では、実際上、恩返しはほとんどできないだろう。若者はぼんやりと歩きまわり、あちこちを巡っては空気のような自由と孤独を楽しんでいた。住民たちの言い草では、魔法にかけられ弱っているようだった。それにもかかわらず、若者はその場所で使われていた機械類や道具の働きに係わるすべてのことにきわめて重要な役割を果たし、驚くほど器用に機械を扱い、巧妙に、注意深く発明したり修理したりした。奇妙なことに、彼はいつも昼も夜も上を見る習慣があり、星を観察していた。しかしそれ以上に楽しんだのは、火を点けることで、彼が聖ジョアン祭〔洗礼者ヨハネを祝う祭り、六月二十四日〕に篝火《かがりび》をいくつも点けるのに没頭していたのは注目を集めていた。

まさしくその折に、若き女性ヴィヴィアナの一件が起き、これについてはいつも正確に語られていなかった。彼が黒人のジョゼ・カケンジと一緒にそこに現われ、とても美しいその女性と出会ったが、彼女はほかの女性たちのように楽しんでいなかった。彼は彼女に近づき、優しく、しかし驚いたことに、そっと彼女の胸に掌を置いた。ところで、ヴィヴィアナはいちばんの器量よしだったが、不思議なことに容姿の美しさは心のなかの自身のゆったりした悲しみを変えることには役立っていなかった。

しかし、それを見ていた父親のドゥアルチ・ジーアスは突然告訴するような叫び声を上げた。「結婚しなければならない！　これでは結婚しなければならない！」と申し立てて。若者は一人前の男で、未婚なので、娘を辱めたのだから、彼女を配偶者とし、結婚しなければならないと言い切った。若者は潔く同意して聞き、否定しなかった。しかし、ドゥアルチ・ジーアスは、バヤン神父と、年長の人たちに、彼の非常識な怒り、馬鹿げた態度を非難されるまで、叫び続けた。ヴィヴィアナも晴れやかな笑顔で彼をなだめていた。その時から彼女は、とうとう自分の終わることのない喜びを彼女の全人生にわたって目覚めさせ、それを天賦のものとして享受した。訳の分からないことだが、ドゥアルチ・ジーアスは後に見るようにさらに人々を驚かせることになった。

そんな訳で、みんなは有頂天になったのだが、雪の聖母のミサの日でキリストの変容の前日である八月五日に、彼がカスコ牧場にきて、イラリオ・コルデイロと話をしたいと言った。若者もそこにいた。きわめて空想的で優雅なので、彼を見ると人々は月光を思い浮かべた。するとドゥアルチ・ジーアスは述べた。その若者を自分の家に連れていくことを認めてくれと懇願した。そのように望み、どうしても必要なのは、野心からでも、自分にない地位を得たいからでも、つまらない利己心からでもなく、悔恨、後悔を感じるとともに彼にきわめて強い愛情のこもった敬意を抱いたからだ！　と。そう言いながら混乱し言葉に詰まり、その間、眼からおびただしい涙が流れた。愛情を表現するのに、ただ暴力の激した方法しか遣えない男である彼がそれほど狼狽し取り乱しているのは、理解できないことだった。しかし、若者は目を太陽のように輝かし、彼の手を取り、黒人のジョゼ・カケンジとともに野原を通って彼を導いていった——後に、そこは彼、ドゥアルチの土地であり、製陶工場の廃屋があることが分った。そしてそこを彼は掘るように命じ、見つけたのは、ダイヤモンドの鉱床だった。あるいは、ちがう話によると金《かね》の入った大きな壺だったかもしれない。ドゥアルチ・ジーアスは大金持ちになるのだろうと考えていたが、何と不思議なことに実際には、その日以来、畏敬の念に打たれた同郷人たちが求めたように、素朴にして高潔で善良な男に変わった。

しかし、噂によると尊い聖女ビルギッタ〔一三〇三頃—七三、スウェーデンの神秘家。祝日十月八日〕の日に、冷静な若者について新たな出来事があった。前の晩に滞在場所から空を通って習慣になっているように姿を消したと言われた。雨の伴わない雷が鳴ったときだった。ジョゼ・カケンジは、密かに九つの篝火に型どおりに点火するのを手伝ったとしか語らなかった。それを別にすると、彼は雲、炎、騒音、丸いもの、車輪、ある種の仕掛け、大天使についての彼の古くて狂気じみた描写を繰り返すことができるだけだったろう。最初の陽射しとともに若者は翼を広げて立ち去ったのだ。

みんなはその若者のことを考えると、いつもそれぞれの形でいつまでも生活を嘆いた。彼らは自分の呼吸している空気、山、地面の固さを疑った。ドゥアルチ・ジーアスは哀れを感じて亡くなり、しかし娘のヴィヴィアナは明るさを保った。ジョゼ・カケンジは盲人とよく話をした。イラリオ・コルデイロとほかの者たちは彼のことを想像するだけで懐かしさを感じ、とても辛くなると言っていた。彼の輝きは、去ってしまったときに、残った。言うべきことはこれだけだ。

15　ふたつのハネムーン

同じようなことでも著しく似かよってくるといつでも何か新しいことになる。あの晩、私は半ば気だるく弱っていた。私はもう役に立たなくなっているのだろうか？　十一月の初めの頃だった。私は努めて平和な人間になろうとしている。いま、自分が若い頃に自堕落で無秩序で騒動を起こしていたのを思い出し、それらを後で差し引いて計算している。それでその後はまっとうな生活になり、結構なことだが、荒れた生活よ、糞くらえだ。いま、私はかなりうまくやっている農園主だ、つまり貧乏たらしく薄汚れてもいず、腐るほど金を持っているのでもない。自衛と用心こそが、もてなしをモットーとする私のサンタ・クルス・ダ・オンサ農園で欠かさないものだ。ここは楽園なのだ。暑くてだるく、私は目を動かす以外は何もしなかった。その日は、まったく何事もなかった。飽きて、面白いこともなかったので、私は食べ過ぎてしまった。昼食後寝室のハンモックで休んでいた。歳のせいで消化不良に加えて体調が悪かった。肝臓だ。女盛りを半ば過ぎたが貞淑な家内のサ・マリア・アンドレーザが、私の腹ごなしのためにもうお茶を沸かしにいっていた。よろしい。息子のセオ・フィフィーノが知らせにドアの外にきていた。ある人物が使者として手紙を持参してやってきた、と。私はしばらく時間をとった。急いだり急《せ》き立てたりするのは、私の流儀ではなかった。

息子のセオ・フィフィーノは愚かでも、ならず者でもなく、私にきちんと説明してくれた。その人物はこっそりとやってきたので、犬たちが吠えることもなく、格子戸をギシギシさせることもなく、製糖工場の裏に馬を止める時まで気づかれず、さらにきっちり武装し、連発銃を肩から斜めにかけていた、と。そして、その頃に、うちの農園監督ジョゼ・サチスフェイトがその男の名前を、バウドゥアウドと小声で言った。私はジャガーの顎に止まった蚊のようなものだ。眉一つ動かさず、動じなかった。そのバウドゥアウドの名声を承知していた。歩兵大隊にも匹敵するほどで、彼にあの世へ送られた者は数多かった。いまは、そんなことはどうでもよかった。しかしこれだけは言っておく。うちのジョゼ・サチスフェイトはゼ・シーピオという名でも知られ、銃を取らせたらたいしたものだった。私の言った意味を分ってもらいましょう。リデウフォンソ少佐および少佐の兵との銃撃戦の頃のことだ。私と一緒に。私は彼とその他の者とともに。人生にはそんな荒っぽいことがいろいろあるのだ。私はお膳立てをし、費用を払う。私はハンモックから降り、誰なのか会いにいった。やってきたのは、あの男だ。彼は素早く私を見て、上から下まで眺め、私のフルネームを再度訊いた。彼が持参し、私の手に渡してくれた手紙は重大で立派なものだった。私はその手紙に署名してある名前セオ・セオタジアーノを三度読んだ。

それにしてもこんな手紙を受領するなんて！ 私は一字一字読んでみる。「**尊敬すべき友人にして同志……**」遠い農園から、決断が速く、広い影響力を使って重大な問題を片づけるセオ・セオタジアーノだ。本物の指導者、きわめて有能な男で、半ば虎、半ば獅子、さらにジャガーのようだが、公明正大であり、家柄や礼儀についても素晴らしい。私の昔からの最良の友人であり、唯一命令を受けた人物だ。そして昔から私を信じてくれている。しかもいま、私の忠誠心が当然のことだと考えて私のことを思い出してくれたのだ。彼は悩んでいるのだ。気の休まらないほどなのだ。きっと言い争いがあって大騒ぎなのだろう。私は彼を援助しなければならない、それも喜んでそうする。彼が計画を立てたならば私はしっかり実行してやる。手紙の要点はここだ。「**一人の青年と一人の娘をあなたに手厚く保護してもらいたい。その他はのちほど**」そのような恋愛沙汰なのか！ 私は顔をほころばせた。宙ぶらりんな気分から脱して準備に向かった。

粛々《しゅくしゅく》と私は、なさなければならないことを行った。障りのないように準備させて、やってくる宿泊客をもてなす。知らせを寄越した人物は、武装した四人にも相当する方だ。その日は土曜日だった。私はジョゼ・サチスフェイトと私の息子フィフィーノと打ち合わせた。メイオの農場から何人か、開墾地のムニョスから二人ばかりを私のところへ寄越させることを。とにかく、いまのところは、ほかの者たちは仕事に残しておく。しかしながら、私の選んだ者たちは役に立ってほしかった、なぜなら、肝心な時に臨機応変だったからだ。米とフェイジャン豆、それに火薬、散弾、弾丸は十分にある。慎重に、と呟く。ひたすら穏やかに、落ち着いて。慎重に、そして誠実に。

妻のサ・マリア・アンドレーザが私を見つめていた。

あの品位あるバウドゥアウド。**「もし貴殿がよろしければ、数日私はここに滞在致します……」**と、私が彼の任務を心得ているので、低い声で言っただけだ。彼は、守護天使のお蔭で私のもう仲間だった。ベランダで私は兵士のように何歩か歩いた。やってくる青年と娘はどんなカップルなのか？サ・マリア・アンドレーザ、私の信頼できる妻が寝室をひとつかふたつ、タオルや身の廻り品や花を活けた花瓶を備えてくれただろう。彼らは夜にはきっと油断なくやってくるだろう。**「女房よ、バイオリンを弾いてやろうじゃないか……」**と、私は自動拳銃を掃除しながら冗談を言った。よい連れ合いのサ・マリア・アンドレーザは髪飾りのリボンを揺らしながら**「原生林のコショウボクはすべすべにはならないわ……」**としか言わなかった。私はかなり愛情たっぷりに彼女の手を握った。私は自分のすべての武器のことを考えた。ああ、青春時代は遥か遠くにありだ。

我々の誰もが心構えが出来ていたので驚くことなく、実際、彼らは夜半に到着した。深く愛し合った恋人たちだ。彼女は、人目を惹くほどの美人だった。私も彼女がどこの家族の娘なのか分らなかった。多少怯えていたが、笑顔が垣間見えていた。若者は本当に素晴らしい青年で、最高だった。私は一目で分った。長いライフルを携えていた。ハンサムで凛々しかった。まだ彼らは夫婦にはなっていなかった。夕食を摂った。何も話さなかった。娘は家の真ん中にある部屋へ引き上げた。乙女らしく慎み深く。若者のほうは、勇敢な者らしく製糖工場に泊まることを望んだ。力強いスポーツマンタイプの若者だ。私は気に入った。私は父親のように彼と接する権利があると思った。そう、彼らは駆落ちしてきたのにふさわしく二人だけで旅をしてきたのだ。私はさらに気に入った。その後、一時間経つと、一人の用心棒が着いた。これもセオ・セオタジアーノの差し金で、彼ら二人に気づかれないようにして彼らと、十分に距離を置いてしっかりと守ってきたのだ。

すべてが、本物の統率者にしか計画できないように過不足なくうまく行われた。その男はビアンといい、銃の素晴らしい使い手だった。彼から私は祝福を求められた。よろしい。すべてが順調に、うまく進み、したがって私は心地よくまどろんだ。当然だろう？　私の身内は、その夜と朝方にはもう馬を飛ばしていた。一人は私の代父のヴェリッシモのコンゴーニャ農園にいき、三丁のライフルと三人の男を借りうけた。大事を取ってのことだ。向こうの連中は熱くなるのだ。それに、もう一人は、ラゴア・ドス・カヴァロスにいき、もう三人を借りうけた。私の代父のセレジェリオがのけ者にされたと気を悪くしないためだ。よろしい。私は、ほかの者たちも私と同じように感じると思う。判断力を持ち、熟慮してこそ尊敬が得られ、名誉、落ち着き、利益がついてくるのだ。ことがうまく進んでいるので、私はよく寝られた。上に述べたことが、唯一私の生きていく上の指針なのだ。

私は日が昇る前に目覚めた。すべてが平和で、私の目が行き届いており、朝露に覆われていた。私は、香り高く飾り立てられ、それ以外に何も起きない田舎の確かさを眺めるのが好きだ。妻のサ・マリア・アンドレーザが私の世話をしにきた。私は妻に言った。「**あの娘が誰なのか、それに彼女がお前に語ったことも知らせて欲しくない**」その時には望んでいなかった。大事を取ってのことで、望んでいなかった。彼女が知り合いや親戚や友人の娘かもしれないが。それはどうでもよいことだった。その時、忠実さについて言えば、私はセオ・セオタジアーノと同様だった。劣るところは何もなかった。英雄は辛い！――素晴らしい諺だ。あの日は日曜日だった。何はともあれ、空腹を感じて昼食を摂った。娘と青年は私の目の前で幸せそうに見つめ合っていた。この世の多くのことがうまくいっていた。年齢の割に若い私の妻サ・マリア・アンドレーザは料理に精を出していた。もし誰もこなかったらと、私は考えすらしなかった。その人たちの恋愛は私の青春の再現なのだ。

我々は穏やかに動きまわり、時間が静止したように過ぎていた。したがってその日は緊張と沈黙のうちに過ぎていき、その間、何も起きなかった。美しい娘はなかの祈祷室で祈っていた。妻のサ・マリア・アンドレーザは心のこもった愛情を彼女に注いでいた。我々は外にいた。息子のセオ・フィフィーノはこちら側、ビビアンは丘の部分、小川の橋にはバウドゥアウドが。他の者と他の男たちと一緒だったが、きわめて巧妙に隠れていたので、見えもしなければ気づかれもしなかった。私と一緒にジョゼ・サチスフェイト、それに言葉少ない新郎が。我々は堀から水路へと歩いていた。妻のサ・マリア・アンドレーザは私のために祈っているだろうか？　いや、私は誇張している。私は考えずに時間を無駄にしていなかった。よい日だった。有難いことだ。それから夕方になってきて、星たちが待ち構えていた。そこから何人かが次々に突然やってきた。コンゴーニャ農園の者とラゴア・ドス・カヴァロスの者たちが。彼らはすっかり武装し笑わなかった。ああ、素晴らしい友情だ。

こうしてさらに多くの人が、再度雄鶏が時を告げる前に目覚めた。そこで、不確かな月曜日、一種余分な月曜日を迎えた。強い男たちの到着する日だった。最初にセオ・セオダジアーノが送り込んだ更に二名ほどの男たち。本物の統率者だ。それから、知らせにしたがって更に他の男たち、馬に乗って二人が。神父の後を追ってミサの助手。幸いあれ！　神父は若く、銃を背負っていたのか？　剣で武装し、短いライフルも。彼は馬から下りると目に入るものすべてを祝福し、しなければならない婚礼の支度を急いだ。私の家で結婚式を執り行うのだ。私は準備を始めなければならず、その時のためにいちばん立派な服を着た。妻のサ・マリア・アンドレーザは楽しそうに祭壇を整えた。若者と娘は誇りに思っていた。愛はひたすら愛だ。彼らには品があった。二人は腕を組んでいた。真実の愛がいかなるものか見てもらいたい！　すべてが素晴らしく、実に素晴らしい。着飾った私のサ・マリア・アンドレーザは顔を紅潮させていたほどだと私は思う。私は楽団向きの男だ。神父は立派な言葉を述べた。その間に私は新婦がどこの家族の人かを知った。実際、厳格で富裕なジョアン・ジオクレーシオ少佐の娘だった。そうしたことには寒気がする……まあいい。私は肩をすくめた。私は畑を区画し、そこを耕すのだ。曲がった道は時にはまっすぐになる。結婚式が終わると私たちは祭壇から食膳へ移り、部屋から部屋へといった。

そこでは仔豚、七面鳥、キャッサバの粉などすべてが普段の習慣のもので、質素な食べ物、それにブドウ酒という祝宴だった。我々全員と神父が食事を摂った。私は食欲に欠けることなく、また満腹にならずに。デザートも。少人数でコーラスも行われた。新郎はベルトに銃を、新婦はベールと花の冠を着け、実に美しかった。羊毛は着古し汚れていたが、私は自分の姿を見て思った。恋しているとはどれほど素晴らしいか！　考えるだけでも溜息が漏れた。私は谷からはるばる下って山に向かっていた。まだ式が執り行われているときに私の兄弟ジョアン・ノルベルトが遥か遠くの彼の農園アス・アラポンガスから到着した。向こうでニュースを耳にして私を助けにやってきたのだ。とても大きいニュースを携えてきた。**「もし少佐が用心棒を引き連れて襲ってきたら、セオ・セオタジアーノが部下百名の先頭に立って乗り出してくれるだろう、後方支援に！」**名誉なことだ、と私は座ったまま口笛を吹いた。気高き新郎はセオ・セオタジアーノの親戚だった。私の用心棒の何人かはギターを爪弾いていた。踊ろうじゃないか？

私は健やかなサ・マリア・アンドレーザが瞑想に浸っているのを見た。

そしてその夜は忘れられないものだった！　私の名付け親のセレジェリオとヴェリシモが本人たち自らやってきた。彼らは難しい仕事を片付ける腕のよい人たちだった。神父すら残ると言ってくれた。誰からでも、希望があればいつでも告解を聴くためだ。テーブルには祈祷書が、その横にはピストルが見えた。徳の高い素晴らしい神父で、セオ・セオタジアーノの友人だった。いま、我々はジオクレーシオ少佐と彼の用心棒たちを待ち構えていた。**「そうだ、間違いないさ！」**と我々は言っていた。**「それを今夜見てみたい！」**と、ほかの者が言った。さらにほかの者が**「それで蠟燭を吹き消すのは誰だ？」**ここでもどこでも、見回り人、塹壕、歩哨だという者がいた。落ち着いた忍び足の音、カチャカチャと音を立てる銃の音。ああ、この古いサンタ・クルス・ダ・オンサ農園には、それぞれの入口、出口には十分な数の障害物がある。肝心なことは、私が首領だということだ。私はすでに血に飢えていた。かなり思慮を失っていた。私は飾り気なしになっていた。私の名前とセオ・セオタジアーノの名前にかけても。

我々は徹夜しなければならなかった。客間で。これらのベンチや椅子に座って。あのカンテラやランプのもとで。指揮している我々全員が。つまり私、私の兄弟のジョアン・ノルベルト、名付け親のヴェリシモとセレジェリオ、それに新郎とさらにセオ・フィフィーノ。それと白いドレスを着た新婦と私の妻サ・マリア・アンドレーザ。すべての男とすべての女。立派な男たちのグループ。私のそばにはゼ・シーピオが。そして夕食は、祝宴で残った料理で賑やかだった。男たちは皿を手に持って立って食べながら耳をそばだてていた。我々は戦意が高まり上機嫌に、さあこい、という気分だった。敵よ、ここに現われよ！　その忌々しいジオクレーシオたち。いまや固唾を飲むときだ。ここで我々は千匹の蛾を引き寄せるほどの明かりを点けて待ち構えているのだ。そして**三人組を作るようにし……力をあわせ！**　誰もこなかったら？　これは？　あれは？　いずれにせよ、我々は用意おさおさ怠りなかった。

我々は死と向き合い、勇敢で、団結し、十分なほど頭数を揃えていた。誰もこなかった。新婦はふんわりとベッドで新郎に微笑みかけていた。それらの婚礼にふさわしい笑みを。そして私は間違えて、自分を武装している人間のように考えていた。他人には不足していることが私には十分にある。妻のサ・マリア・アンドレーザは私に微笑みかけていた。老人たちがもう持つことができないこと、秘密と囁き。誰もこなかった。夜が明け、雄鶏たちが鳴いていた。神父は、武器に恐れを知らぬ喜びを感じている戦士のように祈った。私は自分がその幸せな日に若い頃のように何かしらの価値があると感じた。私は乾いた泉が再び噴出するように活力が、若芽が再び吹き出すのを感じた。私のサ・マリア・アンドレーザが愛おしそうに私を見つめ、彼女は美しく若さを取り戻した。その夜、誰もこないのか？　ここまでは何も！　夜明けが訪れた。新郎は新婦とともに去った、そして数人が一層眠そうに藁のなかで、もう鼾をかいていた。我々は見張りを交代することにした。私は幸せそうに私のサ・マリア・アンドレーザを見た。彼女は愛に燃えていた、神に称えられよ。彼女の手を握り締めて私は、もう一方の手にライフルを握って言った。「**抱き合って寝ることにしよう……**」夜明けに起こることは、夜になる前に打ち明けられる。よろしい、我々は横になりにいった。

私はいつもより遅く目覚め、抱擁の心地よさから再び誕生した。全員が持ち場に就いていた。その日は火曜日だった。この日になるのだろうか？　我々は待っていた。半ば用心して、半ば陽気に。真剣に騒がずに。それで？　長引いた凪だった。そして、しかるに。

そして突然ニュースが、伝言が届いた。伝えにきた人物はジオクレーシオスの使用人だった。それによると今日、この日は彼の主人のうちの一人が、独りでどこかよそへいく途中に私を訪ねてくるとか。友好的な訪問で。こんなことがあっただろうか？　それに、何の目的で？　私は、それを仲間の首領たちがどう考えるか聞こうと、彼らと秘密裡に話し合うためにいった。我々の意見は一致を見た。彼らは、大部分の男たちとライフルをしばらくの間、引き上げて、ここから半レグア少々のところにあるメイオの農場で様子を見ることにした。私の兄弟ジョアン・ノルベルトと二人の名付け親と、神父に従うミサ助手がいくことになる。私の農園の母屋は臨時に、武装した男たちがいないことになる。こうすることにし、これでよいのだ。挑発しないように私は努めて自制することにする。向こうの男は特使として独りできて、私にご機嫌伺いをするだけではないのか？　脅かしたり、不満をぶつけたり、驚かせたり、宣戦布告をしたりするだろうか？　そんなことは何もしないだろう。私の家の正面は朝日に面している。ほかの方向は見えない。私はとても率直な男だ。私は、自分がそうである者――ジョアキン・ノルベルトという者――なのだ。セオ・セオタジアーノの友人なのだ。

私はここ、自宅のこの戸口でその男を迎えた。彼は新婦の兄弟だった。私の知り合いで、心の籠った握手をする温かい男だった。家に入り、腰を下ろした。私は真剣に穏やかになっていた。彼は慎重に、品よく振る舞った。面倒や騒動を起こしにきたのではなかった。適切に言葉を選んで行動しているように見えた。ことは友好的に解決できるのでは？　私の義務であり好むことは、正当な人間として、また武装した男たちの首領として和解し、円滑にことを進め、元の鞘《さや》に収めることだ。いまは、こちらとあちらの双方の縺れを解く時なのだ。私は胸の内を明らかにした。男を昼食に招いた。そしてそこで明らかにした。ぐたぐた、遠回しに言っているならば、得るものも失うものもなく、何も変わることはない。私は新郎新婦をテーブルに呼んだ。

彼らはしっかりしていて勇気のある夫婦だ。やってきた。訪問客は笑顔を見せた。彼女と彼に手を差し伸べて言った。「**元気？　元気ですか？**」率直で友好的に。素晴らしい。食事を摂り、さまざまなことを話題にして話し合った。素晴らしい。何事も髪を梳かすようにサラサラと流れるように進んでいた。穏やかに少々ためらいつつ彼は二人に自分といっしょにいこうと誘った。両親に祝福を受け、新婚旅行から戻ってきて祝宴を挙げるために、と。なにもかも確かで、認められているではないか？彼は結構な結婚だと承知している。私も、それにサ・マリア・アンドレーザも招待された。よろしい。それは結構なことだ。私は都合が悪く、事態が動かなくなったので、いけない。しかし息子セオ・フィフィーノを私の代理に送った。そして彼は喜んで祝宴を楽しみにいった。

新郎新婦は喜んで同行することを受け容れ、私に謝辞を述べ、ここを辞した。そして私は単刀直入に応えて言った。「**つけ足したいことはただ一つ。神に次ぐ人物は、セオ・セオタジアーノだけだ！**」あの男は立ち上がって去ろうとした。そして彼を直視して私の正しく生きるための決まりを確認するために「**私は彼ら二人の結婚式に代父の役を務めた。そして彼らが承諾するならば、彼らの最初の子供の名付け親になろう！**」と開けっぴろげの笑いを装って大声で言った。いずれにせよ、よかった。そして彼は了解しただろう。ほとんど疑いない。この世では、はっきりものを言い、確認すべきだ。残りは、ライフルがものをいうのだ。

ベランダからサ・マリア・アンドレーザと私は彼らが馬に乗って穏やかに調子を揃えて去っていくのを眺めていた。万事が突然、言うならば、何の義務も生じることなく終わった。もう何も争いもハネムーンも祝宴もなく。

私を見つめているサ・マリア・アンドレーザを私は見返した。やれやれ。そして何事もなかった。バウドゥアウドとビビアンも同じく立ち去った。セオ・セオタジアーノは望みが満たされ、私の義務は果たされた。私の農園の監督ジョゼ・サチスフェイトは渋々門を閉じていた。あの我々のハネムーンはハーモニカで吹くよりも短くすぐに終わってしまった。残ったものは、束の間の慰めだった。恋愛ごっこ、それは水を運ぶ私の小さなバスケットだった。我々のしなければならないことは、幻想から抜け出して年齢を重ねることだ。しかし息子セオ・フィフィーノはいつか同じように武器を手に取って若い娘を略奪するにちがいないだろう！　私、ジョアキン・ノルベルトは恭しく微笑んだ。私はサ・マリア・アンドレーザを抱きしめ、我々の目は曇っていなかった。そうだろう？　ともかく、そういうことだ。ここ、サンタ・クルス・ダ・オンサ農園では。ここは隠れ家だ。ああ、素晴らしい。そして同じようなことが起きたのだった。

16　大胆な船乗りの出立

霧が立ち込め小雨の降るある日の朝、何事も起きそうもない気配だった。小さな家の裏の差掛け小屋の戸のない炊事場の竈《かまど》のそばでのことだった。田舎ではそんな調子でよかった。お母さんはまだ部屋着姿で、マリア・エヴァにベーコン・エッグを作らせ、熟したパパイアの皮をむくように言っていた。お母さんはいちばんきれいで、いちばん幸福だった。彼女の足はペーレのスリッパが履けた。彼女の髪は地味な黄金色に輝いていた。彼女の目のなかに入れても痛くない女の子たちは人形で遊んでいた。シガニーニャ〔ジプシーの意〕にペーレにブレジェイリーニャ〔いたずらっ子の意〕、彼女たちは一枝に咲いた花だった。ジットだけが、単なる従兄弟で、よその子だった。緑の色調に包まれた雨の降る午前も半ば。取るに足りない細かな雨のしぶきが飛び散り、多くのぬかるみの真ん中にある炊事場あるいは家に、みんなは縛りつけられ閉じ込められたも同然だった。まだ、川沿いの崖、鶏小屋、枝がさまざまに曲がった大きなカシューの樹、丘の一端、そして遥か遠くが見晴らせた。黒犬のヌルカは寝ていた。お母さんは誇らしげに三人の女の子と男の子を見守っている。末っ子のブレジェイリーニャをいちばん気にかけていた。なぜなら、ブレジェイリーニャは時々大したいたずらを仕出かしていたからだ。

いまは、そうではない。ブレジェイリーニャはジャガイモの小箱に座っていて、おとなしくしているいたずらっ子だった。足を組み替えるたびに、マッチ箱をいじっていた。ブレジェイリーニャを見ると、真っ先に長くてストレートで赤みを帯びたブロンドの髪が目に入り、そのなかに小作りなものが見えた。面長ではない小さな顔、はっきりした横顔、愛くるしい小さな鼻だ。じょじょにじっとしているのを止め、ツバメのように震えはじめ、いまは雨を眺め、風景にどっぷりと浸かり睫毛がしばたいた。しかしながら、糸を引くような雨越しではあまり見えない、と彼女は独りごとを呟いた。「**よく降るので、あたし凍えちゃう！**」それから彼女は伸びをし、いろいろなものを蹴った。「**痛い！**」とバナナの房の上に乗って転がり、お臍をすっかりさらしてしまった。ペーレは彼女が体をまっすぐにするのを助けてやった。「**……それにカシューの樹がまだ花を咲かせている……**」と、何日もそのように雨が降り、霧のような小雨と仄暗い朝の空にもかかわらず、その樹が営みを止めずにいるのを観察して付け加えた。お母さんはケーキをこしらえようと砂糖とキャッサバの粉の分量を量っていた。ペーレは気を利かして素早く手伝おうとしていた。シガニーニャは本を読んでいた。彼女は読むのにページをめくる必要がなかった。

シガニーニャとジットは前の日、派手に醜い喧嘩をしたので、互いにあまり近寄らず、むしろまだ喧嘩の状態が半ば続いていた。ペーレは褐色の肌をし、目が印象的だった。シガニーニャはずば抜けてきれいな女の子で、お母さんを小さくしたようだった。ジットは思い切って口に出せないこと、焼きもちのことを考え込み、何を、誰についてかも分らない焼きもちの一種にとらわれていた。ブレジェイリーニャは爪先立ってぐるぐる旋回した。「**あたしなぜ卵が串に似ているか知っているわ！**」彼女は、判じ物の世界に生きていた。しかし、誰にも答えを言おうとしなかった。ブレジェイリーニャはこのように頭の働きが弱いわけではなく、彼女の秘密は限りがないのだ。そしてごくごく小さい不安がある。「**今日頭がとても熱いの……**」これは、勉強したくないからだ。すると、付け加える。「**あたし地理を勉強するわ**」あるいは「**恋を知りたいわ……**」ペーレが大笑いした。シガニーニャとジットは驚いたように目を上げるだけだ。目を合わせてはいないが、ほとんど見つめ合うほどだった。しかしシガニーニャは自分が正しいと信じて舌打ちする。ジットも、もうこれ以上喧嘩を続けたくなく、我慢しきれないほどになっていた。もしこっそりシガニーニャを見たならば、彼女は突如一層美しくなって飛び立ってしまっただろう。

「**恋を知らなくって、あたしたち大人の小説が読めるかしら？**」とブレジェイリーニャが考えたうえで述べた。「**それで？　あんたは公教要理**〔信仰を教えるための教科書〕**も読めないのに……**」ペーレは妹を軽い軽蔑の調子でやっつけた。しかしペーレはよい子ぶりを続け、声に微笑みの調子を表しながら軽くつねった。ブレジェイリーニャは皮肉っぽく反駁する。「**おもしろい！……だって、あたし、マッチ箱のレッテルで三十五語読んだのよ……**」したがって彼女は上から目線と、とても強い表現を使って途方もない意見をさらに進めたかった。**「ジット、サメは狂っているの、それともあけっぴろげなの、それとも煽動家なの？」**なぜなら、彼女は詩人で、我々の無知の闇に長い光明を投げかける、そのような重大な言葉を持ち込むのが好きだったからだ。ジットは突然やけになり、喧嘩腰ではあるが後ろめたい気分もあり、応じなかった。雨が降り続くなか芝居がかって出ていこうと思い、怒りで爆発しそうだった。しかしブレジェイリーニャは、はっきりしない微妙なことを捉える才能があり、それらを手に入れると自分の頭の中でよく考えていた——物事の物事らしさと人々の人らしさを。**「ジット、あんたは、遠い、遠い海へ航海する、壊れていない船に乗る名前も知られていない海賊の船乗りに、誰も二度と見たことのない船乗りなんかになれる？」**ジットは決然とした様子で微笑んだ。シガニーニャは身震いし、ためらいながら指に力を込めて本をしっかりと握り締めた。お母さんは、卵をかきまぜるようにとボウルをペーレに渡したのだった。

しかしブレジェイリーニャは頬杖をつき、いま彼女自身夢中になってしまい、お話を語ろうという衝動を抑えられなかった。**「大胆な船乗りは体の弱い人で、ほかの場所を発見しにいきました。彼は、こっちもインチキな船で出掛けました。独りでいったのです。それらの場所は海のずっと向こうにありました。大胆な船乗りは母親、兄弟たち、父親が懐かしくなっていたのです。彼は泣きませんでした。彼はめいめいにいく必要がありました。彼は言ったのです。**『あなたたちは私のことをすっかり忘れてしまうのでしょうか？』**彼の船が出かける日が近づきました。大胆な船乗りは、船が出ていくと、外に向かって白いハンカチを振っていました。船は近くから遠くへと出ていったのですが、大胆**

な船乗りは、後に残った人々に背中を向けませんでした。人々もまだ白いハンカチを振っていました。最後に、目に入る船はもうなくなり、ただ海が続いているだけでした。すると一人が考えて言いました。『彼は、我々が決して発見することのない場所を発見するだろう……』**そうするともう一人が言いました。**『彼はそれらの場所を発見し、その後、二度と戻ってこないだろう……』**するとさらに別の人がひとまわり考えて言いました。**『彼は気づかずに心の中で我々のことを怒っているにちがいない……』**するとみんなは大いに泣き、悲しそうに家に帰り、夕食をとったのです……」**

　ペーレはスプーンを振り上げた。「**お前は『大胆な』何も知らない子よ**」「**嘘つきの猫かぶりなのは、お前よ！**」ブレジェイリーニャは無作法に叫んだ。「**なぜお前はそんな馬鹿ばかしい、お馬鹿な話をつくるのよ？**」そしてシガニーニャは傷ついて怒った。「**だって後で素晴らしくなるからよ、そうなのよ！**」ヌルカが吠えていた。お母さんも怒っているのかしら？　ブレジェイリーニャがコーヒーポットやほかの物を蹴飛ばしたからだ。ブレジェイリーニャがさらに考え深げに言った。「**馬鹿なことは黙っているよりも言ったほうがいいくらいよ……**」いまは、お行儀が悪かったことを真剣に悔いて緑色の目を閉じた。何か揚げ物をしているような小雨の降る音しか耳に入らないのだろう。

　朝はまるで海綿のようだ。しかしながら、確かにペーレは卵をかき混ぜているあいだに、聖アントニオに願い事を十回祈ったにちがいなかった、なぜなら奇跡が静かに起ったからだ。天気が和らいだ。まだ三月だったので、通常のように雨降りだったが。シガニーニャとジットは互いに溜息をついていた。鶏小屋から雛鶏と、七面鳥が放たれた。ヌルカは跳びはねながら出ていった。空は青くなるだろうか？

お母さんは小作人ゼ・パヴィオの奥さんの病気見舞いにいくところだった。「**ああ、それでお母さんはあたしたちと一緒に、それともあたしたちと別にいくの？**」とブレジェイリーニャが尋ねた。お母さんは笑わないように、知らんぷりしないように、優しくからかった。「**何て恥ずかしいことを言う子だろう！……**」そして彼女の声は優しい調子だった。朝は花でいっぱいになっていた。すると子供たちは堤防から溢れそうな小川の様子を見にいく許可を求めた。お母さんは許してくれた。彼女たちは、もうお母さんのスカートにしがみついているような年齢ではなかった。彼女たちははじけるように喜んだ。ただし、危険な川に近づかないことを忘れないように、誰かが一緒にいかなければいけない。流れはあの辺りではかなりのものだった。ジットは大人に近くて、責任を任せられる、付き添っていける人として適切ではないだろうか？　濃霧は空中から消えていた。しかし、暖かい服を重ねて着なければならなかった。「**ああ、何て暖かい！**」ブレジェイリーニャは嬉しくてみんなのなかでいちばん幸せで、まるで、まるでその子だけ鳥のようだった。「**いってらっしゃい！**」とお母さんは持ち前の陽気な声で、預言者のように言った。彼女が話すと、祝福が俄か雨のように彼らに降り注いだ。小家族は分散した。

あちらへ向かうには、最初の道は少々傾斜していて、丘、小さい丘の坂を登っていた。それでも二本の傘が、先頭の傘にはブレジェイリーニャとペーレ、もう一つの後ろの傘には、ジットとシガニーニャが。ただ雨の名残の小雨が囁いていた。ヌルカが黒く走っていて、やっと解放感を感じ、仕合わせになって戻ってきた。もし振り返ったら、青緑の縞の入った真っ白い家、すべてのなかでいちばん小さく美しい家が見えた。ジットはシガニーニャに腕を貸し、その時にはしばしば手がつながれた。ペーレは成長し、上品になったように見えた。そしてブレジェイリーニャは甲虫のような上着を着て軽やかに進んでいた。大胆なインコのように内股で歩いていた。

小さな丘の頂上を越えたときジットとシガニーニャは感動のあまり、ぎこちなく口を閉ざしていた。そう、彼らはもう仲直りをしていて仕合わせな気分を経験していた。彼らにとって、この散歩は感動的な事実だった。いまや反対側の坂を下りていて、滑りやすく、ぬかるみの水溜りがあるので用心し、またブレジェイリーニャが「**牛の**」と呼んだもの——キノコで覆われた糞の高い山を踏まないようにしていた。あそこは実際、牛たちが歩いていた。「**唇の厚い牛**」。そこでブレジェイリーニャは転んでしまった。彼女は「お母さんが、勇気と理性を持たなければいけないと言ったわ」と言った。しかしそれは嘘だった。そしてその時に「**いまもう、あたしは汚れてしまった、だからこれからは用心しなくてもいいのよ……**」彼女はヌルカと一緒に下の坂を、緑の牧草のなかを駈けた。ペーレがさらに叱った。「**あんたは大胆な船乗りを捜すんでしょ？**」しかし、それ以上だった。その間に、湿って明るく平らな草地が茂っていて花が咲いていた。デージー〔この花ヒナギクは古英語で「太陽の眼」という意味〕が急に目覚めて広がり、それらの中心はすべてぴくぴくしている瞼《まぶた》に囲まれていた。

彼らがいきたいところは、小川が三角州を作っている入江だった。下の方では、こんもりとした竹藪や川岸の砕石場で、水の鼾《いびき》と鼻息が聞こえた。なぜなら、川は荒々しく騒々しくなり、小川も同様で、入江は、流れが合流し、堰《せ》き止められ、波立ち、逆流し見苦しかった。「**ふくれ面している！**」とブレジェイリーニャはそこに向かって叫んだ。その最後の砂粒が、泡から出来たテーブルクロスが踊り、水泡が美しくもでたらめに泡立っている下に消えた。ブレジェイリーニャはそれらの一部始終を見て、もう頭にそれを刻み込んだ。場所を変えながら増えている水を測ろうと竹の棒を突き刺して場所に印をつけた。しかしながら、それが泡立っているのを見て、彼女は思い出した。ブレジェイリーニャは海が好きではなかった。「**海には模様がない。風のせいで、それがない。こんな時間に魚だって？　大きすぎるから……**」魚たちのためにパンを持ってこなかったことを残念がっていた。ぺーレは訝しがっていた。ブレジェイリーニャは夢想していた。「**滝は水の壁で……**」正面の川のあの島はワニの島だと話した。「**あんたはもう向こうでワニを見たことがあるの？**」とぺーレがからかった。「**ないよ、でもあんたもあそこにワニがいないのを見たことがないでしょ。あんたの見ているのは島だけ。それじゃ、ワニがいるのか、いないのか……**」しかしブレジェイリーニャはヌルカの横で、立っている周囲のすべてを、彼女の小鳥のような眼でもう見ていたのだった。ちなみに、水はさまざまな余分な動きをしながら徐々に上昇し広がっていた。

彼らは、雨でびしょ濡れなので地面にでも、倒れた樹の幹にでもないが、近くに座っていた。シガニーニャとジットは二人しか座れない石に座って、月並みな人のように取りとめもなくまだ話をして、いつまでもそうしていてもよさそうだった。ぺーレは花を摘んで花束にしようとその場を離れていった。もう霧雨は降っていなかった。ブレジェイリーニャはもう再び跳んだりはねたりしていた。その日はとても退屈だと言った。いちばん緑の濃い堤防に戻り、ヌルカに取りにやらせようと石を思い切り遠くまで投げていた。その後、気分転換にしゃがみ、まるで片方の靴しかはいてないようだ。しかし立ち上がらずに、両足でくるくる回転し、シガニーニャとジットに話を聞かせようとする。彼らを見つめた。

「大胆な船乗りは海が好きじゃなかった！　それでも彼は出発しなければいけなかったのか？　彼はやせた娘を愛していた。でも海は風の強いときにやってきて、彼の乗った船を詳しく調べようとさらった。大胆な船乗りはそれにには何もできず、彼の周りにはひどい準備中の海だけだった。大胆な船乗りは娘のことばかり考えていた。恋は独創的だ……」

シガニーニャとジットは微笑んだ。一緒に声を出して笑った。「まあ驚いた！　あんたはまだそんなことを言っているの？」盾のように沢山の花を抱えたペーレが戻ってきた。ブレジェイリーニャは身振りで「ああ」と表現し、話を続けたがった。「……乗組員がやってきて……、まだよ、その時には。その後で雨が降った、降ったのよ。海が満ち、それは訓練させる計画でした……大胆な船乗りには、どこにも走ったり逃げたりする道はなく、船は粉々になっていました。船は転覆していました……彼はひどく怯えたので、用心深く愛していた娘のことを再び考える時間はそれほどありませんでした。彼は彼女に嘘をついていました……恋は風変りだわ……」

「それからどうしたの？」

「娘は遠い向こうで独りぼっちになって残り、同じような想いを抱き、実際彼ら二人は互いにすこし

ばかり懐かしく思っていました……恋はこれに……大胆な船乗りはすっかり名ばかりだけの危険な目に会っていて……救われませんでした……大胆な……大胆な……」

「**そうなの。それで、いまは？　それから？**」とペーレが彼女に挑んでいた。

「**それで？　その時……その時……説明するわ！　いいわ。その時、彼は海の明かりを点けました。そして準備ができました。彼は灯台の人と打ち合わせをしました……準備ができたの。そして……**」

「**だめよ。それはいけない！　お話の最後に新しい人物をつくってはいけない、ずるい！　それにあんたの『大胆な船乗り』があるわよ、あそこに。あれよ……**」

　彼らは見た。それは泥だらけの地面、踏みつけられた草叢の外れにある田舎のお供え物、固くなって半ば乾いた大きな牛の糞だった。その立派なものの上にとても長い細くてしなやかな茎のあるキノコが生えていた。上の部分の小さな白い笠が小生意気に揺れていた。洪水の端が危うくその上に達しようとしていた。

　ブレジェイリーニャは顔をしかめた。しかしその時、花が数本地面に落ちてペーレの小さな花束が崩れてしまった。「**ああ、そうなんだ、その通りだ！**」そしてブレジェイリーニャはあらゆる機会を利用しようと、跳びはね、素早く動いた。あの黄色い花――パンジー、アキノキリンソウ、デージーをつかみ、あの物質の固くなったてっぺんに刺した。「**今日は青い花は一本もないの？**」となおも尋ねた。笑い声が誰からも起き、シガニーニャとジットは手を叩いた。「**出来たわ。大胆な船乗りよ……**」そしてブレジェイリーニャは竹の葉、小枝、細枝などをさらにそれに刺した。もうあの物質、牛の糞は姿を変えた。

しかしながら、ちょうどその時、遠くでゴロゴロという音が起きた。雷が轟いたのだった。ブレジェイリーニャはひどく雷を恐れている。ジットとシガニーニャの近くにやってくる。そしてペーレの近くに。優しいペーレは言った。「それからどうなるの？ お話はそれだけ？ 終わりになったの？」

「**そう、出来たわ。もう一度始めるわ。大胆な船乗りはもう一度初めから言うと、娘を愛していたわ。いいわ。彼は突然、こわがっていることを恥ずかしく思った。彼は大胆になり、こわがらなくなったわ。とてつもない飛躍をしたの。遥か遠くから娘をつかまえ、抱き締めたの……それで出来たの、海の方がびっくりしてしまったの。何てことでしょう！ 大胆な船乗り、これでよし。これですべて終わりなの。あたし『終わり』と書いたの**」

実際、水はもう「大胆な船乗り」のところにほとんど達し、最初の波が近づき、衝突するところだった。「**彼は海にいくの？**」ブレジェイリーニャは躍起になって尋ねた。彼女はとてもまっすぐに立っていた。微風が彼女をくすぐり、顔、唇をそう、さらに耳、髪を撫でていた。雨は遠くで降っていた。

シガニーニャとジットは互いに囁き合い、考え深く見つめ合って、現実の縁にいた。「**今日はとても素敵だよね？ 何から何まで、みんなが素晴らしく、みんな陽気で……僕はこの天気が気に入っている……**」そして「**あたしもよ、ジット。あなたはいつでも、ここに何度でも戻ってくる？**」すると「**できる限り、戻ってくるさ……**」そして「**ジット、あなた大胆な船乗りのようにすることができる**

かしら？　ほかの場所を見つけにいけるかしら？」そして「**彼はほかの場所がさらに一層美しいからできたんだ、たぶんね……」**彼ら二人はこんなふうに大きなことをささやかな言葉で、僕は君に、あたしはあなたに、などと言い合った。彼らは仕合わせだったが、何か別のことが彼らの内で混乱して、あがいていた──バラ──恋──棘──懐かしさ。

しかし今は水がいったりきたりしながら「大胆な船乗り」に迫り、泡が取り囲み、びしょ濡れにし始めていた。周航できる大胆な船乗りは、見よ、まだ堅固な陸地にあったのだ。地面はまだそれが完全に壊れて流されてしまうのを抑えていた。ブレジェイリーニャはさらに飾りを付けている。シガニーニャとジットまでが彼女を手伝い始める。そしてペーレも。それは今や色彩豊かで、とっぴで、葉や花で飾られ、別物になっていた。「**彼は別の場所を発見するのよ……」**「**いや、ブレジェイリーニャ、真剣なことについてからかったりしないで！」**

「**おやまあ？　何よ？」**すると、シガニーニャが考え深げに提案する。「**彼に伝言を運んでいってもらいましょうよ？」**ともかく海にひとつ送る。それをみんなが望んでいる。ジットはコインを一枚乗せる。シガニーニャはヘア・ピンを。ペーレはガムを。ブレジェイリーニャは唾を。それは「彼女の流儀」なのだ。そしてお話は？　まだ、本当のお話をもう一度話して聞かせる時間があるだろうか？あるのだ。

「**いま、あたし分ったわ。大胆な船乗りは独りでいったのじゃあなかった。できたわ。でも彼はあの娘と船に乗ったの、というのは、彼らは互いに愛し合い、きっぱりと船に乗り込んだのだから。それ**

で、おしまい。海は彼らを美しく運んだ。彼らは二人だけで船で進んでいった。船はますます美しくなっていった……おしまい。そして船は蛍になったの……」

それでおしまい。ひどい雷が空でも陸でも不屈に支配した。空一面が雲に覆われた。ブレジェイリーニャと雷鳴は息が詰まった。彼女は「損なわれていない」深淵——雷の虚空に落ち込むのだろうか？　ヌルカは彼女を救おうと吠えた。シガニーニャとペーレとジットも彼女を支えようとやってくる。しかしながら、その前に別の仙女が思いがけず花を背にして現われた。

「**お母さん！**」

ブレジェイリーニャは彼女の首に両腕を回した。お母さんはリスがクルミを抱えるように彼女の頭を撫でる。ブレジェイリーニャは少しもためらわずに笑う。そしてペーレが言った。

「**ほら、今よ！『大胆な船乗り』が出発する！**」

「**まあ！**」

「**やあい！**」

大胆な者が！　彼が出発する。揺れながら、踊るようにして泡立つ波が永遠にさすらう大胆な船乗りを下流へ下流へと運んでいった。その葉、その花、麗しい長いキノコを一滴の露が、一滴、牝牛の乾いた塊の尖塔の上で煌《きらめ》いていた。

ブレジェイリーニャも感動している。しかし我に返って言う。「**お母さん、いま、あたしもっと分ったわ。卵だけが串に似ているということが！**」

再び雨が激しく降りだす。
そして傘が翼を広げた。

17　慈善を施す女

　ここの住民の誰もがその女に注意を向けなかったのを、注意を向けることはありえなかったのを私は知っている。薄ぼんやりした影のような村のなかであまりにも互いに近くで暮らしているので、住民は他人の緩慢さに慣れてしまう。価値のないことに注意を向けない。価値がないとも思わないのか？　もしそうなら、そうなのだ。彼らは考えなかった。そして多くのことを疑問に思わなかった。なぜ考えなければならないのか？　襤褸《ぼろ》をまとい悪臭を振りまき、不潔で憐れむべきその女は、年老いて醜く半ば狂い、犯した罪を悔やまず、そして盲人を導いていた。あなたたちは皆、彼女が誰にも耐えられないほどの重荷を背負ったとは思わなかったのですか？

　少なくとも彼女の名前を知っていただろうか？　いや、私が訊いてみると完璧に知っている者はいなかった。彼女はただ蔑まされた名前「**牝ラバのマルメラ**」としか呼ばれていなかった。腰に痛みがあって膝を前に出して、かなり前屈みに歩いていた。開けたところ、通りを歩いているときですら、彼女は藪のなかにいるようだった。どこを通っていても狭苦しいように見えた。骸骨のように痛ましいほど痩せて蛭《ひる》に全身の血を吸い取られたかのようで、目はあらぬ方に向き、狼のような髪、あの顔立ちもどこをとっても代り映えしなかった。彼女の影はいかなる凹凸もなかった。断食を行っている女の下顎、魔術を操る女の抑えたような様子にあなたたちは恐怖に駆り立てられたのだろうか？時々、顎を震わせていた。寂しい牝馬がよくやるように爪先で用心深く歩くことや、野蛮人と見誤る態度にも気づくことだろう。事実は見逃さないようにしてください。

そしてあなたたちは、すべてのことについて、すべてに間違っていたかも知れないと疑うこともなかったのですか？　それにあの盲人がいつも受け取っていたあれほど多くの施しのなかから金を奪い、隠していた、と言っていませんでしたか？　しかしもし彼女が金に関していくらか幸運に恵まれていたとしても、彼女の運命はそれどころか、ひどく辛いものだったでしょう。彼女はどんなに醜く悪評の立つ人だとしても、あなたたちは、すべて穢れと下劣さから成る卑しい乱雑さの下に隠れた彼女の本当の姿を発見でき、さらに彼女の皺が年齢からではなく、やつれた表情からきたと気づいたなら、いかに恐ろしいことかを理解したでしょう。実際彼女がどうだったかよく記憶を辿ってみてください、そして努力してください。彼女の乏しい言葉、身振り、少しの行為を推し量ってください。そうすれば、彼女が実際には賢く注意怠りなく逆境によって才知を磨いたことに気づくことでしょう。そして彼女の昔の罪は？　私がいつも聞いたのは、彼女が殺《あや》めた男はぞっとするような、人間の皮をかぶった犬で、この地の人々にとってもっとも恐ろしい災厄、危険、祟りだということです。あなたたち自身が私に語ってくれたことによれば、彼女の罪によって、皆さんは大いに恩義を受けており、それにもかかわらず、あなたたちはそれをきちんと認識していることを表明もせず、感謝の念も表していないと私は理解しております。普通、物事がそうであるように、すべては帳尻が合うのです。それでは、なぜ古い過去の出来事の暗い部分を思い出すと、人を見誤るのですか？

盲人は無作法に施しを無心していた。気短に罵り、自分勝手に行動し、家々のドアや店の売り台を杖で叩いた。それでも人々は彼を敬い、彼が適切に低い地位にいると考えて、無視したり批判したり咎めたりすることはなかった。憐みのためか？　良心の呵責からか？　もっともありそうなことは、彼らがぼんやりと彼に精神的な支配力、あるいは強い気質があると感じていたのだろうということだった。彼は名字なしに、ほかに綽名なしに「**内反足**《ないはんそく》」と呼ばれていた。牝ラバのマルメラと同様に二人とも不運な綽名の哀れな人間だった。そしてあなたたちは、彼らに洗礼名を使わせないことによって、すでに彼らの手に余る極貧に加えて、異常なことに自分たちとは別個に生活せざるを得なくさせたことに気づかないのですか？

怒り狂った内反足が罵り強圧的に求める無心に対して誰もためらわずに金、食べ物、彼が神の名のもとに望むものは何でも差し出した。「**彼は徹底した悪党だ！**」厚かましく粗暴で人間の屑だ。しかし、ほんの稀にしか、それも彼が遠くに出かけた後にしか誰も鬱憤を晴らそうとしなかった。彼は邪悪な男で、人殺しの人相をしている。大きなナイフを襤褸服の上から吊り下げていた。大きな手を高圧的に差し出した。そして犬の吠え声よりもはるかに大きく叫んだ。もし誰かが話したり笑ったりすれば、彼は立ち止まり、沈黙を待った。自分の周囲に耳を澄ましていた。しかしすべて聞こえた訳ではなかった。それはできず、そうしようともしなかった。

恐れることもあった。その点についてあなたたちは疑わなかった。彼女を、導いてくれる女を恐れていた。牝ラバのマルメラは一声で「**おい**」とか「**やい**」とかと歯の間から音を噴き出して彼を呼んでいた。すると内反足は彼女の助けを得て、足を踏みしめ、いまは手探りで自分から動いた。腰の紐にくくりつけた鞘に入った大きなナイフを揺らしていた。私は彼がすぐ敏速に移動したことを承知している。その二人は一種の怯えた随行員のように互いに付き添い合って通りを歩き、路地を曲がった。互いに憎しみ合っていた。牝狼と牡犬のようにまったく種類の異なるものだった。彼らの間には凍りつくような根深い冷淡さが留まっているのに、悪意ある意思疎通欠如の結びつきに同意していたのはどういう理由《わけ》だったのか？　盲人、内反足は、牝ラバのマルメラが殺した彼女の亡夫「**化け物**《ムンブンゴ》」の息子だったのだ。

あなたたちは何年も前に起こったことをご存じでしょう。その化け物は残忍なことで悪名高く、邪悪なモンスターで、血の味を好み、非道で多くの罪を犯した男だった。そいつは情け容赦なく他人の魂を悪魔に送った。殺し、苦しめ、殺した。被害者が顔を歪めるのを見て愉しもうと、ひたすらナイフで切り裂いたという話だ。本当だろうか？　その当時、彼のせいで全員が休む間もなくのべつ震えていた。彼は脳がいかれていると言われていた。神による禍いであり、巨大な地獄の番犬だった。だが妻とはうまくいっていただけでなく、愛し合っていた。そんなことがあるのか？　愛とは曖昧で明確でない言葉なのだ。しかし私は訊いた。私はよそ者です。化け物は妻、牝ラバのマルメラを愛していて、彼女は彼を怯えさせていたが、彼女も彼を愛していた。どんな恐れなのか確かには分らない。たぶん、彼は、彼女だけが身振りで駄目だと示して彼を、彼の狂ったように極悪な存在を破壊し、切断することができるだろうと予感していたのだろう。たぶん、自分の最期は彼女の手に握られて、すでに決定されていて、待つばかりだと彼は推測していたのだろう。盲目の内反足が後にけっして逃れられないあの同じ恐怖で、彼女を愛し、また恐れていたのだろう。ここの人たちはしかしながら、このことを何も理解していなかったのだろう。彼らはただ単に自分たちの理解できないことを伝えてくれただけだ。

盲人の内反足は大きくて強かった。牝ラバのマルメラに連れてこられた。彼はいまでは、よろけずしっかり行動する。酒を飲んだと言われていますよね。しかしあなたたち自身で、そんなでたらめな話がいかに風変りなことを隠してしまうかをよく見てもらいたい。誰も彼が酒を飲まない、けっして飲まないことを知っています。牝ラバのマルメラが許さなかったからだ。彼女は、穏やかに、言葉で彼に禁止だ、と言う必要はなかった。恐怖を与える沈黙を守っていただけだ。そして彼は彼女に従った、首に首輪をつけられたも同然だった。何だか分らぬほど深く溺れた願望に馴れていた。居酒屋の戸口で熱狂的に火酒カシャッサの酒精を吸い込んだ。最後に裏切られ、投げやりになり、恩知らずになり、激怒し、ネズミのような歯がギシギシと鳴った。なぜなら、彼自身、人間の血でないものを飲んではいけないと知っていたからだ。それに、彼の渇望と酔いは破滅的であり、他人には危険なほど、限度を超えていたからだ。実際、彼は神の所産だったのだろうか？　人々は確信していただろうか？ああ、それは分らない。彼の体は他の人々のものと異なる粘土、追い払われ、汚され、不運なものから出来ていたのかも知れなかった。いろいろな話が語られている。ともかく、探りを入れながら、やっと生きてきた困窮の暗い影のなかで、一つだけ十分にはっきりしていることは、あの父親にしてこの息子だ、やはり、はっきり言って「地獄の犬」ということだ。

父親、化け物がもし妻、牝ラバのマルメラとうまく暮らし、貧しい人々が互いに必要としているように、彼女が彼を必要としていたなら、それではなぜ彼女は彼を殺したのか？　あなたたちはこの点を一度も考えず、彼女を非難した。真実を突き止め、確かめようなどと少しもしないのでは、理性的に考えない、意気地のない人たちにちがいないだろう。しかし、彼女が明白で、はた目にも明らかな理由も知られることなく夫を殺めたとき、ここの誰もがほっとし、神に感謝した。いまやわれわれは穏やかに暮らすことができ、これほど幸運にも突然災厄から解放された、と。あの化け物は、そいつこそ出てきた所に戻らなければならず、亡霊となって地獄へ落ちたのだ。しかしあなたたちは、彼女、牝ラバのマルメラの恩に報いなかった。それどころではなかった。あなたたちは、彼女に、辛い運命にある女、話し相手のいない悲惨な女という冷やかしを浴びせた、実際そうだったから、と。彼女は自分の夫を亡き者にし、その後、自分自身をひどく恐れ、その恐怖は逆流し、発作が起き、驚嘆の余り、ほとんど冷たく無感覚になり、犬のように遠吠えを上げた。そしてその時、彼女は笑わなくなった。彼女がヒステリックに笑うしかないのを聞いたあなたたちの内の何人かは、あの笑い声の雑音のような声をきちんと思い出すことに耐えられないのだ。

もし私が自分の知っていることと、あなたたちの考えていることを口に出せば、あなたたちは不安になり、よい気持ちにならないだろう。おそらく私が最後まで説明することに同意しないだろう。あの女はあの男を殺さなければならず、自分の手で、皆が十分に必要としていることを果たさなければならず、彼女以外には、皆があえて心に思い描くことすらできず、密かに心のなかで強く願っていた極めて高度な仕事の執行者にはなれなかっただろう。あの男を愛し、あの男の愛人になる運命に囚われて、この世に、しかも彼らは一緒にこの世に送られ、生まれたマルメラ、ただ彼女だけが。なぜなのだ？　我々の周りには、もっとも濃い闇があるのだ。あらゆる物に。牝ラバのマルメラと化け物は彼らの愛情の糸と糸で縒り合わされており、前もって制裁と最期の判決を推測していたのだろうか？彼は、そう、彼女を恐れていて、彼女への愛ゆえに彼女の裁きに従ったのだ。可哀想な女マルメラはおそらくすべての人よりも、それと知らずに化け物がどんな権力の代理人としてか分らないが、残忍にも犠牲にした人たちを悲しんで泣いた人々のために、脅かされた人々、侮辱された人々のために、苦しんでいた。もし彼女だけが自分の夫である男を殺せるのだったら、彼女が彼を殺さなければならなかったのだろう。もしそのように義務を果たさなかったなら――もし絶えず独りで、強く嘆願していた全員を満足させることを拒絶したなら、彼女は気がちがったのではないだろうか？　石炭の色は謎だ。人々は黒いか白いかと考える。

そしてもう一度、私には、二人がこの穏やかな我々の土地の住人たち全員の模範的な生活とは完全に別に、襤褸を着て無関心な道にやってきたり通り過ぎたりするのが見える。盲目の内反足はしっかりと歩いている振りをして進み、体を支えてくれる杖の端を牝ラバのマルメラには委ねようとはしない。彼女はただ彼の前にいるだけで彼を導き、彼は鳥たちが隊形を組んで飛ぶように、彼女の体が空気の移動を起こさせ、それを感じてうまく彼女に従う。あるいは、彼が自分の前に感じているのは、その女の体臭、彼女の魂の影であり、彼は彼女の臭い、狼のような臭いを嗅いだのか？　気づいて欲しいのは、盲目の内反足が訳の分らない自尊心から頭をいつも高々と揚げていることだ。彼は自尊心の国からやってきて、彼の邪悪な性格、支配力はぞっとさせる。そして彼は白でも黒でもない平たい帽子をかぶっている。特に激高し、大袈裟な身振りをし、粗野に悪意を見せて性急に人々に施しを無心したときには、何度となくその帽子が頭から落ちるのが見られた。しかし牝ラバのマルメラが地面から帽子を拾い上げ、それを彼に渡す前に指ではじいて汚れを落とそうとしたのが見られた。自分からは決して脱ごうとしなかった帽子を。誰にも敬意を表さないからなのか？　私は、あなたたちが彼女にまったく関心を示さないのを、その女がどのように歩き、感じ、生き、行動しているか気にしていないのを知っている。彼女が素朴で、物乞いの忌ま忌ましい妬みとは無縁な眼で家並をいかに見ているか気づいていないのだろうか？　そして子供たちを見るときには、大人たちに向けているだろう囚われの身の陰気さを視線に込めていないのだ。彼女はすべてを無邪気な感嘆の念で見ている。しかしあなたたちは、彼女を好きになれず、彼女がそばにいることすら我慢がならない。なぜなら、あまりに強烈な運命により彼女は皆から遠ざかり、世間から離れたことを知らないからだ。頑固に自分の義務を遂行することにより、あの二人の男にだけ向けていくべきだった憎しみをすべて自分の身に受け止めている。あなたたちが、彼女は呪われていると言うとき、そうだろうか、本当に？　しかしながら、それをもう二度と繰り返し言わないで欲しい、私には言わないで欲しい。「**狼の皮をかぶった狼を見よ！**」などとは。人生自体が天秤のもう一つの皿に載った釣り合いを取る錘《おもり》だ。

しかし、それにもかかわらず、その二人が代わり映えせずに襤褸をまとって、勝手気ままに移動して不機嫌そうにぶらつくという無分別、愚行に出ていたときに、その二人の間にどんなことが起こっていたか、誰も本当のところを知らず、あなたたちはただそれを愉しんだり面白がったり嘲ったりしていた。起こっていたことは、魔女の呪術と憎悪、牝狼と牡犬との間の、反感と嫌悪、悪魔たちが呼び寄せたのか？　あるいは、もちろん凶悪な者たちの協会、忌まわしい者たちの群れ、魔女の集会というものがあるなら、何か隠れた超自然現象があるのだ、と。いや、憎悪などはない。あなたたちは間違っている。彼女はちがう。彼女は彼の世話をやき、導き、自分よりも不仕合せな者、自分よりも残忍で弱い者に対するように彼を扱っている。化け物、夫が死んでから、彼女は子の世話をするようになった。彼女は彼の世話を義務とわきまえ、それを休まなかった。彼女には子供がいなかった。「**彼女は一度も産まなかった……**」あなたたちは彼女を非難した。私が思うに、あなたたちは彼女が夫を殺した後、いなくなるか死ねばよいと望んでいたのだろう。あなたがたはこのように彼女を憎んでいた。

しかし、もし彼女も自死していたなら、あなたたちや我々はどうなっていただろう？　その当時まだ盲目でなかった内反足の手にかかっていただろう、そして彼はすぐに父親と同じほど血なま臭く、残忍で邪悪になり、神を捨てユダの皮をかぶり、非人間的で恐ろしい血筋の者、恐怖を与える人間になっていたのではないだろうか？

内反足の眼はまだはっきり見えていた。彼の避けられない憎しみを映すことも、槍を投げつける役割を果たすことも、もっともたやすく、もっとも若い犠牲者を選ぶ喜びを味わうこともできた。しかしその時、まったくありふれた日に内反足はあの両眼とも失明してしまった。あなたたちは、どんな様子だったか知っていましたか？　あなたたちは知ろうとしましたか？　しかしながら、あなたたちは、植物から作った乳液と粉があり、それは、見えてはならない眼から視力を密かに奪う毒だということを承知している。それだけで、それ以上の必要なしに、もう内反足はほとんど無害の人、力を失った人になってしまった。そしてあなたたち、この地の善良な住人たちは、彼の抑制の効かない極悪非道の終末で安堵することができるようになった。たぶん、彼は父親の化け物のように忌まわしい死に様を見せる必要はなかったのだろう。たぶん、化け物の方も、もしひょっとして誰かが決着をつけようと、**以前に**そうした失明させる草のことを考えるか、その使用方法と結果を当時すでに知っていたなら、殺される必要はなかったのだろう、と私は自問自答している。したがって、そうであれば、いま頃は牝ラバのマルメラは通りでその二人を案内し、その二人がまるで彼女が産んだこともなければ産むこともないだろう息子たち、欲しかった息子たちであるかのように、扱いやすい死人同然の者と障害を受けた盲人をひどい愛の義務として世話していることだろう。彼ら二人にさらにあり得る邪心が生じるのを阻止し、そして彼女が古臭い表現で言ったように**保護**と**避難所**を与えるという務めにしたがって。しかしながら、あなたたちは、彼女の抑制した声に一度も耳を傾けたことがないと私は推測する。

盲人の内反足もその声をまれに聞くときには、恐れた。とても奇妙なことだが、あなたたちは、見えない人間でも頭をそらす必要があると知っているのを承知しているか？　彼は憎らしい女を直視しないためにとそうする。盲目の内反足は、平穏で協調的なので軽蔑し内心憎んでいる思慮あるおとなしい人々のいる方に正対する。彼は満足し、気分がよくなるためだったら、殺す必要があった。しかしそうできない。盲人だからという理由だけで。それで盲目の内反足は反逆的なので、侮辱し、口に泡を立て、犬が吠えるように唸る。彼は自分が別の種族からきたこと、自分が恐怖によって飼い馴らされていない大混乱から未熟なままにきたことを知っているからなのか？　盲目の「内反足」は盲目により挫折し、抑制できないのだ。彼は自分の憤怒により消耗したときに、誰かに彼の歯を突き立てられなかった、そうなのか？　盲目の内反足はこっそり文句を言い、見えない者に悪口を言う。彼にとって盲目であるお陰で、一つの世界は他の世界と同様に見えない。それでもし彼がまだ見えていられたら、どのようになったろうか？　誰かがあの狂犬に口輪を嵌《は》めにいこうと思えただろうか？　そしてあなたたちはまだこの女マルメラを非難し、判断し、憎むべきだと思えるだろうか？　もし彼女も彼も理解できないなら、彼女をそっとしておきなさい。我々のそれぞれが最低の面を持ち、また崇高な面を持っているのだ。

あなたたちは、いかにして彼女が自分の義務を果たすことができたかを分ろうとしなさい。そう、彼女は観察しづらい人なのだ。あなたたちは分らないだろう。しかしもっと気をつけて見れば、少なくともいかに彼女が無分別に何かを掴むことがありえないことが分るだろう。路面にあるガラス片を拾い、危険なのでそれを脇にどけようと身を屈める。彼女は十分に視線を下げる。死んだ夫のために。無駄に苦しめずに彼を殺したからそうできたのだ。もし彼を殺さなかったなら、彼はさらに罪を重ねていたことだろう。彼女は盲目の内反足、騒動をよく起こし、投げやりで騒々しい男を居酒屋から遠ざけている。彼らの会話は咳払いと悪態から出来ていた。彼は犬のように彼女の後を追っている。彼らは立ち去り、あなたたちのなかの誰も彼らを観察せず、我々は多くの事実の糸を追跡できないでいる。彼らはぞっとするような沈黙を守って隠れ場にいっしょに住んでいる。明かりはみんなの上に、暗闇は我々の各人には別個のものだ。

少なくとも以前、彼らは何らかの愛人関係にあったと言われていた。彼女は色だったのか？　あなたたちはそれが偽りだと知っているはずだ。それに、誰もがいかに単純で安心させてくれる仮定を受け容れたがっているか。承知しているでしょう、盲目の内反足が手に負えない奴で、彼女自身が辛抱強く奴を女たちのところへ連れていき、手ひどい扱いを受けないように外で監視していたのを。しかしそれもずっと前のことだ。いまでは奴は老いてしまった。衰弱し、白髪頭になり、帽子が脱げると、白髪が奴に似合っている。この頃は、我々は彼ら二人を知っているとは言えず、二人のことを調べていない。盲目の内反足は背中を丸め、衰弱し、痩せこけている。同時に牝ラバのマルメラに対する奴の恐れはちがったもので、大きくなっているようだ。それに奴の果てしなく荒々しく生きようという衝動は弱くなっていた。奴の要求する激しい権利、有無を言わせず自分の権利を行使することはもうない。

奴は牝ラバのマルメラへの恐怖のために彼女に不平や哀願をぶつぶつ言うようになっていたようだ。そしてその間、彼女は日々、奴に優しくなり、奴が何の役にも立たないことに憐みを感じている。しかし奴は彼女が彼を憐れんでいることを信じず、彼女の感情を感じ取ることができず、そのため彼女のことも我々のことも信頼できない。人々の間での互いの感情は通常、大袈裟で、誤解が混じり、大分遅れて感じるものだ。彼はしらばっくれて他人事のように囁いて赦しを求めている。あなたたちは気がついただろうか？　牝ラバのマルメラはそんな素振りを見せずに彼の言うのを聞いていた。彼を見るのを避けていた。あなたたちが何も気づかないのを私は知っている。そしていまは、あなたたちが少しは安心していて、我々が穏やかになっていることも。間もなく我々は自分たちが愛していない、ひどく嫌な気分にされ、つきまとわれているものから解放されそうだ。

彼がかつて彼女を殺したいと思ったことを私は聞かされている。彼女への恐れが、どういう訳かとてつもなく大きくなったときだった。火のついたような熱で具合が悪くなって、かなりひどい状態になったときだ。道端に座り込んで喘いでいた。突然、杖をつかずに無様に立ち上がり、叫び、喚いた。突如、目覚めた犬のようにいきり立っていた。ナイフを引き抜き、振りまわし、狂ったように、まさしくむやみやたらに突進し、常軌を逸した怒りに駆られて彼女を切りつけようとした。すると彼女はその場に立ち上がり、そのまま動かなかった。怯えなかったのか？　あらぬ方を眺めていた。もし彼が偶然に狙いを外さなかったなら、彼女を切り刻んでいたことだろう。しかし徐々に彼はナイフがけっして彼女に当たりはしないと思い、ひどく見捨てられ寂しく感じた。立尽くしたまま全身が震えた。ナイフが彼の手から落ちた。彼の恐怖は目に余るものだった。

呻き、泣いたようだった。「**お袋……お袋さん……なあ、お袋さん**」……あり余るほどの怒りが流れ出て、地面にドシンと腰から崩れ落ちたときに、甲高い声で哀願し、風に吹かれて牧場の草のように揺れて震えていた。漏斗《じょうご》の首にひっかかったようなものだった。牝ラバのマルメラがきて、何も言わず、嘶かず近づいた。彼の帽子を拾い上げ、汚れを払い、彼の頭に乗せ、ナイフも拾い、腰の古い鞘に収めた。彼は苦しみ震えたために小さくなって、森の奥に住む動物のようだった。彼女は目に涙を溜めていたとのことだ。恐ろしい優しさで寂しそうに「**なあ、息子よ……**」と言った。そして横を向いてあの別の男に話しているかのように何かを言った。彼女も、自分自身の手で始末をつけた夫、化け物のためにすすり泣いていた。それについてあなたたちは知りたいと思わないだろう、ひどく混乱しているのだ、それについてあなたたちは知らない。それに、知ったとして、何になる？　誰も人のことを理解せず、誰も何も理解しない、けっして。これが実際の事実なのだ。

そう、二人は日が暮れるまで、夜になるまで垣根の端に近いあの人気のない場所に留まっていた。誰かが彼らを助けにいったのか？　彼はひどく我慢のならないほどの痛み、ひどい呼吸困難に苦しんでいて、明らかに死なないという望みはなかったと言われている。ひたすら手足を激しく動かしていた。明け方に、彼が最期の不吉な息を引き取ったのを見た者は誰もいなかった。しかし、そう、あなたたちが想像したこと、それは真剣に断言されている。つまり、牝ラバのマルメラ、彼女が暗闇のなかで哀れな男を絞殺し、彼は苦しむのを止めた。死体の首には、後で彼女の爪と指の跡が見つかった、と。彼女を告訴して逮捕しなかったのは、あなたたちが、彼女がもう二度と戻らずに立ち去るのを見て、ほっとしたからにほかならなかった。そして彼女は内反足とともに彼の最後の安らぎの場所、共同墓地へ、彼女がいつもそうであったように静かにいった。あなたたちは遠くから、いまでも彼女を憎んでいたのか？

そして彼女は苦々しく誰とも別れの挨拶もせずに、躓き、疲れて去っていった。彼女にせめて自発的に施しものを与えることすらなく、あなたたちは彼女が去るのを見た。それは贖罪の山羊の見送りのようだった。醜く、こそこそし、狼のように痩せた姿を。あなたたちは、宣告するような心持ちで彼女を追放した。いまならば彼女の遺体を捜しに出かけ、悔恨の気持ちをもって式において涙を流して敬意を表して埋葬するだろうか？　遠方ではなく、ここから先の、その辺りに倒れているのを見つけるのは雑作ないだろう。彼女はどこか遠くへいっていた、遠くへ燃えるように、独り淋しく、歩くには細すぎる脚で歩いて。いま私が話したことは本当だ。そしてけっして忘れないで欲しい、記憶に留めてくれ、すでにいるか、これから出来るあなたたちの子供たちに、その恐ろしい飽くことのない眼で見て妨げることも理解することも赦すこともできなかったことを話して聞かせなさい。彼女が出発しようとしたときに、道の突き当りで死んで放置され、もう半ば腐った犬を見つけ、それを背負い、運んでいった様子を。彼女は村を危険な疫病から免れさせるためにそうしたのだろうか？　憐みからその犬に墓穴を与えるためか？　それとも、彼女の大きな孤独死の折に彼女の両腕に抱き締める何かを持とうとしたのか？　彼女のことを考え、同時に黙想せよ。

18　狂騒

ある朝、すべての猫の毛皮の内側がさっぱりしており、私は表向き当直中であったが、義務に反して門の外で新聞を配達しにくる少年を待っていた。私と二、三人の偶然の傍観者がいるところに、あの紳士がしっかりした早足で現われ、我々のそばを通った。きわめて一時的に私たちはその男から穢れのない清潔な印象を受けたと言える。そして直ちに再び神話が世界に生まれた、というのは、信じられない出来事が展開し、爆発し、私たち都会人の一日を大騒ぎ、雑踏、混乱で満たしたからだ。

「**ああ、何ということだ!……**」それは鬨《とき》の声でないにせよ、叫び声であることには変わりなかった。

「**ひゃあ、スー族**〔アメリカインディアン、スー語系諸族の民族集団〕**だ!……**」人生の本質である自分自身の心の奥底の勘違いを思い出しながら私が精神を集中したり、あるいは気を取られていたりするのだから、私に関してそうなのだろう。しかし「**おお……**」そして体格のよいあの紳士が誰か穏やかな通行人をナイフで刺したのだろうか？　それを一瞬私はぼんやりと感じた。いや、そうではない。実際に起きたことは――私は再び見て、その後、一層見た――腕の確かでない軽はずみなスリの犯行だった。しかしながら、取返しのつかないその行為から、人々の平凡な内面の真空が破れ、引き続いて一連のエピソードが繰り広げられていった。

「**上品な、とても身なりの良い男……**」とビローロ先生の運転手がそれまで居眠りをしていた車から姿を見せて言った。「**万年筆を彼は相手の襟の折り返しから盗んだ……**」と決定的な瞬間まで姿を現わさなかった新聞配達の少年が証言した。その間に追いかけられて男は電光石火のように前へ前へと力の限り走りまくり、広場を通り抜けていた。「**捕まえろ！**」ところで、広場のほとんど真ん中に、おそらくもっとも大きい、まさに堂々たるダイオウヤシが一本植えられてあった。いま、男は実際そうしていたように礼儀にかなった服装をして、その樹に突き当らず、しかし靴を脱がずに樹に飛びつき抱きついて、どんどん上へと素早く、信じられないことに素晴らしい木登りを披露していた。「**一本のヤシは一本のヤシか、それとも一本のヤシか一本のヤシか？**」と哲学者だったら尋ねるだろう。我らが男は無知で、すでに終わりまで、鋭い先端まで登りつめていた。そしてそこに腰を据えようとした。

「**これだ！**」私は体を震わせ、二度、目をしばたき、我に帰ろうとした。というのも、我らが男はキツツキのように軽々と踏み外すことなく垂直に頂上へと移動しており、サビア鳥と同じように生意気にも頂上に、天空に止まっていた。追手の者たちは私に劣らず驚愕して立ち尽していて、果てしないヤシノキ――偉大なトロイアの壁を前にして、地上の高さにあるここに足を止めていた。空はひたすら瑠璃色だった。地表では、野次馬は増える一方で、もう数え切れなかった、というのは、広場に蛆《うじ》虫のように群がる人々によってその境界線がひっきりなしに拡大されていたからだ。私は群衆が無闇に、このように、そして自然発生的に生れるとはけっして考えたことはなかった。

　我らが男は思いがけない高所で、いわばこれ見よがしに同時に花を咲かせ、実を結んでいた。我らが男はもう我らの男ではなかった。「**美的感覚がある……**」――そしてそう評価したのは、もう新聞配達の少年ではなく、大喜びと言ってよいほどの我が研究所付き司祭だった。その他の見物人たちは下から上へ侮辱の言葉を凧《たこ》のように揚げ、悪魔だ、警察を呼べと叫び、果ては火器を出したらどうかと叫んでいた。しかしながら、彼は彼らの手の届かないところで機嫌よさそうに、甘美な声で陽気に神を称《たた》える真似ごとをしていた。なぜなら、遠く離れてはいるが、彼の声がそれほど通ったのは驚くべきことだったからだ。万年筆について話しているのだろうか？　彼は行商人で、そのために万年筆やボールペンの宣伝に巧みなのだ。しかしながら、まずい場所を選んだな、と私は考えた。もし無慈悲だと思われないならば私は、我々の研究所の真ん前に誰かがきて曲芸か軽業の類いを行うという考えにも憤慨しただろう。いずれにせよ、その出来事は大胆極まりないものであり、私は人情味があった。私はその強く訴える男を見ようと近づいた。

　しかしながら、その間に私を呼んでいる人がいた。それはアダウジーゾ一人だけで、いつものように賢明な彼が珍しく私の腕を引っ張っていた。引っ張られ、こちらも引っ張っていきながら、そのまま私は注目の的、混乱の真っ只中へと広場を通って急いだ。我々は二人とも白衣を着ていたので、例外的に道を通してくれた。「**どうやって彼は逃げたのか?**」と、いつまでもまったくの間抜けではない群衆が質問した。最後に、私は自分を哀れで不運だと納得せざるを得なかった。「**どうやって彼をもう一度捕まえるのか?**」というのも、我々、アダウジーゾと私がその不吉で奇想天外な日に当直のインターンだったからだ。

そんな事情だったので、アダウジーゾはゆっくりと手短に囁くように説明した。我らが男は我々の患者ではないことを。少し前、自分から独りで、そこに不幸な様子でひょっこり現われたのだ。「**彼の容貌や全体的な様子には何も異常なことはなく、彼の話の形式と内容は最初、まったくしっかりした精神的に筋の通った根拠があることを示していて……**」症状は重大、重大だ。群衆が我々を圧迫していて、我々はサイクロンの目のなかにいた。「**彼は、自分は正常だが、人類がもう狂っていて、さらにひどくなる目前にあるのに気づいて自分の意思で入院することを決断したと言った人物だ。そうすれば、事が最悪になったときに、自分は十分な広さ、よい手当、治安の確かな場所にいて、大多数——外にいる連中——は結局、以上のようなものに欠けている……**」そしてアダウジーゾは、カルテに残らず記入しようとしたときに、軽微なミスをしたことで自分を責めようとはしなかった。

「**君は驚いたのか?**」私は質問を回避した。実際その男はある古い説を大袈裟に言っただけだった。ダルタニヤン教授の説で、彼の教え子である我々自身四〇パーセントが典型的な潜在的な症例であり、さらに別のかなりの率の者が、もっと長い時間をかけて診断しなければならないだろうが……しかしアダウジーゾが私のうろたえた耳に**「誰だか知っているかい？　名前と役職を明かしたんだよ。サンドヴァウは彼が誰であるか分ったのさ。国家財政局長官だ……」**このようにアダウジーゾは小さな活気のない声で言った。

ちょうどその時、群衆がほとんど意図したかのように沈黙し、我々は神経を逆なでされた。空が高々と横柄な青色をしているので、それを見上げて我々は悲しかった。しかし、いずれにせよ、男はこちら側に、緑色の硬いヤシの葉の間の象牙の塔にいて、ロケットのような速い上昇を終えて一段落して、ひどくぼんやりしているように見えた。私は自分が眩暈《めまい》に襲われているのを承知している。それに一体誰がそのようなこと、鬘《かつら》を逆立てるほど厳しいこと、大騒動を見上げたり、面と向かったりしたら、そうならないだろうか？　しかしそれは超人的な個人の行為、大袈裟な犯行、きわめて困難な行為だ。**「サンドヴァウは院長先生、警察、政府官邸を呼びつけるだろう……」**とアダウジーゾが請け合った。

ヤシはマンゴーの樹のように葉が豊かではなく、あいにくコショウボクのように安定性も快適性も持ち合わせていない。それでは、あそこで、政治家であろうとなかろうと、健康であろうと病気であろうと、どうやってそれほど長く自分が落下しないように耐えていられるのだろうか？　彼はあそこで平衡を失ってはいず、まったくその反対だ。最高点でゆったりと落ち着き、申し分のないならず者で、気がちがったような行動を取るだけでなく、悠揚迫らぬ態度も取っている。彼が唯一しているのは、影を投げかけていることだ。まさにその時に、正気で、とても満足している彼が狂乱したかのように叫び出した。「**俺は自分を人間だと理解したことがない！……**」我々のことを侮っている。彼は小休止し、それから繰り返した。それと、付けくわえて言った。「**あんたたちが私を知っているというのは、嘘だ！**」彼は私に答えているのか？　彼は笑い、私が笑い、彼は再び笑い、我々二人は笑った。群衆が笑っていた。

アダウジーゾは違った。「**私がどうやって推測できたかってえ？　私には政治のことは分からない**」彼は結末をつけなかった。「**躁病的な興奮、痴呆状態……急性の狂乱した躁病……症状を正しく診断するには、対比がすべてではないのか？**」彼は自分自身と議論した。しかし、静かにしろ、彼が重要な人物であることを皆に告げていたのは誰なんだ？　院長先生が現われ、自信たっぷりに進んでいった。彼のために最高の通路をつくるために、さらにもめ事を避けるために群衆を押しのける警察関係者たち——警官、巡査、監督官、警察署長、警視がきていた。院長先生とともに無邪気な若い看護士たち、担架を運ぶ人たち、サンドヴァウ、礼拝堂付き司祭、エネイアス先生、ビローロ先生がきた。拘束衣が運ばれてきた。彼らはヤシの樹に登った我らが男を凝視した。そして院長先生が院長風を吹かせて言った。「**これはたいしたことはない！**」

院長先生に真っ向から反論してダルタニヤン教授が反対側からやってきた。「**破瓜病的偏執症的精神疾患、早期痴呆だ、私ははっきりと診断する**」そして理論的、思索的だけでなく、皮肉をも使って、その二人は互いに毛嫌いし、そのうえ偶然にも一人は禿で、もう一人はそうではないが、ライバルだった。同様に院長先生が非科学的に権威者ぶって言い返した。「**あの紳士がどなたかご存じか？**」そして群衆のなかでももっとも敏感な近くにいた者の何人かには聞こえたが、声を潜めて肩書を述べた。ダルタニヤン教授は意見を修正した。「**……錯乱は一時的なもので、彼の市民としての能力が何らかの影響を受けてのことではないだろう……**」そして自家中毒か感染かという問題を折よく詳説し始めた。賢明な人でも信じていることを間違えることがある、そしてそのほかの我々はすでにきれいになっている眼鏡の汚れを除いているものと考えるのだ。このように各人が古代ローマ帝国支配以前のロバ、もっと正確に言えば、民衆**の間では**、馬鹿者と言うのだ。そしてさらに、世の中には論理的と非論理的があるので、担架を運ぶ人は担架を地面には置かないのだ。

なぜなら、高みに達した我らが男が、再び叫んだからだ。「**生きることは不可能だ！……**」彼のスローガンのひとつだ。そして彼が話そうとするたびに、下にいる数千人から成る群衆の沈黙を引き出すことができた。彼はパントマイムの技もおろそかにしていなかった。まるで傘を手にしてバランスを取っているかのような身振りをした。彼の破局的な創造力で何かを、誰かを脅かしていたのだろうか？「**生きることは不可能だ！**」は論理の自己中心主義からしか出ない経験的で、解釈を許さない声明だった。しかし、突飛な道化師や狂気のいかさま師としてではなく、むしろ誠実で高潔な調子に聞こえるように、私には思える。そして我々皆の利益に適っていることを表し、我々に本物の真実を教えているようだ。彼自身が飛び出してきた環境、地面に実在する存在である我々に。それは事実だ。生活自体が、それが不可能だと言っているようだった。もう私にはそう思われた。それならば、凄まじい奇跡が地上のあらゆる場所に絶えず起きることが必要であり、それは実際に現実の真実として起きている。私はと言えば、一つの原理の極致に到達して自己を無にして意気揚々としている抽象的なその男に知的な共感を、漠然とではあるが、覚えざるを得なかった。

七名の専門家が公式の眼で下の空間から「**何が見える、何をしている?**」と彼を調査していた、いまは。手始めに院長先生は**警棒**により、次に不敬な要求の後に、我々に協力的な警察が拡大した不安定な森林のなかの空き地、ここで我々に審議会を開催するように命じた。しかしながら、我々が当惑したことに、我らが著名な男は苦労して行動し、いまは、あらゆるものの魂を具体化していた。近づきがたかった。そしてそれゆえ不治なのだ。我々は彼に下りるように説得するか、彼を上げさせないような適当な方法を見つけなければならないだろう。彼は樹から引き離されるような手近な場所にいず、宥めたり、イチゴで誘い出されたりするような者ではなかった。「**我々は何をしたらいいのか?**」我々は口を揃えて言ったが、解決策を見つけ出すのには、しばらく時間がかかった。そこで院長先生がまるでピストルを引き抜き撃つ人のように約束した。「**ほら、消防士たちがやってくる!**」以上終わり。担架を運ぶ人たちが担架を地面に下ろした。

非難の声が湧き起った。誠に幸なことに我々に向けてではなく、我らが国庫の監視人に浴びせられた。彼が一点集中攻撃を受けた。我らが主人公の身元は群衆の雑踏のなかで素早く広まっていた。最初は喘ぐような疎らな叫び声がここそこから喜劇じみて上がり、それが素早い噂となってほとばしった。そして天に向かって、一つの民の声とも言うべき見解としてものものしく叫ばれた。「**民衆扇動家! 民衆扇動家!……**」——反響してきた——「**民衆扇動家!……**」見事、素晴らしい、やれやれ、何ということだ、何て騒ぎだ。獲物を狩り出そうと怒鳴った叫び声が群衆から湧き起った。群衆は三月の太陽の暑さに焼きつけられ、冷酷に立ち、密集していた。私は、我々の何人かと私がいっしょになって同時に叫んでいるように感じていた。サンドヴァウは確かに、そうだ。彼は人生で初めて中途半端ではあるが、反逆していた。ダルタニヤン教授は我々を非難して「**政治家は精神の病に罹《かか》ってはいけないのか？**」と、学者ぶった苛立ちに駆られていた。院長先生の精神科医としての信用と敬意が揺らいでいるのは、確かだった。我らが哀れな男は威信を頂点まで運ぶことができないので、今や試合に負けているのは明らかだ。民衆扇動家……。

彼は最後に成功した、見事に裏をかいた。穏やかに、そして突然体を揺らしながら動き出した。そして立派な目的のために。そこで落とした……。片方の靴を！　まさしく靴の片方を——それ以上ではなかった——。そしてそれほどへり下って。しかし怖がらせるためと言うよりも、とてつもなくおどけた効果をもたらす劇的な不意打ちだった。もちろん、その陳腐な物がその高みから落下し、空中で重力の作用により回転したときには、身動きする群衆の間で潮の満ち引きが起こった。あの男——「**彼は天才だ！**」とビローロ先生が明らかにした。人々もそれを感じて喝采し、何度も喝采を繰り返していた。「**万歳！　万歳！……**」彼らは熱狂し、態度がすっかり一変していた。「**天才だ！**」彼らはそれに気づき彼を誉めそやし万雷の拍手を送った。柱頭行者シメオン〔三九〇頃―四五九、アンチオキア近郊で孤独な隠者になり苦行を求めて柱頭に起居する生活を送った〕に！　そして確かに彼は天才、劇的な人物であり、そのうえ、日和見主義者で、これは間もなく確かめられるはずで、特別に鋭い知覚と時機を選ぶ素晴らしい感覚を持っていた。なぜなら、少し後に、もう片方の靴が同様に落下したからだ。ただし、変化をつけるために、こちらはまっすぐで速かったので放物線を描かなかった。黄色味がかった靴だった。我らが主人公は高所に登った張本人で、お祭り騒ぎのなかで興奮を惹き起こすこの拍手喝采の的になるのにふさわしかった。

消防士たちのサイレンによって喝采は台無しにされた。消防車はいささか苦労して群衆の間を進み、チリンチリンとサイレンを鳴らし派手に登場した。そして消防士たちがこれ、ロブスターか朝焼けのような赤い車を止めた。彼らにとって場所、作戦行動をする空間がきっかりと広げられた。彼らは力強い好戦的な様子によって、あり余っていた拍手喝采を集めた。その頃には彼らの指揮官は警察と、もちろん我々とも互いに意思を通じ合わせていた。彼らには、梯子の土台となる二台目の長いトラックがあった。この仕事、高所に配備できる欠くことのできない多くの機械のために必要とされる、移動する装置だ。いまやもう彼らは行動しようとしていた。戦いの時と動きをラッパとホイッスルを鳴らして操作し始めた。これらすべてを目にして、我らが患者、危機に曝された輝かしい我らが拗ね者は、何と言うだろうか?

彼は言った。「**まずいことになってきた……**」彼は我々の計画を察知して、抜け目なく確認していた。そしてそれに承服せず、錯乱しているだけでなく鋭敏になって守勢に廻っているふりをしていた。我々の解決策を、彼は気に入らなかった。「**木馬なんかに引っかかるものか！**」パラス・アテナ〔アテネの守り神である女神。トロイアの木馬はギリシア人がこの女神に捧げたものと偽って伝えられた〕を疑っている強力なトロイア人のユーモアが見えた。「**俺を、まだ青いのに食べたいのか？**」単なる模倣で、徴候に関する言い回しなので、彼の前言に反するのでも、強めるのでもなかった。梯子を考えないとしても、優秀な消防士たちは急襲によりダイオウヤシを占拠し支配するに十分な数の男たちだ。彼らのうちの一人を抜擢して使っても、ひょっとしたら、アンティル諸島人かカナカ人〔ハワイ・南洋諸島の先住民〕に劣らない、優れた技術を身に着けているだろう。ロープ、フック、スパイク、ブロック、ハーケンの力を使って。もうそれ以上大きな期待は何もなく、会話は断続的だった。沈黙が群衆を支配していた。

「**やめろ！……**」と抗議したのは、くだんの男、主人公だった。さらに抗議するのだと身振りで示した。「**俺が死んだら、その時に初めて下ろすんだ。俺を樹から下ろすんだ**」そして彼は大真面目で預言者のように振る舞い、彼の話ぶりは巧みだった。彼がためらったので、我々もためらわざるを得なかった。「**もしあんたたちがきたら、俺はやってやるぞ……。ここからへどを吐くぞ！……**」と激しく言った。彼は長い時間をかけてそう言って、自由奔放に、まるで愉快そうにしているように見え、繁茂するヤシの葉につかまって戯れ、一本の紐につかまって何度となく揺れていた。蛙の鳴き声のような声で付けくわえた。「**吠える犬は黙ってはいない……**」そしてもう、もう少しのところで警告から嘆きへと移り変わりそうになっていた。わずかに両膝で何か耐えがたい細いものにしがみついているように見えた。彼の掌、彼の魂。ああ、……そしてほとんど、まったくほとんど、……まったくほとんど、ほとんどと言ってよいほど……私は身の毛がよだった、気をつけろ。「**彼はサーカスの人間だ……**」と誰かが、エネイアス先生かサンドヴァウが私に囁いた。あいつは何でもできるのだろう、しかし我々はそれに確信がない。いかさまか、からくりだろうか？　姿を消す、ずらかる、悪魔の言うままになれるのかも知れない。奴の狡猾で突拍子もない執拗さで、まったくしつこく、さらに少しぶら下がった。我々のそばに死の気配を感じ、そのかすかな速記のような太鼓の音が打ち鳴らされた。いわれのない恐怖が我々を捉え、私は凍りついた。いまや群衆は猛然とその男の味方に付いていた。**「やめろ！　やめろ！」**野次馬たちが叫ぶ。**「やめろ！　やめろ！　やめろ！」**轟き渡る喧噪だ。広場は喚き、抗議していた。延期しなければならなくなった。さもないと反射的に自殺するだろう。そしてその時、問題はすっかり崩壊するのではないだろうか？　院長先生はエンペドクレス〔前四九〇頃―前四三〇、ギリシアの哲学者・詩人・政治家〕を引用していた。現世のリーダーたちは一点について合意した。何もしないという緊急さを強く推していた。最初の救出作戦の試みは中断された。男は窮地に陥ってぶら下がるのをやめた。彼は彼に、彼は自身の考えに従った。あるいは、急場を救ってくれる神が実際に直ちに現われたのだ。

一人、二人が。警察署長といっしょに書記官房長がやってきた。官房長に双眼鏡が手渡され、官房長はそれを眼に当て、自分の前方の上にあるダイオウヤシを探索し、肩書のある人に視線を止めた。人情味ある敬意から彼ではないと言うために「私は彼をしっかり認識できない……」と言った。しかしながら、もっともふさわしく思われるものを選択し、彼ははっきりしない気配りを選んだ。控えの間のような雰囲気になっていて、何もかもますます深刻になっていた。家族にはもう知らせがいっているのですか？　いや、よいことは何もない。家族には面倒をかけ、イライラさせるだけだ。しかし上方への措置を講じなければならないが、それを我々はうまくやっていなかった。発狂した人とは話し合わなければならず、ほかに方法は何もない。時間を稼ぐために話す、それが問題なのだ。しかしそんなに上と下で高さに差があっては、どうやって対話がかみ合うだろうか？ 足場が必要だろうか？ 言い合っていた。消防士たちが円錐形の筒あるいはヒョウタン製の水入れでメガホンを作りだすやいなや、その考えが声となって発せられた。院長先生が原因を論理的に考えていった。一人の人間の精神の迷路に侵入し、自分の知性の棍棒を振るって、その男を自分の学位の重みで地面にどっと倒す。素っ気なくサイレンが鳴り、曖昧な静寂を生み出した。踊る熊の飼い主である院長先生は大きな黒いトランペットを掴み、それを口にもってきた。彼はそれをサーカスのメガホンのように上に向け、それで叫んだ。**「閣下！……」**彼は曖昧に説得力たっぷりに始めた、へたに。**「閣下！……」**不適切で卑屈な態度で。彼の禿げ頭は金属っぽい、あるいは金属のように輝いた。院長先生は太って背が低かった。群衆は理由《わけ》もなく彼を嘲った。**「恥を知れ、爺！」**そして**「どけ、どけ！……」**このようにして素人の意見はひたすら専門家の戦略を邪魔するばかりだった。

院長先生はすっかり投げやりになり、命令口調を捨てて唾を吐き、口から道具を離したときに汗を拭った。しかし、もちろんメガホンはダルタニヤン教授には渡さなかった。やる気十分のサンドヴァウにも、アダウジーゾの用意ができた唇にも渡そうとはしなかった。それを望んでいたビローロ先生にも、いつもの声が出ないエネイアス先生にも。それでは誰に？ 私に、もしもよかったら、私に。しかし、つまり、いちばん最後に。気を落ち着けて従ったときには、私は震えてしまった。院長先生はすぐに私に次のように言うように指示していた。

「君、私たちは君にお願いをするよ、私たちは心より君を手伝いたい……」私は導管を通じて伝えた。言葉は反響した。「**お願い？　下から上へ？**」響き渡る返事がきた。それでは、彼は針のように尖っているのか？　我々は彼に質問しなければならないだろう。そして院長先生からの新しい命令で、私の声は権柄づくになって叫んだ。「**ちょっと！　ねえ！　聞きなよ！　ほら！**」**私は高い声で話した。「俺は破産してしまうのか？**」彼の高い叫び声が聞こえた。彼は私にどんどん続けさせていたが、明らかにうんざりしていた。結局、私は義務と愛情について話していた！「愛だなんて、まったく藪から棒だ」と彼は答えた（拍手）。彼は時々口に手を当てて「**ワウワウ！**」と洞穴から出るような声を漏らした。そして彼は嘲って叫んだ。「**辛抱したらいい！……**」すると「**何だって？　誰が？　何だって？**」院長先生が私の手から拡声器を奪って、いらいらして叫んだ。「**君と俺と中立の連中だ**」と男は言い返した。彼の想像力はあの不条理な高いところでも衰えなかった。我々が無益にペチャクチャとしゃべる話や、ペラペラ述べる理屈、我々の素晴らしい言葉遣いは、ただ彼の脳味噌をひどく熱くするのに役立つだけだった。我々は拳骨でヤマアラシを動かそうとするに等しいことから、よかれ悪しかれ、手を引いた。ヤマアラシの最後の誠実に欠ける質問がずっと上の方から聞こえてきた。

「**あなたがたは決定的な仮定にまでいったのか？**」

いや。予期しないこと、事実上の勝利がまだ残っていた。何が起きていたのか？……何が？　何を信じるのか？　まさしくその男だ。本物の正常な実際に存在する財政局長官……事実通りの。彼が地中から、それも落ち着き払って現われたようだった。憂鬱そうに。不透明に。彼は我々の一人ひとりを抱擁し、我々は感激して放蕩息子の父親かウリッセースの犬のように彼におもねった。彼は話そうとしたが、彼の声は耳に心地よくなかった。彼は原因を述べた。彼は自分と瓜二つの人を恐れたのか？　消防車の上に乗せられると、真っすぐに立ち、まるで舞台上にいるようにぐるりとひと回りし、観衆に自分の姿を見せた。観衆は彼に何か恩義があった。**「市民の皆さん！」**爪先立った。**「ご覧のように私はここにおります。私はあの人ではありません！　私は私の敵や反対者の搾取、中傷、陰謀に気づいております……」**声が嗄れているので沈黙せざるを得ず、これはよいのか悪いのか分らない。もう一人の男は、今や以前の偽者なので退陣させられ、だらしなく彼の言うことを聞いた。占拠した止まり木から、頷きながらはい、はいと言い続けた。

無情にも正午だった。奇妙にも空腹も喉の渇きも感じないほどで、私はあまりにも多くのことを考えていた。突然**「俺は怪物《キマイラ》を見た」**と男が場所柄も考えずにぶしつけに叫んだ。激高したのだ。しかし彼は誰で、何なのだ？　今のところ、誰でもなく、無価値で、どこかの馬の骨、ゲス野郎、取るに足らない奴だ。彼は多くの明白な兆候から見て、彼が実証していたように相対的概念として基本的な道徳を軽視していた。彼はいらだっていた。そしてまだ、ふざけた方法により空中楼閣になろうとしていたのか、あるいは上辺だけの叙事詩人を演じていたのか？　彼は他人に成りすましていたことを見せた。

ところが、財政局長官が演説を締めくくるあいだに、彼はそれを待たずに突然服を脱ぎ出した。彼は少しずつ自分を明るみに曝した。我々の上に次々に上着、パンツ、ズボンが舞い、どれもこれも旗が翻っているようだった。最後に彼の白いシャツがふわりと、ふくらんで下りてきた。そしてそこでどよめきが起き、本当に喧しい混乱になった。群衆のなかには、年老いた女性や若い女性がいて、叫んだり失神の発作を起こしたり、慌てふためいたり、てんやわんやの状態に陥るなどしていた。無礼な連中は目を上げては、**全裸**の彼を見物していた。ヤシノキの緑の茂みと葉叢のなかで皮をむかれたキャッサバの根のように白く、正真正銘の裸の男だった。彼は見られていることを承知していて、自分の手足を触っていた。「**あの症状だ……**」とアダウジーゾが述べた。再び我々は混乱の渦中に投げ込まれた。「**ブロイラー**〔スイスの精神医学者〕**の精神分裂症だ……**」と、ゆっくりとアダウジーゾが記入した。男はその他の各人と対比して自分を高尚なフランシスコ会士の一種、恥ずべき行為をする人と象徴だと単純化していた。しかし彼は本当に未開の状態で機嫌を取り戻して、ゆったり寛いでいた。

それほどの浮かれ騒ぎに、坩堝《るつぼ》のなかのような熱さに当局は汗を流し、怒りを露わにしていた。騒動を起こす、そのきわめて破壊的で無名の市民に手を焼いているのか？　協議の結果、初めに戻らなければならないと彼らは決断した。問題の開示に取り組まなければならない。すべてが動き出し、もう一度、簡潔で攻撃的な命令――消防士たちの攻撃――がファンファーレとともに大声で出された。我々の小さな競技場と前庭はいまや広げられ、ロープと警官によって包囲された。もうそこには少数のジャーナリスト、リポーターが動き回り、カメラマンがいて映像を撮っていた。

しかし男は油断なく警戒し、高い意図に固執し、意欲満々に働いているふりをしていた。私は彼がもう一度罠を仕掛けようと企んでいると思った。彼は用心深くなった。反撃しようとしていた。救助活動が始まるやいなや、さらに恐ろしい高所へ跳びついた。彼は自分の意志に反しては救助させないのだろう。ある時まで。本当にある時までは。不安定なヤシノキから最高の頂点まで上がり、彼はもう少しで幹本体の鋭い先端まで辿りつき、真っ逆さまに落ちる大きな危険に瀕していた。彼は落ちなければならなかっただろう――それは、滝と同じくらい自明だった。「**いまだ！**」我々の放った間投詞だった。我々の感じたことは脱力感とは正反対のものだった。我々は息を潜めた。それらの分散した静寂の真っ只中で、勇敢な消防士たちが進んでいたのか？　抜け目なく男は最後の場所で体を揺すり、ぶら下がり、自分自身を途方もない軸にして玄人はだしのぶら下がり方をしている滑稽な人間嫌いのようにぶらぶらした。彼は口走った。「**私の性質は、類人猿からヒトへ進化できないだろうか？**」彼は確かに傲慢さでは抜きん出ていた。

確かに我々も楽しませてもらっていた。男はまるで楽観主義者だと明らかにする必要があるかのように、意外な行動様式を我々に見せた。彼はダンディーと言ってもよいほどの身のこなしをしていた。中断はいま、さらに複雑になり悪くなった。彼の、いまにも落下して死にそうなはっきりしない様子が我々の頭上はるか高く漂った。しかし、たとえ彼が落下し、死んだとしても、誰一人彼について何も理解しないだろう。消防士たちは途中で立ち止まった。彼らは下りて戻ってきた。そして高い梯子はだらりと垂れ、ばらばらにされてケースに戻された。勤勉な当局者たちは再度敗れ、職務を分配し始めた。私は自分たちに足りないことが何か理解した。丁度その時、大きな音を響かせて勇ましい楽隊が軍隊行進曲を演奏し出した。あのヤシノキのてっぺんから一人の孤独な人物が我々を見下ろしていた。

「悪魔に取りつかれている……」と礼拝堂付き司祭が微笑みながら言った。

悪魔に取りつかれていたのは、そう、学生たちの方で、軍団とも言うべき彼らは集まっていた広場の南側から突進していたのか？　派手に襲撃の大音響を立てながら人の輪が動きまわっていた。いまや奔流となって力ずくで通り抜けていた。彼らは、その男を自分たちの仲間の一人だと考え、間違っていようと、正しかろうと、そのために男を解放するのだと誓っていた。彼ら、大勢の学生を抑えることは一苦労、きついことだった。彼らは伝統的な熱狂のほかに、見かけたこともない旗を持っていた。彼らは意固地になっていた。騎兵たち、高慢な騎兵中隊が高貴な若い人々と一戦を交えようと行動を起こそうとしていた。彼らは攻撃しようとしていたのか？　そう、その後で、混乱は今まで以上になっていた。何もかも目まぐるしいほどの速さで明らかになっていった。ついには、広場から追い出す目的で援軍が要請された。それにしてもそれは遅きに失した。しかしながら、国籍不明の国歌が歌われ始め、多くの暴徒に伝染した。そして平和はどこにいったのか？

消防自動車の上から治安司法長官が、エースやルークやキングのような色々な役割を果たす人から成る暴徒の騒動を観察した。朗々たる声と太った彼はジョークを飛ばすことはなかった。**「若者たちよ！　君たちが私の言うことを聞きたがっているのは承知している。私は何でも約束する……」**そして本当だった。彼らは彼の前歴を信用して、そのために彼を大騒ぎで拍手喝采した。それで赦免が与えられ、いくらか平静になった。賛否どちらとも言えない混乱のなかで財政局長官がそこを脱出した。実際、彼は感情の変化で疲れ果てて私生活に戻った。

ほかのことは何も起きなかった。あの男はちらっと姿が見え、揺り籠のようにヤシの葉に座っていた。眠ったり、しっかり掴まったりしているのが、力が抜けたりして、もし彼が感覚を失ったなら、ついには落下して激突し粉々になってしまうだろうか？　このように長い時間しっかりとしているこ

とがどうしてできるのかを、見物人たちにダルタニャン教授は説明していた。彼は我々の忍耐心に付け込んでいる――破瓜病の緊張病患者の型にはまった態度だ。「パレシス族やニャンビクアラス族【どちらもブラジル、マットグロッソ州の西部に住むインディオの種族】の間だったら、矢で射られてすぐに彼は倒されてしまうだろう……」とビローロ先生が纏めた。彼は文明化が人類の連帯感を栄えさせていることに満足していた、というのは、院長先生もダルタニャン教授も、このときには誠実で思慮深かったので、互いに愛想がよかったからだ。

古い必要性の中から新しい手段が思いつかれた。もし彼が発狂して、何か近くからの分別ある主張から成る呼びかけに応じなかったなら？　彼は相談を持ちかけられ、聞き入れられることに同意したなら、きっと不快に思わないだろう。そして行動が計画され、飛び立った。カンガルーか何か、巨大な赤いカマキリのような調査用の梯子が樹の梢までの道のりの半分以上にまでくねくねと延びた。肝っ玉の据わった、生まれついての勇ましい院長先生がそれを登った。ダンテの『神曲』のなかでウェルギリウスの後をダンテが降りたように私がその後を登った。消防士たちに我々は助けられた。向こうのせり上がったところにいるあの男の方へ我々は、高所に途方にくれながら向かった。まだ、我々から何メートルも離れたところで、彼は我々に、我々のでたらめなラテン語に応じた。その時、なぜ俄かに何

「**助けてくれ！……**」と叫んだのか？

するとまたもやこれまで以上の騒動や騒擾が起き、より低い世界に住む人々が爆発した。激怒し、騒動を起こし、狂乱し、そこでは人々が一層理性を失い、道理が分らなくなり、さまざまな動機に応じて、妄想の餌食になり、精神病院行きにふさわしくなった。私は、彼らが消防車や梯子を引っくり返さないようにと必死に祈った。そしてすべては前述の誰かのせいだった。まるで彼はその町の貯水池に毒を滴《したた》らしたかのようだった。

奇妙で人間的なものが再び現われた。その男。私は彼が見えるのが見え、彼に気づかざるを得なかった。そして突然、何か恐ろしいことが起きた。彼は話そうとしたが、彼の声は衰弱していて、どもっていた。理性はバランスが取れていた、つまり彼は明晰に裸でぶら下がっていた。明晰よりも悪く、はっきりとしていて彼の頭は再び整然としていた。彼は覚醒していたのだ！　したがって発作は終わっていて、譫妄《せんもう》状態から目覚めており、自分が眠りながら移動していたことに気づいていた。彼は直観や影響を受けて動かされるのを免れていた。少なくとも息を吹き込まれていた。彼は単に病んだ意識のなかで膨張していたものが減退し、実際の自律したものへと戻り、空間と時間の不適当な広がりが、決して終わらない節度に戻っていた。あの可哀想な男は勇気を失っていた。そして自分が新たに人間になっていることに気付くのをひどく恐れていた。彼は調子が狂って知性が穏やかになったときに、危険を冒し大きな犠牲を払ってごく最近までですることができたことを思い出し、不安を感じたのだろう。そしていま、彼は間もなく身を投げようとするだろう。私は同情して身震いした。気が狂って落下するのだろうか？　我々は歯をガチガチ言わせた。魔術の手詰まりだった。実際は、彼は我に返り、考えていた。屈辱と高所恐怖症に苦しんでいた。彼のはるか下では、暴徒たちが吠えていた。気の狂った地獄の海のように。

そこから、安定した都市を大混乱に陥れて、その後どのように窮地から彼は脱出するのか？　私は彼を理解した。彼には最後の申し開きをするのに、道化師や逃亡者や恩知らずの顔や身なり以外には見せられるものはない。彼は電気ショックにかけられたようにためらった。それでは救われないほうを選ばないのか？　教会の棺台でのドラマでは、英雄の杯は伏せられている。人間はなかんずく後戻りできない。何百万本や何千万本ものヤシノキの形でどこか別の広大な曖昧な範囲内を彼は転々とした。可哀想に、彼は空間のなかに入ることに駆られて絶対的理性に虚しく取りすがろうとしたのか？　驚くべき群衆は狂気し、それを感じ取った。そしてある意味で、何か素晴らしい結果を突然我々から盗もうとした男に反感を感じた。したがって、下で大声で喚いていた。ひどく、凶暴に。彼は正気だった。群衆は彼にリンチをしようと思っていた。

あの男は人間の領域外で、別な形で同情を買った。生きる必要性に彼は負けた。いまは目を回したフクロネズミのように我々の助けが必要だった。消防士たちが楽々と、急いで彼に奇術を行うように生き返らせた。彼らは板、ロープやその他の回復方法を使って彼を降ろした。少なくとも救われた。まさしく変わることなく。人々が彼を殺しにくるだろうか？

大団円。その前に、まだ梯子を下りているときに、彼はディオゲネス〔前四一二?―前三二〇、古代ギリシアの犬儒学派哲学者〕のような群衆をよく見た。彼がそれを見ていたときに、予想していないことが彼の頭のなかに起った。彼は我々に別の傾向を見せた。それでは、再び彼は気がちがったのだろうか？　ただ宣言しただけだった。「**戦闘万歳！　自由万歳！**」裸でアダムのような芸術家風の狂人だ。熱狂的な歓呼を受けた。何万人もの人が感動していた。彼は合図を送り、無事に下に着いた。すると勇気を取り戻し、別人のようになった。まっすぐに立ち、きっぱりと、裸で。

壮大な結末になった。彼は華々しく人々の肩に担がれて運ばれた。微笑み、確かに何事か、あるいは、取るに足らないことを述べた。人々による、人々のために起きた、あのどさくさのなかでは、誰も誰かを制止することはできないだろう。すべて起こっていたことは、ばらばらになり、平凡なことになった。その日は過ぎ去った。ただヤシノキだけが変わらずに非現実的に残っていた。

結論。すべてが終わり、昂揚感も過ぎ去ると、白衣は上着に替えられた。思い切った将来の措置が大家にふさわしいダルタニヤン教授、院長先生、エネイアス先生など精神科医たちとともに議論された。「**私は、自分の見たことをまだよく見ていないことが見える……**」と歴史的な懐疑主義でいっぱいのサンドヴァウが述べた。「**人生は絶え間なく発展する無知だ……**」とビローロ先生が深刻に定義し、私は初めて理解した。彼は何も確信を持てないので、優雅に帽子を被っている。人生は時から構成されている。

何も明白な理由もなしに、いま、それにいつも突然我々を驚かせるアダウジーゾは何も言わなかった。地味で、正しく、あまりに慎重だ。おそらしく彼は自分自身に満足していない。共通の夢について彼は解決できないままでいた。私は昔の冷血動物のような印象を受けていた。何も言わなかった。あるいは、日程通りに言った。そしてそれですべてだ。そして海老を食べに町へと出掛けた。

19　物質

そう、キャッサバの粉は田舎では真っ白なものになる。綿、鷺、洗濯して干してある服よりも。おろし器具から木の鉢へ、こね板から鉢へ果肉が磨きをかけられ、青みがかった乳液となって水の底に沈殿し、驚いたことに混じり気なしの、きれいな澱粉となる。彼女はマリア・エジタという名であった。五月のこと、あるいは、いつだったたか？　おそらく露〔五月の朝露で顔を洗うと美しくなるという迷信がある〕、聖母マリア〔カトリック教徒は五月を「聖母月」として聖母マリアにささげる習慣がある〕、野には明るさが満ちていて、よいことの多い月なので、彼は五月のことだと考えていた。結婚式が執り行われ、お祝いが頻繁に行われていた。そんな折に彼は彼女のことに気づいた。彼女は花だと。彼女は農園で働くために、ずっと前に連れてこられた。不幸続きの長い身の上話の主人公である不器量で痩せた女の子のことは、彼は憶えていなかった。時々、若い娘がこのように驚くほど美しくなるとしても、やはり徐々にそうなったこともあっただろう。しかし彼、シオネジオにはそのような容姿の変化に初めて気づくのに必要な暇な時間やそれにふさわしい精神状態が欠けていた。

　彼は祝いには少し顔を出しても、始まって直ぐにそこを出てきた。というのは、彼の生活が睡眠時間を短縮することを許さなかったからだ。起きている時間を惜しむためにベッドにいくと、あくびをしながら手足を伸ばした。澱粉とキャッサバの粉で多忙のために。サンブラー農園のキャッサバ生産は当時その地方に留まらず遠くまで知れ渡っていた。その当時まで、夢想する怠惰な若者だったネジオさんは突然、農園を相続して強い決意のもとにキャッサバの生産に力を入れようと決断した。ちなみに、そこは他の作物がよく生育しなかったのだが、何アルケイレ〔一アルケイレはブラジル、ミナス・ジェライス州では四万八千四百平方メートル〕にわたって広くキャッサバを植えた。労働者を呼び集めて労賃を支払った。日に日に人々を驚かせた。確かに彼女のような目立たない人物には注意を向ける余裕はなかった。

　マリア・エジタ。彼女を、主人や他の者たちが受けいれないのではと恐れながらも憐れみを感じて手を引いて連れてきたのは、口入れ係の老ニャチアーガだった。というのは、幸運に恵まれない女の子に運命が門戸を閉ざしていたからだ。母親は無節操な女で、家から姿をくらました。兄弟の一人は邪悪で、殺人のために監獄に入れられ、もう一人も同様に凶暴で行方知らずになっていた。父親はかなり善良な男だったが、ハンセン病で告発され、間違いなく死ぬまでハンセン病院に隔離されるだろう。遠い親戚さえ彼女には残っていないほどだった。つまり、贅沢に暮らしている裕福な代母がいたが、彼女はただそこを通りかかっただけで、いまでは生きているのか、どこに暮らしているのか誰も知らないのだ。いずれにせよ、彼女は引き取られた。直接憐れみを受けたと言うよりも、ニャチアーガへの同情のせいだった。しかしながら、なかでももっとも酷い、無給の仕事が与えられた。石板の上に置かれたキャッサバを手で砕く仕事だった。

シオネジオは午後、戻りながら栽培地を馬で通り抜けていた。駆け足のときも並足のときも、ほとんど四方を眺めながら、不適当なほどせっかちだった。日曜日ですら休まなかった。ただし、休息のことを考えて彼の身体をほぐしてくれる、ある怪しい家で時折止まった。しかし、そこでも最近は長居をしなかった。楽しみは、太陽が沈むなか広々としたキャッサバの栽培地が、それらの青い手を振っているのを見ることだった。彼は自分のものを、自分の鋭い眼がしっかりと捉えるものを愛した。しかしいまや疲れ果てていた。自己に陶酔していた。彼の鞍は使われて擦れ、鞍頭の角状延長部は詰め物がここそこではみ出していた。それほど多くのものが修繕を必要とし、彼はそのための時間もなかった。すべてが距離の尺度で測られる土地、モーホ・ド・ボイに住み、誰もが平穏で、辛抱強い婚約者の女性のもとを訪問しに行くための時間さえなかった。彼は農園に近づこうとしていた。しかし拍車を入れていた。

日曜日、サンブラー農場では乾燥場と製粉場は人気がなく、中心になって囁く人もいず、まったく静寂だった。ニャチアーガに、彼女が目をかけている娘がどこにいるか尋ねた。「あの娘は石板でキャッサバを砕いています……」と老婆が手短に言った。しかし、日曜日なのにそんな仕事をしているのか？ 少なくとも、いまは彼女に別なことをさせなさい！「あの娘はそうしたいし、それが好きだと言っています。それに実際そうなんですよ……」とニャチアーガが囁いた。あの娘がともかく農場に採用され、そこで働いているのを知って満足していた。彼は物事を管理できる人間だった。不満なことはなかった。もし粉を仕上げる田舎風の作業で苦労しているなら、間もなく機械を入れて、分量を倍増させ、かなり改良できるだろう。

その娘に会いにいくのにだいぶ暇を取った。

彼女は石のテーブルの前にいて、その時刻には低い椅子に座って、さらに重くて固いキャッサバの塊が運ばれるのを待っていた。それは真っ白で恐ろしかった。苦痛の種であり、拷問のようだった。真昼の太陽の情け容赦のない白さにアルマジロの眼のように人の眼は小さくなり閉じられなければならなかった。一日中、空気は高くきらめき、我々は地平線の何か小さい黒い染みを見詰めて、あの輝く白いものの強さを抑えようとする。そしてすべてが固まったように同じだった。彼は、哀れな小さな花、彼女を可哀想に思った。尋ねた。「何の仕事をあんたはしているのだ?」馬鹿げた問いだ。彼女は恥ずかしそうにはならなかった。ただゆっくり微笑み、唇は完全には開かなかった。彼女は困惑しなかった。そしてその時、驚いたことに彼女に異なることが起きたのだった。顔をしかめるのでも眼を細めるのでもなく、別な明るさで輝く、それらの眼――十分に開いた眼を見せたのだ。悲しく陰鬱なキャッサバの粉、太陽の邪悪なまぶしい光線に苦しんでいるようには見えず、むしろそれらから安心感と楽しさを得ているように見えた。そして美しさだ。彼女は生きいきした肌の色と優雅さとで、それほどまでに美しく明るく、しっかりとし、滝のようなレディー、女性だった。彼は思わず彼女に

218

礼を尽くしているのに気づいた。彼女に、その場に相応しくない事柄を話した。そこ、サンプラー農園のキャッサバの粉がとても丹精に作られ、純正で素晴らしく白く、そのため工場にとって、近隣の茶色い醜いものよりも、ずっと価値があるのだと……。

その後も彼は彼女についてさらに教えられた。彼はなおも馬に乗ってやってきて、彼の心は判断を誤っていなかった。もう毎週日曜日は同じことの繰り返しではなかった。午後には、鳩やカナリヤが囀り始めた。確かに彼はそこでは主人であるが、自分の権利を乱用することはなかった。「**おまえの流儀を俺はとても気に入っている……**」と、将来、おそらくそう言うであろう言葉を繰り返していた。マリア・エジタ。彼は、他の者たちとそれほどまでに異なる彼女のやり方と生き方に慣れ親しんでいた。彼女が癒しようのない辛い生活の挙句に敵対的な世間や不運、孤独に半ば押し潰されて、こうしてそこへやってきたのだ。そしてその時、何の意見の交換もためらいもなく自発的にあの仕事、石だらけの、もっとも望ましくない仕事、指の皮を厚くさせ、まぶしさに眼を充血させる竈《かまど》の口のようなあの灼熱のなかの仕事に就いたのだった。保護されて気が抜けて、うとうとしているのだろうか？　彼女は、白い、視力を損なう残忍なキャッサバの粉をまったく恐れなかった。むしろ香油であるというかのように喜んでそれを見つめていた。苦しみを除去してくれる一種の緩和剤のように、より広範な希望を与えてくれるもののように。その間ずっと。彼女の美しさはどこからくるのか？　彼女自身の安定した人柄は？　視野の広さ――優しさ。微笑みはまるで天使から降りてくるようだ。シオネジオは理解できなかった。彼女が過酷な運命にもかかわらず、仕合わせであることを知るだけでよかった。彼女は身振りひとつに依存していた。つまりもし彼が愚かな行動をしなければ、カタツムリのようにのろのろしなければ、ということだ。彼は事実上恋に陥っていたのだろう。

「もしほかの男たちが彼女を愛したら、もし彼女がもう誰かを好きになっていたなら?」その不安が羽ばたいて彼に襲いかかった。サンブラー農園で働いている男たちの間には多くの恋多き者たちがいて、多くのパーティーが催されている。その考えが彼を苛んだ。彼女が近くで働いている男たちと馴れ馴れしくおしゃべりしているのを想像して彼は傷ついた。しかしながら、耳にしたことで彼は落ち着いた。彼女はそれほど美しく優雅なので恋愛するにもすっかり条件が整っていたが、男たちの意図の良し悪しに関係なく、見えない盾によって守られていた。彼女の血筋に関する重大なことによって守られていた。男たちは父親のハンセン病の遺伝、あるいは母親の思慮欠如、激昂する性質を恐れた。殺人を犯した彼女の兄弟のうちの一人が姉妹の貞操を守ろうと、思いも寄らぬ時に現われるのを恐れていた。男たちは用心していた。こうして彼女は無事だった。しかし永遠の保証を信用して、我々は不運に備えることはできない。シオネジオはパーティーにいったら最後までそこで過ごすことになった。ダンスをするわけではなかった。浮かれ騒ぐのは好きではなかった。片隅にいて見張りをしている黒ハゲタカのように視線を一点に注いでいた。彼は彼女の行為――彼女の落ち着いた足取り、彼女の細いウエストに両手を置くやり方、湿っぽく長い軽い舌打ち、開いていく花弁のように決して悲しまない鶉《うずらばと》――がどのような場合にもそれほど厳格に正しく守られる、とは信じていなかった。同じ娘が翌朝、石の板の前で太陽を砕いて、おそろしく見事な力の塊、かけら、ブロック、大きな塊にしているだろう。彼女はダンスをすれば、上手だった。しかし、きわめてめったにないことだった。男たちは彼女を、美しさの陰にあるはっきりしない病気を恐れていた。ああ、その良心の咎めから生まれる恥じらいはよいことだ。なぜならば、彼女は決して結婚しないという正しい道につき、軽はずみな人間にもなりえないからだ。彼女は清らかなままでいることが必要だった。そう、何ら疑念を持つ必要がなかった。マリア・エジタは生活上、きれいに完璧に隔離されていて、ほかの誰のものであってはならない女性なのだろう。いかなる男も彼女には触れないのだ。

それにもかかわらず、彼は、彼女が永遠にいつも自分のそばにいて欲しかった。

そして彼女もやはり、火を見るよりも明らかに彼のことが好きにちがいなかった。

しかしその間に以前からの希望と新たな失望との間からやっと得た時間、彼の予言できない不安定な時間の邪魔があった。彼は安らかに彼女を見ることができずにそこへいき、ともかく遠くから彼女に見とれるという辛い目に遭うことがあった。彼女は立っていないときには、低い椅子に座って両手を使って働いていた。キャッサバの粉――燃えるほど熱い特異な物質、澄んで乾いた砂質の物質――その物質の質量感に仕えていた。時には、それが付着したときには、まだ濡れていて柔らかく脆く彼女の美しい腕にくっつき、肘の上まで白くした。しかしいつまでも太陽のように輝き、反射した光線には、シオネジオの眼は傷つき耐えられず、空を見て、太陽を直視するのと同じことだった。

何週間も彼は苦しめられ、しばしば寝られなかった。ロマンチックな恋愛が成立し、情熱にすっかりやつれて、自分自身に苛立っていた。突然、夜明けに雨の降りそうな兆しがあるのを観察しにいこうと意気込み、大声を出して起き上がり、みんなを起こした。「**キャッサバの粉を運び入れろ！　キャッサバの粉をなかに入れろ！……**」彼らは混乱し慌てて走り出した。そして急に起こされ、不安になった人たちが囲み、夜の闇のなかでかすかに光っている沼のように唯一つ際立つ、石板の上に干してあるキャッサバの粉を入れようと袋やバケツやタライを集めた。彼は粉まみれのなかで彼女をろくに見分けられなかったが、彼女が近くにいて、温かい存在に苦痛が和らげられていることに満足していた。彼女のことを噂しているのに耳を澄ました。「**母親がまだ彼女を連れて帰ろうと早起きするとしても俺は驚かないさ……それとも代母さんが……**」彼はどきりとした。もし彼女がいなかったなら、重労働に励み、努力に努力を重ねて生産を増やし、土地を広げて何になる？　時々彼女を見なければならなかった。彼女を、世界で唯一人のマリアを。他のどんな女とも休息を一緒にすることはないだろう。どんなに遠くにいってもほかに恋人はいないだろう。それでは、試練やあるかもしれない失望に耐え、分別ある勇気を奮い起こして彼女を自分のものにし、自分の夢に囲いをつけなければならないだろう。最初にニャチアーガと話をつけなければならないだろうか？　彼はそう考え、その考えをまるで蚊を叩くように額でピシャリと叩いた。断られるのを恐れていた訳ではなかった。自分と戦っていた。一つのことをじっくりと検討したがっていても、そうできなかった。日にちはどんどん経っていった。口実や言訳が去っていった。それでは何を恐れているのか？　何を恐れているのか分からなかった。時には考えた。自分は健康だろうか？……彼女に相応しいところが自分のどこかにあるだろうか？　自分の指、手首を眺め、何度も両手で顔を撫でていた。別な時には、癇癪を起した。彼女に怒りを感じた。すべてが偽りであり、終わってしまったらいいと神に祈った。そうなれば、幻想から解放され、意見が変わり、喜んで心の平静を取り戻すために何でもするし、不合理ではあるが自分の厳格な義務を果たすだけだ。しかし日々の齷齪《あくせく》した生活が夜を苦悩に満ちたものにした。彼は偽りのない涙にかきくれた。それではなぜ、はっきりとものが言えず、心は安定せず疲れ切り、それほど重大な考えに浸り、忠告に耳を傾け、そのような月光に気の触れた犬のようになっているのだ？　しかし結論に達することができなかった。だが結論の方が彼に達した。

　時間はほんの少し過ぎただけだ。正午と一時の間を。そして彼女はいつも時間を待っていた。大胆に彼は彼女に尋ねた。**「あんたは自分の生活の方向を確かめる気がある？」**本当に心から話しかけて**「もしも私がすぐにそうしたら……」**そして答えとともに、確かに、故意に悪意や軽蔑を混じえず明るく温かく彼女は笑った。彼女のいたずらっぽい眼に感じられる笑いはきっと別の意味を持っているにちがいなかった。

　しかし突然彼はあの言葉を聞いて震えた。深いところからくる驚き、それに疑いだった。彼女は母親と同じなのだろうか？　彼は一層驚いた。もし彼女の美しさ――とても新鮮で生きいきしている彼女の肌の果物のような美しさがほんの短い時間だけしか与えられていず、しかしその後は、厚くなり、鱗のようになり、醜い病気の紫色のねじれた傷跡となる運命だとすれば？　それが怖くて彼はよろめいた。その時、彼女の価値のある、人を惑わす美貌を見るに堪えられなかった。思わず、太陽の代わりに石板の上で眼をくらませているキャッサバの粉に目を移した。ほんの一瞬のことではあったが、彼は、そこに、人の心を悩ます動揺を真っ白にしてしまう大きく寛大な力、より長い休息があるのに気が付いた。

　目の前を明るくする驚き。

　白い閃光。

　そう、しかしそれは真実の深くて突然の愛でもあった、なかんずく。シオネジオはもっと近寄って見た、顔を曇らせずに、心を込めて、眼をしっかり見開いて。彼は後ろに向かって微笑んだ。マリア・エジタ。愛らしい輝きが彼女に援助の手を差しのべた。彼女——彼女だ！　彼は彼女に近づいた。彼は奇妙な太陽、キャッサバの粉にも両手を伸ばした。それを粉にする行為は彼にとって喜びだった。それは子供の遊びのようだった。みんなに彼がそうしているのを見てほしい、そうすれば、誰も疑問に思わないだろう。そして彼の心は立ち上がった。「**マリア、あんたは俺たち二人がいつまでも別れないことを望む？　俺といっしょにいったりきたりする？**」彼は言って、見た。果てしないもの、キャッサバの粉を。彼女は答えた。「**わたし、そうするわ、はい、そうするわ**」彼女は笑顔を見せた。それを、彼は見さえしなかった。彼らは並んで前を見つめていたが、長いその日、静かに待っているニャチアーガの影に気づきさえしなかった。

　シオネジオとマリア・エジタはすべてが白く輝くのを半眼で見ていた。彼らの想像のなかでは、行為もなく、時間もなく静寂だった。ただ互いに、互いに自分自身のうちで一緒になり、見えなくなりかけて生きながら、心のなかでは決して止まらず、心からの、心で考えた愛に生きていた。曙光。彼らはまるですべての鳥たちの日であるかのように、光のなか、彼らが立ち止まったところから進んでいた。

20　タランタアン、俺のボス……

　なんてこった！　ズボンのベルトをきつく締め、帽子をかぶり、台所で静かに飲んでいるコーヒーを飲み干す時間も俺にはくれないんだ。そこに——**「まあ私に……」**牧場監督の妻の声が、問題が起こったときに聞こえた。俺は何が起きたのか見た。そう、間違いなく俺の抜け目のないボスが逃亡を企てていたのだ。こっそりベッドから起き上がり、素早く例のように悪さを仕出かしたのだ、あのおかしな爺さんは。あんなに年を取っているとはとても見えない。もう頭には乏しかった分別もなく、もう、それから何日も、何時間も、何週間も、持たないように決まっているように見えるのだが。そう、俺も奴のいくところへ付いていき、ずっと後を追いかけて走り回らなくてはならない。そのために俺はベルトで腰を締め、腸を引き上げ、体の向きを変え、さらに変え、実際、まったく巡り合わせによっては、ボロ服を着たり、高い所から転げ落ちたり、体の調子が狂ったりすることがあるさ。俺の仕事上の義務なのさ。「**急げ！　蛍よ、年寄りから眼を離すなよ！**」別荘管理人のソ・ヴィンセンシオは優しく言い、声を出して笑っていると俺は判断した。「**俺に任せてください！**」俺はその間ずっと奴を罵り、大声で呪《のろ》った。そして、この倒れそうな古い大農園の、忌々しい木の階段を素早く駈け下りた……。

そしてそいつは――家畜の柵囲いのなかにいて狂気じみ、大あわてで滅茶苦茶な動きをして――馬に馬具をつけようとしていた！　俺は命令に従って奴の背後にくっついた。奴はいつもよりもひどい険悪な顔付きで俺を見た。「**わしは何も必要ないさ……**」と俺を追い払い、子供に乳離れさせる時の顔をした。俺は頷いた。奴は頭を横に振った。俺は否定に同意した。すると奴はどうやら、ほくそ笑んだようだ。しかし奴は再び俺を見て、俺を蔑み、繰り返した。「**小僧、なんだ、今日はおまえには荷が重すぎるんだ！**」言葉の重みで俺は動きが取れなくなり、訝しく思った。俺は、俺たちが喧嘩腰になっているが、奴は手加減していると気づいた。そして奴が昔からの悪癖から、とんでもない手段に訴えようとはしていないのを。そして俺たちは前の晩に奴のために町のお医者先生を迎えにやる、それも大至急に、そうすることを話していたのだ。それが、いま、こうしてその爺さんは馬に馬具を着けるように俺に命じていた。立派な気違い沙汰だ！　奴は俺たちの大人しい馬ではなく、危なそうだと気がつく鹿毛の背の高い馬を選んだ。それに黒白斑な馬は大きくも小さくもなかった。この性悪な馬たちはそこの大農園のものではなく、焼印のない馬で、捕まえて初めて誰の物になるのかが分るのだ。俺はほかに仕方がなかったので従った。狂人を扱うためには、狂人の一人とその半分になることだと知っていた。爺さんは奴の大きな眼、さらに狂気じみた命令を下すあの青い眼で俺をじっくり見つめた。もう顎鬚を立てていた。いかなる確かな白いものともけっして混じって縺れることのないあの髭を。彼は驚くべき動作をした。彼は見掛けよりもよかった。

俺が足を鐙《あぶみ》にかけるやいなや、奴はもう扉の外に出て、馬に拍車をかけていた。そして俺はと言えば、馬に向かって進め！　と追いかけた。爺さんは鞍にまっすぐに堂々と座り、揺るぎなく、自分の好きなようにするという意気込みを見せていた。最高に高貴で豊かな一族たちの子孫、セニョール・ジョアン・ジ・バーホス・ジニス・ホベルチス！　になることだった。奴は気違いじみた年寄りになったときに、町での奴の迷惑行為や無礼に我慢がならない大勢の親類にあそこの大農園に追いやられていたのだ。そして、俺は仕事のない貧乏人だったので、奴のお余りで我慢しなければならなかった。そんな厄介な爺さんと暮らすのがどんなことか想像がつこうというものだ。それが俺をいらいらさせ、びっくりもさせ、そのうえ、恥ずかしくもさせたのだ。黒っぽい鹿毛の馬は道を飛ぶように走って目立っていた。よくいなくなく馬で、乗り手を落馬させかねなかった。爺さんがそれを乗りこなせるだろうか？　俺たちは、とても滑らかな足並みで並んで藪のなかを通り抜けていった。奴はテンガロンハットをかぶり、まだ少なからず残っている白髪が大袈裟な鍔《つば》の下からはみ出ていた。「**おい、わしたちはあの痩せぽっちをすぐに捕まえようぜ。今日にも奴を片づけるぞ！**」奴は吠え、復讐したかった。痩せっぽちというのは、医者で、彼自身の甥の息子のことで、奴に注射を打ち、浣腸をしたのだ。「**あいつを殺してやる！　あいつを徹底的に殺してやる！**」奴は拍車を入れ、一層猛り狂った。俺の方に振り返り、そこで叫び声を上げ、その原因と事実を明らかにした。「**わしは自由になり、それでわしは悪魔なのだ！**」顔が赤くなって震え、奴はあまりに肌が白く、眼はすでに話したような色を湛えていた。奴は悪魔を信じていて、悪魔と取引をしたと考えていた。

俺はどこへ向かっているのか？　俺たちは右も左も砂利を踏みしめ、馬たちは前脚を横滑りさせていた。爺さんは手綱捌きが鮮やかだった。俺からは、咎めだてを聞かなくてもよかった。俺は気分が悪いだけだった。俺の仕事、俺の責任は爺さんを近くに留めておいて、やたらと自由気儘にさせないことだ。老いぼれのお伴をし、ぼけ老人を倒れさせないように！　何か突発的なことが起き、それほど弱った奴がくたばったなら、その時には、どんなにひどい面倒なことが俺に起こるだろうか？　いつだって打つ手がほとんどないか、てんてこ舞いになるかだ。俺のボスである年寄りにはいつも馬鹿にされている。からかわれた。「**蛍よ、お前は、それでは、わしらがそこいらへ出ていくのは、子供のようなことをするためだと考えているのか？**」声全体には、気がかりも抑えようとしているような調子もなかった。それに、ボタンをみな掛けたチョッキと汚れた洗いざらしの粗末なリンネルのズボンだけで、片足に短い黄色いブーツ、もう一方の足に長い黒いブーツをはいて、もう一枚のチョッキを片腕に通して、それは顔を拭うタオルだと言っていた。ひとつ言っておきたい！　少なくとも武装はしておらず、ただ砥石で摩滅し錆びついたテーブルナイフだけで――お医者先生である甥を片づけられると考えていた。彼の胸に短刀を突き刺してやる！――見苦しいほど猛り狂って。しかし言葉を区切りながら俺に言った。「**蛍よ、小僧、ここから引き返せ。お前をわしといっしょにひどく危険な**

目に遭わせたくないのだ」よろしい、それはよかった！　奴は悪魔と契約を結んだのだ、そして奥地からきた生きた悪者、最強にして、もっとも大胆な男になったのだと考えていた。よろしい、奴は申し分のない男だった——奴は本物の戦う家柄の出身だった。そして奴は俺のボスだった！　その時、奴は向こうやこちらを指差し、音を出さずに銃を撃つ真似をした。そこで奴は先頭に立って進み、俺たち二人はドンドン進軍していった。

俺たちが大きな木立にやってきたとき、怪しげな馬に乗った、ほとんど逃げ腰の胡散《うさん》臭い男と出くわした。俺たちがその男を見たにせよ見なかったにせよ、男は俺たちとは関わりはなかった。しかし爺さんは彼に何か翳《かげ》があるのに感づき、鞍の上に直立して、自分の呪われた髭を通して大声で叫んだ。「**禍がお前に起きよ！**」自分の大きな馬を近づけ、自分の存在で威圧した。相手に掴みかかるかのように見えた。相手は突然の脅しに縮み上がった。すっかり混乱し垂れ流してしまったというのではなかったが。俺は視線をどこに向けたらいいか分らず、すべてがふくれ上がって速やかに通り過ぎた。爺さんはその男が犯罪人だ！　と思い、そしてのちにブレベレーで、その男が実際、どちらかと言えば、そういう男だということが分った。つまり、彼は犯罪人の片腕に過ぎないが恐れを知らない男だった。彼は逃げようとせず、いたところにぐずぐずと残った。首鈴を付けられた猫のようだった。「**お前に禍あれ！**」爺さんは大きな頭を振ったが、そうしても怒りを鎮められなかった。「**買った喧嘩は始末をつけろ！**」と、お説教をした。犯罪人の片棒は恭しく聞き、何をすぐにしなければならないのか分らなかった。そこで爺さんは命令した。「**わしといっしょにこい、お前。もしわしの召使いの**

印を付けるなら、正当でよい身分をもたせてやろう……」そして信じられるか？　確かなことだ。その男は自分の馬を俺たちの馬に近づけ、列に加わった。彼は強制されてそうしたことが分るが、期待しているようだった。

俺は次にどんな気違い染みたことが起きるのかと想像してみようとも思わなかった。俺は暑さで煮えたぎっており、うんざりしていた。それはその爺さんには正気のひとかけらも残っていないことを表していた。奴は激しく呪ったり、悪態をついたり、罵ったり、喚いたり、傷つけたり、不意に襲ったりしていた。そして喚いた。「**貧乏人たちや哀れな者たちを片付けてやる！**」身なりからして奴自身悪魔に見え、未来は悲しく、俺たちみんなを狂乱させるのか？

俺たちは出鱈目に、幻想的な前方に向かって止まることなく進んでいった。犯罪者の片割れは笑わず、俺はさらに避けていった。次に俺たちが見たのは、貧しい不仕合せな女が薪の束とその女の赤子を背負って重い足取りで歩いているところだった。爺さんは女に近づこうと馬をそっと急がせた。俺は、何が起きてもおかしくないと怯えた。爺さんは帽子を取り、それを振りまわし、その他の大袈裟な身振りもやってみせた。俺は我に返った。「**おや、おや、おや！　これは、女を花で叩いてはいけないということか！**」確かに事態はまったく別物だが、爺さんは、おかしなことに正気が返ったようだった。あの女にあれほど礼を尽くしたではないか？　奴がひたすら懇願したので、女はついに受け容れた。俺のボスは馬から降り、女を自分の馬に乗せたのだ。その手綱を奴が取り、それを引きながら色男気取りで歩いた。こうして俺たちの犯罪人の助手は薪の束を受け取り、俺のほうは子供を抱きかかえて。俺たち二人は馬に乗って。そんな間抜けなことがあっただろうか？

　幸いなのは、その道化芝居が長くは続かず、そこから少し離れた村までのことだった。そこは、ちやほやされた、その貧しい女の行先で、女は馬から降り、礼を述べるよりも気恥ずかしそうにした。しかし念を入れて二度見てみると、時々起きる見事なお笑い種《ぐさ》があった。実は、その女の息子である青年、粗野なフェウプードがいたのだ。この男は母親が女王のように扱われているのを見て躍起になって礼を言おうとした。しかし爺さんは実際何らその機会を与えずに命令した。「**馬の用意を整え、わしの命令下に入り、偉大な復讐のために悪魔とともにこい！**」俺はそのフェウプードについて一言、言っておく。脳が半分足りなかった。したがって、どうしたかって？　言われた馬を用意しようと出ていき、俺たちのずっと先にきていた。そんな騒ぎで俺たちに恥をかかせた。住人たち、俺たち、第三者たちに。しかし、何者で、何を行うのだ？　爺さんの眼は、次々に俺たちをねめつけていた。俺たちの先にどんな不運が待ち受けているのか？

　いずれにせよ、俺は本当のことを話している。俺は自分のことを疑い出した。時間でさえはっきり言おうとしない。しかし俺たちは、俺の従兄弟のクルクトゥが住んでいるメンガナの村をもう通過していた。クルクトゥというのは本当の名前ではなく、ジョアン・トメー・ペスタナだった。丁度俺の名前が正しくは蛍ではなく、これは友だちが俺を呼んでいる時だけのことで、ジョアン・ドズメウスペス・フェリザルドなのと同じだ。俺は従兄弟を見て、彼に合図した。俺は彼に伝える時間があった。「**牝馬に鞍を置け。そして俺たちに間違いなく追いつけ。俺は俺たちがどこへいこうとしているのか**

知らない。悪魔のために用足しをしにいくのではないなら」従兄弟は素早く俺の言うことを理解して合図してくれた。そしていまは、もう俺たちは早足で、迷走している爺さんの跡を追った。再び気が変になって、またもや怒りが激発して、先へ先へと飛び出していき、叫び声を上げた。「**わしはこの世を終わりにしてやる！**」

そこはほとんど埃だらけだった。真っ昼間。そして方向転換をすると、ブレベレー村で、俺たちは型通りに入場していった。風が俺たちの方に向かって断続的に鐘を鳴らしていた。その日のことを俺は思い出した。何かの聖日だった。そして爆竹が破裂し、その間に空中に青みがかった煙が見えた。ボスは得意気に鞍に立って身振りで俺たち全員を立ち止まらせた。「**わしをこれほど歓迎してくれている！**」彼は力を込めて言った。銃が発射されたような爆竹の**ポンポンという音**がした。俺たちの誰も彼に逆らえなかった。犯罪人の手下、貧しい女の息子フェウプード、俺の従兄弟のクルクトゥ、それに仕事柄、俺は。俺たちは早足に、爺さんの後ろに並んで村に入った。ブレベレーに。

それは途方もないことだった。そこでは人々が教会の広大な広場に群がって行列がくるのを待っていた。そしてなんという爺さんなんだ――奴は人々のそばにすぐにやってきて、すべてを終わらせ、ぶちこわしにし、奴の大きな馬は踊り跳ねまわって蹴散らしていた……そして俺たちはボスの後に従った。そこで群衆は危ない、危ない、危ないと走り、散り散りになった。爺さんは馬から降り、おかしな長い足で立った。そして俺たちも同じことをした。俺は手綱を自分の腕に巻いたときに半分ほど考えた。俺たちは、聖人像を乗せている輿の聖なる引き革を取らなければならないだろう、と。しかし爺さんは再び俺を驚かせた。奴は調子を変えて近づいていき人々にくるように叫んだ。「**皆さん！……**」そして鞍袋に入れているものを取り出した。そしてたっぷり入れていたのだ。底まで中味を出した。それはお金で、とても多くの貨幣で、それを彼は地面に投げた。すげえ、驚いた！　人々はてんやわんやの騒ぎを起こし、突然彼らは取っ組み合いの喧嘩を始め、身を屈めて四つん這いになって、あの不滅の不浄なものを奇跡的に拾おうとしていた。俺たちは肘を使った。俺たちは拳骨をふるい、混乱から抜け出そうとした。開けた場所にきて、俺たちは一息ついた。しかしながら、そうした騒動が続いているあいだに、神父が祭服を着て戸口に姿を現わした。爺さんは神父に向かって歩いていった。歩き、着き、膝を折り、祝福を受けようとした。しかしその前にも、歩いているあいだに、さらに何度か跪《ひざまず》いた。「**彼は頭から湯気を出している……**」俺は誰かが当てずっぽうを言うのを聞いた。用心深い背の高い爺さんは汚れた白い顎鬚を帽子で煽ぎ、満足そうだった。「**彼は聖なる場所で死ねるようにベッドから出てきたのか？**」別の男の人が尋ねた。それは、神父の隣人で、おべっかを遣い、風見鶏だった。さらに言った。「**彼を私は見捨てない、なぜなら、私は彼の尊敬すべき家族にかつて恩義を受けたからだ**」爺さんは彼の言うのを聞いた。「**あなたはきてください！**」すると相手は俺に小声で言った。「**私は蠟燭を掴んで最後までいく！……**」と同意した。やはり、ジローという若者がきたがった。金欲しさからか？　爺さんは燃えていた。「**馬と武器を！**」と望んでいた。神父はもう一度祝福と接吻をさせようと手を出して彼を落ち着かせた。もう俺は自分に自信が持てなかった。「**神と世界が和解できますように……**」俺たちは馬に乗り、別れ、拍車を入れ、ブレベレーを後にした。鐘が高らかに鳴った。

そうだ――いちばん早い駆け足で。昼食も口にせず人の通っていない道を半分、つまり、まともな道をひとつと半分だ。しかしエヘンと言って爺さんは傲慢だった。その公道の端にジプシーの野営地があった。「**そら左へ!**」俺たちはそこに入った。犬や子供たちや、修理されている鍋のある方へ。それらのジプシーは狡くて悪知恵が効き、狡猾なやり方で、せこせこし、いつも厚かましい。それが民衆の理解していることで、ジプシーは俺たちの馬を一頭も残らず交換しようと持ちかけてきた。「**立ち去れ!　お前に悪魔の印を!**」しかし爺さんが仲間を呼び集めたときに、ジプシーの一人が望んで俺たちの仲間になることになった。「黒人少年の足」という名前だった。彼はどんな種類のペテンを企んでいるのか?　俺はそれほど多くの者が次々に俺たちのところに加わったので、そのたびに一層驚いていた。例えば、ほかの最悪の時に卑しい兵士だった、「満腹」のゴーヴェイアだ。俺は結局この滅茶苦茶な競争でもう先頭に立っているのだろうか?

こうして俺たちは爺さんを隊の先頭にして馬を進めていった――パッカ……パッカ……パッカ……まるで騎馬隊のようだった。さらに一人が、いないのも同然の浮浪人で、「木こり」と呼ばれていたが、加わり、影響されて手持無沙汰に過ごしていた。俺たち十一人は神とともに進んでいた。俺は前に向かって反抗的な落ち着きで――離れたり、逸れたりしながら俺のボスの年寄りを見ていた。自分の高い塔の頂上にいる称讃された、変わった思い出を持つ王様のようだった。小川のほとりにくると、彼は決断した。「**馬は水を飲む。わしらは駄目だ。わしらは喉を乾かすな!**」呪わしいほど厳しい自制、荒々しい者にとっては苦行だ。俺のボスは長い首と大きい喉仏があり、尊敬すべき男の姿だ。戦士の王だ！　俺は汗をかいており具合が悪く、疲れたのかもしれない。しかし全体にわたって何か壮大なことがあった。

「**汚い者と恥知らずは殺す！**」と爺さんが言った。馬と騎士たちは早駆けしていた。俺たちは十三名……そして十四名、もう一人の若者は「馬鹿者」、そして一名足りないのはジョアン・パウリニョ。そこに「おべっか遣い」という名の者と名の知れない俺たちの友だちの一人がきた。そして遊びがとても好きなので、「斑な帽子」と呼ばれた黒人が。全員がその爺さんにいくらか良い感情を抱いていたので満足していた。俺たちは前進し大声をあげ、風に吹き飛ばされ散らばって手柄を立てたかったが、何よりも大事なことは年寄りに従いたいということだった。天気になろうと雨降りになろうと、俺たちは誇りに思えることをさっさと片づけることだった。前方で叫び声が聞こえた。「**死んだ者と埋葬された者を殺してやる！**」と爺さんが誓った。

　このためにこそ、その爺さんは芝居の幕引きまでみんなにとって有難みがあったのだ。「**わしは悪魔のところへいくのだ！**」と叫んでいた。「**わしは痩せっぽちを片づけてやる、今日だ、殺してやる、殺してやる、殺してやるとも！**」立腹させられた自分の甥である医者のことが忘れられなかった。馬よ、進め！　わしはがらくたではないのだ。それが大まじめなのを理解できない者がいるのか？　パカパカパカ……よい馬たちだ！　見かけた者は誰でも困惑したことだろう。訳が分からず、足を止めさせられなかった。俺たちは拍車を入れた。「**気をつけろ、生きている者は！**」ばらばらになるな！

そうならなかった。風や花が早足に走っている。俺は爺さんの横へいき、肩を並べた――タパトラン、タパトラン……タランタアン……タランタアン……。そして彼は言った。大したことではなかった。動いたのは彼の眼で、いまは、もっと濃い青で、的を外さなかった。彼は一瞥して俺を千回も見つめた。**「蛍よ！」**それだけだったが、俺は彼の眼が一度光って理解した。「ジョアンはジョアンですよ、ボス……」そこで、パタトラパン、タンパンタラン、タランタアン……。俺は理解した。それでは、タランタアン……。それは彼が手に入れた騎士の名前だった。すぐに分る。万歳！　俺たちは足を高く上げた俺たちの馬の蹄の音も高く威風堂々と町のなかへ乗り入れようとしていた。

次はどうなるのだろうか、と俺は考えさえしなかった。そして爺さんが言った。**「わしは殺してやる！　わしは殺してやる！」**いまは最高潮に達していた。**「戸口や窓辺にいる、皆さまがたよ！」**みんなはまごついてわいわいしていた。そして俺はその真っ只中にいた。「蛍ことドズメウスペス」「怖いもの知らず」「クルクトゥ」「フェウプード」「風見鶏」「ジロー」「黒人少年の足」「満腹」「木こり」「おべっか遣い」「馬鹿」「斑な帽子」そして俺の友人の「名無し」。悪魔の使い、爺さんだけがのびのびしていた。悪魔の角笛により乱雑をきわめている精神、そして俺たちは結局、他の段階を超えて大胆な道化師だった。俺たちは終幕を控えて舞台の袖にいた。ああ、もう街路だった。

町――大変動だ！　何という歓迎だ！　町の人々は車や兵隊たちにびっくり仰天していた。少なくともあの通りの人々は俺たちのてんでんばらばらの隊を眺めていた。俺たちは少しも恐れていず、存在するものを気に留めていなかった。ああ、その爺さんはおどけ者なのか？　殺すと誓っていた。よろしい、悪魔だなんて！　さあ、いくぞ……爺さんはあの家がどこにあるかよく承知していた。

俺たちは向こうへいき、着いた。何と大きくて立派な家。栄光に包まれた懐かしい俺のボス。この瞬間になると俺は涙で眼が曇った。彼はどうやってそうしたのか、どうやって知ったのか？　まさしくその日、まさしくその時間きっかりに、そこではパーティーが酣《たけなわ》だった。家は人でいっぱいで、痩せっぽち先生の娘の洗礼式のために全員洒落た身なりをしていた。俺たちは法を恐れず、嘲りも恐れず、一陣の突風のようにそのなかに入った。召使いたち、人々、執事たち、誰も阻止しようとしなかった。もてなしてくれた。パーティーを開いていたのだ！

驚いていた。集まっていた家族は、その爺さんが生き返ったばかりという姿で突入し、そして俺たちがそんな状態で後に続いたのを見て、真剣に驚愕した。グループ全体が仰天し茫然としていた、あまりに。彼らは後ろめたさを感じるほど驚いていた。そして俺たちは彼らをじっと見つめていた。その瞬間、張りつめていた。もう一瞬。しかし、その時、突然、開いていたものが閉じるように、異常なことだった。俺たちの長身の爺さんが独り、静寂のなかで「ドローン」と叫び、大きな両腕を突き上げた。

「**話をさせてもらいたい……**」

そして話し出す。自分の耳が信じられるだろうか？　確かに唖然となることだった。みんなが大きな輪を作って、さらに呆然となって、すぐに分ると同意していた。ああ、そして永遠に俺のボス、その爺さんが最初に咳をした。「**えへん！**」それから彼はまったく真剣に言葉の洪水に流されていったので、たった一つの語も理解されなかったが、彼の声はそれほど高く大きく、けっして途切れることはなく、まるで石の急流、石が次々に転がるような音だった。それは、耳を傾ける人たちの頭を肩の上でぐらつかせるのに十分だった。俺は泣き出したくなるほどの強い衝撃を受けた。俺はさらに涙にかきくれた。そしてほかの誰もがそうだと俺は判断する。彼らがより深く感じれば感じるほど、彼らはいっそう静かになった。爺さんは火が点いたように話し続けた。彼が話したことは馬鹿げたことで、廃れてしまった考えにほかならなかったということだ。爺さんは大きくなったように見えた。彼の乾いた髭と彼の昔風の話し方により英雄のようだった。俺は彼の顔を知っていたが、その顔は知らなかった。

最後に彼は止めたいと思ったので、そうした。親類たちは互いに抱き合っていた。彼らは、その爺さんが、見ての通り、派手に現われたのを祝っていた。そして後ろにいた残りの俺たち全員は埃を払って、俺たちのために開けられたボトルの飲み物を飲んでいた。なぜなら、俺たちは彼の騎士であり、彼の無分別な軍であり、彼とともにナイフとフォークを使わなければならなかったので、彼の部下全員が食卓に着き彼の周りにいない限り、彼は食事を摂らないと主張したからだった。俺たちは食べ、そして見ての通り飲んだ。爺さんもすべてに手をつけ、飲み、たいらげ、自分自身の顎で噛みしめた。長い旅路の用意が出来たとき、彼ははっきりと笑顔を見せた。仕合わせそうだった。悪魔はいなかった。死者もいなかった。

その後、彼は孤独に、俺たちからも離れて待っているようだった。かなり小さくなって萎び、明るく、まるで空のコップのように静かだった。別荘管理人のソ・ヴィンセンシオは大農園の暗い隅で、狂っている彼をもう二度と見ることはないだろう。騎士のような悲しい行動を取る、あの親愛なるボス、セニョール・ジョアン・ジ・バーホス・ジニス・ホベルチスを。彼は完全な安らぎの権利を手に入れ、いま、ここからいつでも去ることができる。俺は啜り泣きを中断した。それではタランタアン……。タランタアン……それは英雄だった！

21　梢

逆の離別

またもや昔の話だ。そして再びあの少年が、何千人もの人たちがあの大都市を建設していた場所に向かって旅していた。しかし今回、彼はおじと二人だけできていて、辛い旅立ちだった。彼は呆然として、なぜかよろめきながら飛行機に乗り込み、疲労のような息苦しさに内側から包み込まれていた。話しかけられたときしか、笑顔を見せる素振りをしなかった。母親の具合が悪いのを知っていた。そのために、きっと長期にわたって、きっとそうしなければならなかったので、彼は家から離されようとしていた。そのため彼は玩具を持っていくように言われ、おばが幸運を授けてくれる玩具、茶色いズボンに、長い羽根のついた赤い帽子の小さい猿の人形、お気に入りの玩具を手渡したのだ。それは、彼の寝室の小さなテーブルにあらかじめ置かれていた。もしそれが人のように動き、生きているなら、この世で誰よりも滑稽で、悪戯好きだったにちがいないだろう。少年は、ほかの人たちから親切にしてもらえばもらえるほど、いっそう不安になっていた。もしおじが冗談を言いながら、飛行機の小さい窓を覗いてごらんとか、雑誌を選んでごらんとか言ったとしても、彼はおじがまったく本心から言っているのではないと知っていた。ほかにも彼を怯えさせることがあった。もし母親のことをまともに思い出したなら、泣き出しただろう。**母親**と悲しみは同じ瞬間にはいちどきに収まりきらず、その二つは相反し、恐ろしく、ありえないことだった。彼はそれを理解すらできず、その時、彼の小さな頭のなかで、すべてが混乱した。こんな調子だった。どんなことよりも大きな何かが起きるかも、それとも起きようとしているのだろうか？

　重なり合った雲が遠くへ、逆方向へと流れていくのを見ても仕方がなかった。パイロットを含めて全員が取り決めによって、悲しそうな様子をしないで、ただ普通の時は陽気だという振りをしているだけなのか？　もしも母親が危険な状態にあったなら、緑色のネクタイで眼鏡を拭いているおじはきっとそんなにきれいなネクタイを締めていなかったにちがいない。しかし少年は、変わることのない滑稽な玩具というだけの、長い羽根のついた赤い帽子をかぶった小さい猿の人形をポケットに入れているのに良心の呵責を感じていた。捨てないといけないのかな？　だめだよ、茶色いズボンの小猿もちっぽけな仲間なのだから、乱暴に扱ってはいけないよ。羽根のついた帽子だけは取って、そう、捨ててしまい、いまはもうないのだ。そして少年は自分自身の内側に、自分のなかのどこか片隅に閉じこもっていた。ずっと後戻りしていた。可哀そうに彼は座っていた。

どれほど彼は眠りたかったことか。必要な時には、そんなにしっかり目覚めていないで、何事もなく安心してぐっすりと寝られるべきだ。でも、そうできなかった。束の間の造形を試みる雲を見ようと繰り返し大きく目を見開かなければならなかった。おじは時計を眺めていた。それで、いつ着くのだろう？　何もかもいつでもだいたい同じことで、それらのことも、そのほかのことも。僕たちはちがう。生活は僕たちがまっすぐに穏やかに生きられるように、けっして止まることはないのだろうか？　帽子のなくなった小猿でも家の敷地に隣接した森のあの樹々の大きさを同じように知るのだろう。あんなに小さく、母親もいない独りぼっちの可哀そうな小猿。ポケットのなかの小猿を取り出すと、小猿は礼を言っているようで、その暗いところで、泣いているようだった。

しかし母親はほんの瞬間的に喜んでいた。いつか母親が病気になるにちがいないと知っていたら、彼はその時にはいつも彼女のそばにいて、しっかりと彼女を見守り、実際自分がそばにいて、それほどしっかりと見守っていると意識していただろう。けっして遊んだりせず、近くにいて、一休みもせずに離れず、何も起きないように願う以外に何もしなかっただろう。丁度いま、しているように自分の考えていることに集中しているだろう。実際にいっしょにいるとき以上に母親といっしょにいると感じていたように。

飛行機は強烈に明るいなかを絶え間なく突っ切り、止まっているかのように飛んでいた。しかし空中を、黒い魚たちがあの雲のかなたに向かって確かに通過していた。背を丸めて、爪のある雲だ。少年は苦しみ、自制していた。その時、飛行機が飛びながら止まっていたなら——そしてますます後戻りしていたなら、彼は母親といっしょにいただろう。そんなことが可能だと以前には知らなかったのだが。

鳥の出現

樹々に囲まれ、樹の前にあった変わりのなかった家では、みんなが大袈裟な気遣いをして彼を扱い始めた。そこには彼のほかに少年がいないのは残念だと言っていた。もしいたなら、少年たちに玩具をあげただろう。彼はもう二度と遊びたくなかったからだ。一心不乱に人が遊んでいるあいだ、悪いことが人に罠を仕掛け、何かを起こす準備をしているのだ。それがドアの陰で人を待ち伏せしているのだ。

彼はまた、埃、人々、土地を見におじと**ジープ**に乗って出掛けたいとも思っていなかった。目を閉じて彼は緊張していた。おじは、彼がそんなに力を入れて体を固くせず、車の揺れに合わせて体をいったりきたりさせて楽にするようにと言った。もし彼が重い病気になったら、母親から遠く離れていようと近くにいようと、どうなるだろうか？　彼は胸の張り裂ける思いをした。人形の小猿と話をしたいとも思わなかった。その日、まるまる一日かけてやっと疲れを軽くするのに効果があった。

それでも、夜になっても、寝つけなかった。その場所の空気はとても寒く薄かった。横になって少年は怯え、激しい動悸がした。母さんは、つまり……そして彼は彼女のことを考えてすぐには寝つけなかった。静寂、暗闇、家、夜――すべてが翌日に向かってゆっくりと歩んでいた。人が望んだとしても、何も止まらず、人がすでに知っていること、好むことへと後戻りできなかった。彼は寝室で独りぼっちだった。しかし小猿の人形は枕元のテーブルにもう置かれてはいなかった。おなかを上にして足を伸ばして枕の上で仲間になっていた。おじの寝室は隣にあり、木の壁は薄かった。おじは鼾をかいていた。小猿は、とても年を取った少年のように見えた。夜から何かが盗まれていたのだろうか？

そして翌日、もう寝ていず、まだ目覚めていないときに、少年は洞察力の閃き――甘美で自由な息吹を感じ取った。まるで真実を思い起こしている誰かを見つめているかのようだった。それは、彼に前もって知られていない考えの映画の一種であるかのようで、彼は心のなかに偉大な人物の思考を写し取れるかのようだった。ほぐれて消えていった考えだった。

しかし、その煌《きらめ》きのなかで彼は知り、考えていた。起っている美しいことか、よいことを人はまったく正確に評価することはなかなかできないということを。時々、それらは素早く、予想外に起きたので、心の準備をしていなかった。あるいは、待ち受けていて、その時には、それらは結局、それほど甘美な味がせず、単なる粗野な模倣に過ぎなかった。あるいはまた、それらとともに、恐ろしいことがその両側にあって、何も清らかで澄んだことはどこにもなかった。あるいは、他の場合に起きて、この二番目の出来事を完全なものにしたであろう何かが欠けていた。あるいは、人はそれらが起きているあいだでさえ、それらは時間によって蝕まれ、粉々になって崩れて終わろうと歩んでいることを知っていた……。少年はもうベッドにいられなかった。すでに起き出していて、服を着ており、小猿を手に取り、ポケットに入れ、空腹だった。

差掛け小屋は小さい家の敷地とそれを囲むジャングルと広い外部——氷のように冷たい霧と真珠のような玉になった露の急襲を受けている——あの暗い野原とを結ぶ通路になっていた。そして地平線の果てまで、東の空の線まで目の届くところまで続いていた。太陽はまだ顔を出していなかった。しかし、明るさが樹々の梢を黄金色に染め上げていた。開拓された土地のむこうの高い樹々は露に洗われた草よりもいっそう青かった。ほとんど朝と言ってもよかった。そしてあらゆるものから香りが漂い、小鳥たちが囀っていた。台所からコーヒーが運ばれてきた。

そして「**ちょっと見てごらん！**」と誰かが注意を向けた。しなやかに水平に羽ばたきオオハシが一本の樹にやってきていた、こんな近くに！　その鳥が降り立ったとき、空高い青、葉叢《はむら》、その鳥の黄色に輝く縞と赤色の柔らかい影。見ものだったろう。大きく華々しい嘴《くちばし》は寄生植物の花のようだった。枝から枝へと飛び移り、実で重くなった樹からご馳走を食べた。あらゆる光線がその鳥のものであり、鳥が途方もなく自由自在に鮮やかに停止しては空中を飛ぶときに、光線を自分の色に染めていた。梢で小さな実を啄《ついば》み……それから枝で嘴を清めていた。そして少年は目を大きく見開き、凝縮した瞬間を自分自身のために固定できず、ただ黙って一、二、三と数えるしかなかった。誰も口をきく者はいなかった。おじまでも。おじもそれを愉しんでいた。彼は眼鏡を拭いた。オオハシは止まり、他の鳥の声を聞いた――ひょっとするとその鳥の子供たちか――ジャングルのほうの。大きな嘴を上げ、一度か二度今度はこのオオハシがあの半ばしゃがれた叫び声を放った。「**クレーエ！……**」少年は泣きべそをかき始めた。その間に雄鶏が時を告げていた。少年は何も思い出さず思い出した。彼の睫毛はすっかり濡れた。

それからオオハシは一直線に、ゆっくりと飛び立ち、**スー**、**スー**と飛び去った――見るも不思議な装いを凝らし、色鮮やかに舞った。夢のようだった。しかし、みんなは見た際の熱狂を冷ますことができなかった。もう世界の反対側を指差していた。向こうの明けの明星の一帯に太陽が姿を現わそうとしていた。低い壁のような暗い野原の縁は一カ所、縁がギザギザした黄金色の菱形となっていた。半分の太陽、すべすべした円盤、完全な光線となった太陽がゆったりした調子で、そっと光り、輝きながら上の方へと揺れていた。いまは青空のなか糸で吊るされてバランスを保っている黄金色の球だった。おじは自分の時計を見た。その時、ずっと少年は叫ばなかった。彼は地平線を区切って眼で捉まえようとしていた。

しかし彼は、目まぐるしい瞬間と、彼の母親が何も病気に罹っていず、もしここにいたなら、そうなっているにちがいない、とても仕合わせな彼女の現在の思い出とを、調和させられなかった。ポケットから小猿の小さい人形を取り出して、こいつにもオオハシを見せてあげようということは少しも考えなかった。まっすぐ立てている嘴を前に、拍手をしているように軽く羽ばたく、その赤い小さな神。あたかもそれが飛んでいる各瞬間の間、そこに、それは動かずに吊るされているかのようだったが、空中ではなく、ありえないほど微小な地点で――いまは永遠に、そして絶えることなく。

その鳥の仕事

こうして少年は打ちひしがれた昼の間、心のなかで拒絶したことと格闘していた。物事をありのままに、いつもそうなっていくかのように肉眼で見ることに、耐えられなかった。用心せずに見ると、物事はいっそう重く、いっそう物として見えた。新しい報せを訊くのが怖かった。彼は、病気という悪い妄想のなかにいる母親のことを懸念していたのか？　どれほどいやでも、後戻りして考えられなかった。病気で気分がすぐれない自分の母親の姿を思い出したいときには、自分の考えを纏めることができなかった。すべてが彼の頭から消された。自分の母親は自分の母親なのだ。それだけのことだ。

しかし、彼は美しいものを待っていた。あのオオハシがいた。飛来し、舞い降り、飛び去り完璧だった。朝になると再び、高い樹冠、オオハシの樹と呼ばれさえしているあの樹に戻った。夜が明けると、その黄金色に輝く小休止を取りに。毎日夜明けの決まった時刻に高貴なオオハシが賑やかに……やってくる、やってくるのだ……まるで体を休めながら空中にそっと線を引いたようにまっすぐ飛び、さながら黄金色の水面の輝きのうえを前へと滑ってゆく子鴨のように、しっかりと滑らかにゆっくり帆を揺らしている赤い小舟が曳かれていくようだった。

うっとりした後、彼は昼間のまったく平凡な生活に入っていった。他人の生活は彼の生活とはちがった。ジープの振動は次に起きることを作っていった。母親はいつも服装を清潔にするよう言っていたが、ここの土地は挑戦的だった。ああ、いつもポケットに入れていたが、小猿の人形は汗と埃でいっそう汚れていった。何千人もの男たちがその大きな都市を作ろうと働いていたのだ。

しかしオオハシは夜明けが赤く染まる頃に必ずやってくる習性があり、みんなはその時にその鳥のことを知った。それは一カ月以上前に始まったのだ。最初、大声で鳴くおよそ三十羽の群れが現われたが、日中だと十時から十一時の間だった。しかしあの鳥だけは朝になるたびにくるようになった。少年は眠気でぼんやりした重い眼をして、ポケットに小猿の人形を入れて、慌てて起き、ベランダに下り、見て楽しもうとしていた。

おじはひどく不器用に、過度に優しく彼に接した。彼らはどうなるか見ようと外に出た。埃で全体がぼんやりしていた。いつか小猿の人形は長い羽根のついた別の帽子をもらうはずだった。しかし今度は、おじがいまは、シャツ姿なのでつけていないが、それほど目立つネクタイと同じ色の緑色の帽子だ。少年は一秒ごとに、まるで彼自身のある一部だけであるかのように、自分の意思に反して前へと押し出されていた。ジープは止まらず、常に新しい道路を走っていた。しかし少年は一層強くなった心のなかでひたすら宣言していた。母親は必ずよくなるにちがいない、救われるにちがいない！

彼は、朝の六時二十分にぴったりと遅れずにやってくるオオハシを待った。鳥はオオハシの樹の樹冠に止まり、十分間だけ果物を啄み、飛び移りながら齧って回った。それから太陽が赤く染まった球になって地面から昇る一瞬の半分が滴る前に、他の方角へと飛び去った。なぜなら太陽は六時半に昇ったからだ。おじはすべて自分の時計で時間を測った。

日中はそこには戻ってこなかった。どこで生息しているのか？　どこからくるのだろうか？――森の暗がり、分け入れないほど深いところか？　誰にもその実際の習性も、それが食べたり飲んだりしている離れた地点にもまさって、それらの他の場所へいくのに従っている時刻表がどんなものか知る者はいないようだった。少年は、まったくそうであってよい、誰も知らないのが、と考えていた。それはちがったところからきたのだ、それだけは、その日、その鳥は。

その間におじは電報を受け取り、その後、心配そうな顔を見せざるを得なかった――希望が古びていた。しかし何にせよ、少年はぐっと黙って、愛情のせいで頑固になって繰り返し静かに、母親は再び元気になったのだ、母は救われたのだ、と独り言を呟いていた。

突然、彼を慰めようとオオハシを捕まえる方法を打ち合わせているのを耳にした。罠を仕掛けて、嘴に石を投げつけ、翼に銃弾を撃ち込む。「**だめだ、だめだよ！**」彼は腹を立て、躍起になった。彼が気にかけ愛しているあのオオハシを捕まえてはいけないのだ。しかし朝の最初の光は弱く、そのなかで飛来は確かだった。

中断――彼はもう心でそれを理解できた。それは次の日まで続いた。その時、それが毎回そうであったように、輝いている鳥は無料で与えられた玩具だった。丁度太陽のようだった。地平線上のあの小さな暗い点が間もなく閃光を放って砕かれ、卵の殻のようになった――平原の平らになった、朦朧とした広がりの端で、腕を伸ばすようにみんなの眼がそのあたりを進んだ。

その間におじは彼の前に一言も言わずに立ち止まった。少年は何か危険なことがあると理解したくなかった。彼の心のなかで母は、一度も病気になったことがなく、ともかく健康に何事もなく生まれたのだ、と言っては繰り返した。あの鳥の飛来が彼の心のなかに棲み着いた。小猿の人形はもう少しで落ちてなくなるところだった。その小さな尖った顔と体の半分がポケットから出て、注意を引いた。少年はそれを叱らなかった。鳥が戻ってきたので、感動し、強い印象を与えられ、胸がいっぱいになった。少年は空気が響き渡るなかを巧みに飛来したオオハシ以外のことは考えなかった、午後まで。それは彼を慰め、悲しみを軽くし、そのため彼はそれらの変化に富んだ日々の重圧から逃れられた。四日目に電報が届いた。おじはきわめて力強く微笑んだ。母がよくなり、治ったのだ！　翌日、オオハシのくる最後の太陽の昇った後に、家に帰ることになった。

計り知れない瞬間

しばらくして少年は飛行機の小窓から、速さのまったく欠けた白い千切れ雲を眺めていた。同時に、彼は、後ろに残してきた向こうのものに懐かしさをしかるべく感じるのが遅れていた。オオハシ、夜明けについて、しかしまたあれほどよくないあの日々のすべてに、家、人々、森、ジープ、埃、息苦しかった夜――それはいま、彼のほとんど青みがかった想像力のなかで純化されていた。生活自体は決して止まらなかった。おじはそれほどきれいではない別のネクタイをつけて到着するのをいまかいまかと待ちかねて時計を見ていた。少年はすでに眠りの境界線上にほぼいて、心は半分考えていた。突然真剣になり彼の顔は長くなったように見えた。

そして席から飛び上がらんばかりになって苦悩した。小猿の人形がもう彼のポケットになかった！仲間の小猿をなくしてしまったのではないか？……。そんなことがどうしてありえたのか？　すぐに涙がこぼれ出した。

しかしその時、パイロットの助手を務める青年が慰めにやってきて、ある物を彼に渡してくれた。**「君のために私が見つけたものを見てごらん」**そして、彼が先日捨てた長い羽根のついた赤い帽子は皺が伸ばされてあった。

少年はもう泣いて悲しんではいられなかった。騒音と飛行機に乗っていることだけで彼はぼんやりしていた。彼は、寂しそうな帽子を手にし、それを撫で、ポケットに入れた。仲間の小猿はそう、世界の暗い底なしのところでなくしたのではない、確かにそれはただあそこで、人々や物がいつもいったり戻ったりしている他のところで偶然、散歩していただけだ。少年は突然、そうしたいと感じていたように自分を微笑ませたことに微笑んだ。星雲が消えたように、原始のカオスを乗り越えたのだから。

そしてその時に突然、けっして忘れられない無我夢中の状態になり、それにより彼は完璧な平穏、調和の境地に運ばれた。それは藁が粉々になるように、ほんの一秒足らず続き、普通、人にはあり得ないことだった。風景、それにすべては額縁の外なのだ。まるで彼は、健康になり救われ、にこやかな母親やみんなと、緑色の美しいネクタイを締めた小猿といっしょにいるかのようだった――高い樹木の囲い地の差掛け小屋で……そして心地よくガタガタ揺れる**ジープ**で……各所で……ただ同じ瞬間に……その日の最初の巡り合わせで……そこから何度も彼らは太陽の再生と――さらにいっそう活発で、音と生きていくことでいっぱいの――終わることのない宙づり――オオハシが夜明けの高い谷間で、そこの家の近くで黄金色の梢に小さな果実を啄みにきた時の飛翔。それだけ。すべてのことだけ。

「**よし、我々はとうとう到着したぞ！**」とおじが話した。

「**いやあ、ちがう、まだだよ……**」と少年が応じた。

彼は内緒の微笑みを見せた。微笑みと謎、すべて彼自身のもの。そして生活が彼の方にきていた。

訳者あとがき

ブラジル文学を代表する作家の一人、ジョアン・ギマランイス・ホーザ João Guimarães Rosa は、日本では翻訳された作品も以下のようにわずかで、認知度は極めて低いと言わざるを得ない。我が国で最初に翻訳された彼の作品は、一九六八年、筑摩書房の『世界文学全集第六八号　世界名作集第一』に収録された、本書『最初の物語』のなかの一篇「第三の川岸」であった。英文学者の中川敏氏による翻訳であるので、ポルトガル語からの翻訳ではないだろう。つぎに河出書房新社の雑誌『文藝第十巻第十号』（一九七二）のラテンアメリカ文学特集に掲載されたやはり『最初の物語』の一篇である「勇敢な舟乗りの出発」（河村昌造氏訳）はホーザの作品では、ポルトガル語からの最初の翻訳であったが、これは単行本としては出版されなかった。五年後の七六年にホーザの最大の傑作『大いなる奥地』が筑摩書房『世界文学大系八三』に、南米チリのドノーソの『この日曜日』と二分した形で収録された。これも前述の中川氏が英訳と仏訳から訳したと記している。なお、私事に属し恐縮であるが、この書の付録として、筆者は「ローザの文壇デビューと死」という拙文を書いている。さらに七八年に新日本出版社の『世界短篇名作選ラテンアメリカ篇』の中にホーザの処女作である物語集『サガラーナ』に属する短篇「瘧《おこり》」の拙訳を掲載する機会を与えられた。

もっとも最近では、『早稲田文学』（二〇一五年冬号）にやはり「第三の川岸」が宮入亮氏の訳で掲載されている。

まずは、ギマランイス・ホーザの生涯と文学活動を概観していくことにする。ホーザはブラジル南東部にあるミナス・ジェライス州の田舎風の町、大農園と牛の肥育の町コルジスブルゴに一九〇八年誕生した。幼児期より言語に対して強い関心を示し、六歳にしてフランス語の本を読んだという。それとともに地理、自然科学、特に植物学と動物学にも強く魅かれたようである。州都ベロ・オリゾンチで医学を学び、在学中には最初の短篇集を書き、コンクールに応募しているが、これはもっぱら学費を得るための賞金目当てであったとか。

医者として二年間、ベロ・オリゾンチの西部地区で農牧畜に従事する人びとを診た。その後、軍隊でボランティアの医師として、さらに軍医将校として医療に携わった。この期間に、幼少期に習得した外国語のほかにいくつかの外国語をマスターし、さらに物語や詩をものしている。詩集『マグマ』は三七年、ブラジル文学アカデミーの文学賞を、詩の部門で獲得したが、出版はされなかった。

三四年、得意の外国語を活かして外務省試験に合格し、入省した。三八年、ドイツ、ハンブルグ駐在の副領事になるが、四二年、ブラジルがドイツと国交を断絶すると、ブラジル外交団の他のメンバーとともにバーデン＝バーデンに数カ月抑留された。解放された後、四四年までコロンビアのボゴタの大使館で書記官として務め、その年にブラジルに戻り、外務省の文書課長に就任した。三〇年代後半に書いて出版されなかった物語のいくつかは『サガラーナ』という題名のもとに集められ、四六年に上梓された。この年、パリでの国際会議へのブラジル派遣団の書記官に任命されている。ほかにも重要なブラジル国際委員会で活躍した後に、五一年、リオデジャネイロに戻り外務省大臣官房長となり、そして五八年、大使扱いの一級公使となった。

ホーザの文学活動は五〇年代の中頃に急速に活発になった。処女作から十年後の五六年に、最も野心的なフィクションを二作品、つまり二巻からなる単・中篇小説集『舞踏団』と長篇小説『大いなる奥地』を上梓した。六一年に彼の著作全体を評価してブラジル文学アカデミーは文学賞を授与した。六二年には外務省の境界局長を務めている間に短篇集『最初の物語』を上梓した。翌年の六三年にブラジル文学アカデミーの会員に満場一致で選出されたが、左記のような理由からその就任式はすぐには行われなかった。六七年、きわめて短い物語とエッセイのような序言から成る『つまらないもの』を刊行し、延期していたアカデミー会員就任式を十一月に挙行した。しかしわずか三日後に心筋梗塞で急逝した。五九歳であった。作家としての生活は比較的遅く文壇に登場しているので、たかだか二十年と短いものだった。

ホーザはブラジル文学アカデミー会員に選出されたときに「文学アカデミーは私にはもったいない。

私は生まれた町と同じくらい小さな人間だ」と友人に語り、記念式典で行われる自分の講演中に感激のあまり声がかすれて出なくなるのではないか、心臓が止まってしまうのではないか、という恐怖にとりつかれて延期していたのであった。就任式当日の、感激と緊張、不安に少年のように打ち震えるホーザの姿を語った友人やアカデミー会員の回顧録を読むと、三日後の悲劇を考えなければ、微笑を禁じ得ないのだが。最後となった記念講演においてホーザは亡くなった友人のことを語るが、それは自分自身について述べているようにも思われ、なにか自身の死を予感しているようにも感じられる。この講演の冒頭を飾り、結びとなった言葉は故郷の町の名コルジスブルゴであった。彼の作品のなかで大きな愛着をもって、また偉大な姿として描いたあの小さな土地に最後の敬意を表わしているのだ。彼は故郷を愛した。彼の作品、彼の人となり自体がコルジスブルゴだと言えよう。彼の自叙伝的な文を読むと、子供じみた迷信に一喜一憂し、友人を何よりも大切にする彼の姿が浮かんで来る。娘たちへの愛情も印象的である。特に、彼が急死する前週に行われた愛娘ヴィルマの処女出版記念パーティーのエピソードは極めて人間的なものである。彼は会に自らは出席せず、親友の口を借りて彼女に讃辞を送り、その日の成功に人一倍気を配っている。結局、彼の突然死をもたらしたものは、一週間のうちに行われた、彼の心を深く揺り動かした二つの出来事、一つは作家として、もう一つは人間として最大限の感動を呼び覚ました出来事ではないだろうか。五八年にかなり強い心臓発作に襲われていて、それに自身医師だったので、やはり予感はあったのだろう。

ホーザは生前、多くの物語、詩、そして少しのフィクションを計画的に順次刊行する準備をしていた。それらは、六九年に『これらの物語、第三の物語』、七〇年に『鳥、言葉』として没後出版されている。

ここで、ホーザの文学をブラジル文学の流れのなかに置いて少々詳しく見ていくことにする。ポルトガルからの独立を果たしてちょうど百年目にあたる一九二二年の二月にサンパウロにおいて近代芸術週間なるイヴェントが開催されている。これは、当時のブラジル文学アカデミーに代表される旧世代の文学、芸術に飽きたらず、新しい文学、芸術の誕生を希求する新世代の声を結集したものであった。ブラジル・モデルニズモ一期（一九二二―三〇）は、ヨーロッパの前衛的芸術運動の影響を受け、きわめて芸術的なラディカリズムと、ポルトガルから文化的・芸術的な独立を目指すナショナリズムの高揚を特徴としていた。とりわけマリオ・ジ・アンドラージ（一八九三―一九四五）、オズヴァウド・アンドラージ（一八九〇―一九五四）などのサンパウロ出身の詩人が詩はもとより散文でも傑出していた。モデルニズモ第二期（一九三〇―四五）に入ると、サンパウロなど南部に比べて近代化が進まない北東部地方に生まれ育った作家たちが、自分たちの故郷の社会問題、厳しい自然環境による生活の困窮、封建的な社会構造、野盗や狂信徒の存在などを民衆的な口語を使って取り上げた。グラシリアノ・ハーモス（一八九二―一九五三）、ジョルジ・アマード（一九一二―二〇〇一）、ジョゼ・リンス・ド・ヘーゴ（一九〇一―五七）らが優れている。そして四六年のホーザのデビュー作『サガラーナ（昔語り）』はモデルニズモ二期のフィクションを大きく変容させ、その第三期あるいはポスト・モデルニズモ（一九四五年以降）を確立したと言っても過言ではないだろう。ホーザは一九三〇年代の社会的な小説家の作品で扱われたと同じような現実を扱っているときでも、地方主義小説が定型化したものを排除し、二〇世紀の新しい地方主義のあるべき姿を確立したのである。

ホーザは多くの言語に通じており、多くの外国文学作品に触れていたので、文学評論家たちは、外国文学、特にアメリカ文学の大家たちが成し遂げたこととの類似点を指摘している。ホーザは内面・外面の世界をきわめて繊細な感覚で描いているので、アメリカのメルヴィルにたとえられ、また古代語から現代語までの広範囲な語彙の借用、新語の創造、語順転倒、独特な電報的な構文、さらに中世的、原型的な性質をもつ物語の口語を基にした文体の一貫した使用を含める言語的革新により「ポルトガル語のジェイムス・ジョイス」と呼ばれている。さらに、「普遍的な地方主義者」や「超地方主義者」とも呼ばれることもある。

ホーザの最初の作品『サガラーナ』に対して一般の読者に限らず文芸批評家たちも、一方で畏敬の念、他方では困惑というような反応を見せ、その後も、ホーザの作品が刊行されるたびに、同じことの繰り返しだった。

『サガラーナ』は九篇の短篇から成り、すべてミナス・ジェライスの田舎が舞台であるが、北東部地方のような旱魃に苦しむ荒涼とした半乾燥地帯ではないことは、作品を読めば気づくであろう。この短篇集の主人公は小さなロバ、強情な夫、マラリアで死にかけた二人の生涯の友だち、三角関係にある執念深い男二人、ゆっくり求愛するチェス仲間、呪い師と、それを嘲笑する学のある隣人、話をする牡牛などである。作品は、寛大な視点から奥地の人々、動物、風景、娯楽、緊張、さまざまな問題を生きいきと描いている。ホーザのこのテーマに対する肩入れや、彼が創った、あるいは、子供時代や成人後に知り合った人々の中から選んで登場させた人物に対する彼の共感が強く感じられる。

『舞踏団』(一九五六)は、さまざまな長さの七つの短・中篇小説から構成されている。一九六五年の第三版からはこの作品は三冊に分冊され、版型も小さくなる。『サガラーナ』の九つの物語はそれぞれ独立した内容であるが、この作品では、いくつかの物語では登場人物が共通している。ホーザの自伝的な要素が色濃く現われている。大人の読者ならば認識し理解するであろう、子供の偏っていない心をとおして解釈されたものとして子供の世界を創造する特異な著者の才能は、特筆すべきものである。ホーザの心理面の洞察力がファンタジー、迷信、恐怖、不吉な予感、エロチックな衝動、サスペンス、優しさなど、夢のようなシュルレアリスム的な世界を生み出している。

『大いなる奥地』は六百頁にわたる長篇小説で、しかも章立てなどで区分されず、一人称形式で語られている。ホーザの一大傑作と目され、上梓された一九五六年にブラジル文学アカデミーのマシャード・ジ・アシス賞、同国で最も名誉ある賞を受賞している。もと奥地の野盗ヒオバウドが不特定な人物を相手に語る彼の人生についての物語である。その中心になるのは、彼の仕えていた野盗の頭目ジヨカ・ハミーロを裏切って殺害したゼー・ベーロの集団を追いかけながら奥地を放浪する旅と、仲間のジアドリン(実はハミーロの娘で男装をしていた)との彼の愛、友情である。ファウスト的に神と悪魔との間を揺れ動くヒオバウドの心、中世の騎士道物語にも似た、野盗を英雄と考える奥地の人々の伝統的な価値観、登場人物を生きいきとさせている背景、自然環境の細密な描写、中心となるプロットとは直接関係のないさまざまなエピソード、外国語や古語の使用、ポルトガル語の潜在能力をぎりぎりまで活用して創り出した造語、破格的な統語法によって織りなされる文体などが相まってこの作品を世界的にも傑作としている。

一九六二年に上梓された『最初の物語』つまり本書は二十一篇の短篇小説から構成されていて、『サガラーナ』の九篇と比べると、一篇一篇は大分短いものになっている。これらの物語は作品冒頭の物語「喜びの縁」と最後の「梢」とではほとんど同じ登場人物であり、舞台も同じで、「梢」は「喜びの縁」の続編、主人公の少年の成長物語と考えられる。その他の短篇については、互いに独立した物語と考えられる。

各物語の主人公は、年齢や人生経験についてさまざまであるが、共通した面が見られる。それは社会心理学的な面で、彼らが正常な範囲を逸脱しているということだろう。具体的には、ずば抜けた才能をもつ子供や青年、聖人、ならず者、吸血鬼、そして一種の悟りを開いた、精神を病んだ者たちである。そして作品のトーンも、喜劇的、悲劇的、悲喜劇的、抒情的、幻想的、神秘的、皮肉的と多様性に富んでいる。これらの主人公たちが心に秘めたいわば秘密を象徴的に描いている。特に死と不滅願望というテーマに関しては、この『最初の物語』は、ホーザの作品の中でも最も多く扱われているのではないかと思われている。

次に各物語について、紙数の関係もあり、できる限り簡潔に、特徴、あるいは理解する上のポイントなどを述べてみたい。

「喜びの縁」。ある少年が、ブラジリアが建設されているところへおじ夫婦に伴われて初めて飛行機で旅し、そこで新しい経験をする。少年の繊細な感性は、人間の都合による、七面鳥の死や工事現場での森林伐採に直面し、幻滅を味わう。しかし最後の蛍の出現によりいくらか心を慰められる。蛍は希望の象徴であろう。

「『名うての』」。地方の医者が一人称の視点で語る形式を取っている。ホーザの田舎の医師としての体験を基にしたと推察される。腕力と知力との対比で、言葉の重要性をテーマにした滑稽な物語である。

「ソロッコ、母、娘」。駅でソロッコの母親と娘が特別列車に乗り込み、列車が消えていき、ソロッコが家に着くまでのことを見た人間が、一部始終を一人称形式で語っている。ソロッコの孤独と絶望が強く感じられるが、人々がソロッコとともに彼の娘が歌っていた意味をなさない歌を一緒に歌いながら、彼を家まで送っていった場面は、連帯感の発露であり、孤独、絶望を慰めるものだろう。

「あの世からきた女の子」。主人公は、自分の希望を口に出すと、間もなく実現するという超能力を持った女の子である。しかし、大人たちはこれを聞きつけて彼女の意思に関係なく、自分たちの都合のよいことを願うように頼みに来る。結局、彼女はあの世に帰りたいということにほかならない、突拍子もない柩が欲しいと述べ、あの世に帰る。月、星、空、虹、鳥などあの世、天国の換喩に満ちた詩的な物語である。

「ダゴベ兄弟」。殺されたダゴベ兄弟の長兄の通夜、埋葬に参加した登場人物の一人が語るという形式である。その殺人を正当防衛でやむなく犯した青年がどのような行動をとるか、残された兄弟がどのように復讐をするか緊迫した雰囲気が続くが、結末は極めて呆気なく兄弟たちはきわめて常識的な態度に終わる。アンチクライマックス的な作品。

「第三の川岸」。二十一篇の作品のなかでも最も知られている。ある時から家族と別れて小さなカヌーに乗って川の中を往来し、一切他人との対話を絶って孤独のうちに過ごすという奇行を黙々と続ける男について、家族の中でただ一人川岸に残った息子が語るという物語である。父親の行動の理由や性格を息子は知人たちにも質問して探るが、はっきりとしたことは不明である。父親と自己の同一化にも成功せず、ただ見守るだけにも耐えきれず、最後に年老いた父親を見かねて父親の代わりに自分がカヌーに乗ると申し出るが、いざ父親がカヌーを自分の方に向けてくると、恐怖にかられて逃げ出す。そしてその後の父親の行方は知れず、息子は良心の呵責に耐えられず、そのような態度に出た自分が人間だと言えるのか、「……臨終の際には自分をカヌーに乗せてくれ」と言って、この物語は終わる。ここまできて息子は父親と自分を同一化できたのであろうか？　ホーザはあるインタヴューで次のように言っている。「私はワニになってみたいと思っている。川が人間の心のように深いので大きな川を愛しているからだ。川の表面はとても活発で、明るく、しかし川の底では人間の苦悩のように静かで暗いのだ。私は大きな川のもう一つのこと、永遠性を愛している。そう、川は、永遠性を結びつける魔術的な言葉なのだ」。

「精神的な奇術」。語り手でもある登場人物の一人が、寄宿学校に学んでいた時に教員たちの指導のもとに生徒たちで芝居を行ったことを回想している。教員たちは既成概念に縛られているのに対して、生徒たちはグループ間の対立を含めて自由気ままに振る舞いながら、何とか芝居をやり遂げる。若い世代の自由と柔軟性と、教育者たちの硬直した姿勢とを対比している。

「いかなる男も女もいない」。この短篇集の中で最も難解な作品の内の一つ。この物語の舞台は判然とせず、すべては発見されていない方角にある大農園の謎めいた邸宅の中で起きているように思われる。そこに一時的に住んだことのある少年が、体系的な記憶の欠如によって途切れてしまうという夢のような思い出に残っている自分の幼年時代のある出来事を呼び出そうとする。その大邸宅には、美しい乙女がいて、その父親らしい老人と、どのようにそこにやって来たのか記憶もない年齢も不詳の老婆がいる。そのほかに乙女を愛し、彼女と一緒に暮らしたいと思っている若者がいる。乙女は彼を愛しながらも、若者の愛が永遠なものか疑問に思い、拒絶する。若者は絶望し、そこを離れることにし、少年は乙女にほのかな愛情を感じながらも若者とともに馬に乗って自分の家に戻る。そして自分の両親に久しぶりに会い、以前のように両親が愛し合っていず、愛をすっかり忘れた、味気ない生活を送る両親の姿に怒りを爆発させる。きわめて幻想的な雰囲気のなかで、少年の一途な愛についての思いと現実の愛の儚さが対比された作品。

「運命」。主人公はある小さな町の警察署長。その署長のもとに、ある田舎から引っ越してきた夫婦が訪れ、彼らを悩ますならず者を罰してほしいと訴えた。語り手は、この警察署長を「わが友」と呼ぶ人物で、被害者がこの件を告訴しに来た時から、最後までこの件を目撃している。被害者は法律によってならず者を罰してほしいのだが、警察署長は運命論やギリシア人の考え方などを話すが、どうやら被害者の願いに従うよりも、手っ取り早い方法を取りたいことを態度に表わす。最後に被害者は署長が取りたい方法を感じ取り、署長から銃を手渡され、出て行く。署長も彼の後を追っていき、ならず者に二人は遭遇し、三人は銃を抜くが、銃声は二発聞こえた。犯罪者は頭と胸を撃たれて死ぬ。いきなり射殺をするという射撃自慢の警察署長は日本ならずとも大問題だろう。彼は被害者に銃の性能が良いことを述べて、かなり「意地悪そうに」笑った、と語り手は描写している。この「意地の悪さ」は、日本でもかなり知られるようになった例の「マリシア」であり、ただ意地が悪いだけでなく、それを楽しんでいるというニュアンスが伴うのである。

「原因と結果」。主人公は、逃げ出した牝牛をたまたま追うことになり、その牝牛が橋渡し役になり、結果として愛する人を見つけ出すことになる。人生における間違いと誤解に他ならない偶然が、道に何度も迷った挙句に、正しい道を照らし出してくれることがある。牛が生まれ育てられた場所に懐かしさを感じて逃げる習性については、ホーザの物語にはよく出て来ることである。

「鏡」。鏡は日本でも、あの世とこの世をつなぐ通り道になり、そのために使わない時には特に夜は覆いの布をかけるというような迷信があるが、西洋でも、ナルシシズムという言葉の語源であるナルキッソスの物語など古くから鏡にまつわるさまざまな迷信やら伝説の類がある。この作品の語り手は若い頃にたまたまそばに二つの鏡があり、そのうちの一つの鏡にぞっとするような姿が写っているのに気付いたという経験があって以来、鏡に映った姿は自分の奥にある姿であると言うような考えに取りつかれて、本当の自己を捜すために実験を重ねたという体験を不特定の相手に語る。読者はその語り手の奇妙な体験談に巧みに引きこまれていくだろう。

「無と人間の条件」。主人公マン・アントニオおじさんも、世間的な月並みな常識を超えて、妻に先立たれ、娘たちがそれぞれの夫とよそへ越すと、すべての所有物を以前の雇人たちに分け与えた後に死んでいった。しかも彼は大農園の大火災の焔に包まれ、自分の土地に帰って。

「ビールを飲んでいた馬」。イタリア人移住者の奇妙な生活に反感を抱いていた彼の雇人が、警察のイタリア人移住者に関する内偵調査に協力するうちに主人の過去を知っていき、ヨーロッパでの戦争の悲惨さにも気づかされる。ブラジルには、ヨーロッパでの戦争の結果、祖国を捨てざるを得なくって移住あるいは不法入国した人たちが相当数いたのである。

「眩いばかりに色白の若者」。ブラジルはほとんど地震の起きない国であるが、この物語は実際に記録に残されている珍しい現象を下敷きにした、もちろん神秘的・幻想的なフィクション。

「ふたつのハネムーン」。親から結婚を認められず駆落ちした相愛のカップルの保護を依頼された年配の夫婦が自分たちの若い頃の体験を思い出し、久しぶりに燃え上がるが、若いカップルを引き裂こうとする者たちが結局現れず、拍子抜けするというアンチクライマックス仕立ての喜劇ということだろう。

「大胆な船乗りの出立」。田舎の川に近い所に住む母親と三人のまだ子供っぽい娘と一人のやや大人びた男性のいとこが登場人物である。雨が上がり、母親も用足しに出掛け、娘たちといとこは雨のせいで水かさの増えた川の様子を見に行く。物語はその子供たちの様子のほかに、物語のなかの物語、「大胆な船乗り」がいたずら好きの末娘によって語られる。このいたずら好きな末娘がこの物語の主人公だろう。詩とはもっとも縁のなさそうな牛の糞を「大胆な船乗り」と命名した彼女の繰り出す言葉、表現がこの作品の最大の魅力だろう。

「慈善を施す女」。真実を見定めようという態度ができていない人間は真実を知ることはできないという考えをもつ語り手が、ある町の住民に向って、嫌われ、無視されている女が実は、外面とは違った内面を持ち、町にとって役立つことを行っていて、むしろ住民たちは彼女から慈善の施しを受けているのにそれに気づいていないと批判している。

「狂騒」。狂気と正常との間の差がいかに微妙であるかがテーマ。舞台はホーザの作品にしては極めてまれな都会、それも装備のよい消防車があるほどの大都会と言えるだろう。スリをして追いかけられ、ダイオウヤシのてっぺんまで逃げた男とそれを見守る野次馬たちや、精神科の医者たちや梯子車の消防士たちの行動は、場合によって、誰が正常な精神状態を保っていて、誰がそれを失っているのか判断に苦しむことがある。

「物質」。このタイトル「物質」は原文のポルトガル語で substância、英訳では substance であるが、この語には物質のほかに実質、本質などの意味が込められている。物質とすると、この作品では植物のキャッサバのことを指すことになり、本質とすると、キャッサバの生産を行っている農園主が愛することになる、キャッサバを素晴らしい食品にする従業員の女性の素晴らしい本質を指すことになるだろう。この農園主は、この美しい女性について蔭で言われている両親や兄弟のマイナス面を考えると、彼女を伴侶として選ぶことにためらいを感じている。とくに父親が隔離されている理由であるハンセン病のために、将来、彼女の美貌が損なわれることを恐れている。しかし最後に、そのようなことに囚われず、彼女の人間としての本質を考えて、彼女を選ぶのである。したがってタイトルを「本質」と訳す方がベターと考えることも可能と思われるが、筆者はこの作品のなかで最も存在感のあるのは、キャッサバであると判断し、「物質」を選んだ。

「タランタアン、俺のボス……」。タランタアン（tarantão）はホーザの造語で「困惑した、錯乱した」というような意味である。現実に適応できないドン・キホーテを思い出させる狂気の沙汰を行う年老いた主人公の世話を任された、綽名が「蛍」という男が一人称で語る物語。「喜びの縁」と「大胆な船乗りの出立」に現れる昆虫としての蛍は明らかに希望や期待を表わすが、この作品でも、この老人の旅が幸先の良いことを暗に表わしているのではないかと思われる。自分を不愉快にさせた親類の医者に復讐するために出掛けるという旅の成り行きを、「蛍」は悲観的に予想しているが、予想に反して、目指す医者の家では、娘の祝い事の真っ最中で、この主人公の老人は歓迎され、それに応えて老人は訳の分からない演説をし、参列者を感動させる。そして暗にその数日後には死んだように書かれている。したがってこの作品も、緊張が最高に高まったところで、急転直下に平穏に戻るのである。

「梢」。「喜びの縁」の主人公が少し成長し、母親の病気のために、ブラジリアへ二度目の旅をする。

少年は母親のことが気がかりで、何をするにも気乗りがしないが、宿泊しているおじの家の近くの森に、オオハシが毎日夜明けとともに飛んで来るのに気が付き、その美しさにすっかり魅了され、重苦しく過ごしていたことが慰められる。その鳥のイメージに、太陽、昼間、明るさがいっしょになり、それがエネルギーになり、少年は力を得たのである。少年がお守りのようにおばから持たされた小猿の人形は、子供らしさ、幼児性を表わしていると考えられる。少年はそれを持っていることに後ろめたさを感じ、その人形の帽子を捨ててしまうが、これは成長したいという願望の表れで、人形本体をなくしても長く嘆かずにいられたことは、成長を遂げたことの証であろう。なお、ブラジリアでのオオハシについては、ホーザは一九五八年に実際に見たことがあり、素晴らしい、忘れられない光景だと両親あての手紙で書いている。

ホーザの作品はポルトガル語を母国語としている人にも難解であり、ましてや翻訳するなど不能であるとブラジルでは定説のように言われている。実際、他の国際的に知られたブラジル人作家と比べると、ホーザの作品が翻訳された言語の数がかなり少ないことが分る。英語・ドイツ語・フランス語・イタリア語・スペイン語くらいだろう。ドイツ語の翻訳者はホーザと絶えずコンタクトを取りながら翻訳を行ったとのことであるが、ホーザ自身はオリジナルと比べるとドイツ語訳は格段に平易な文体に変えられていると正直に述べている。ポルトガル語と同系統のヨーロッパの言語への翻訳でさえ難しいのであれば、日本語への翻訳などもってのほかであるが、筆者は、ドン・キホーテのようにわが身の能力を顧みず、敢えて挑戦した次第である。訳文については、できる限り読みやすいことを心掛けたつもりであるが、ホーザの文体の特色を出すことは、お手上げの状態であったことを正直に申し上げるほかない。

翻訳に当たって底本としたのは、João Guimarães Rosa, *Primeiras Estórias*, Rio de Janeiro, José Olympio Editora, 4.a ed.,1968 を使用し、Barbara Shelby による英訳 *The Third Bank of The River And Other Stories*, New York, Alfred A. Knopf,1968 および Virginia Fagnani Wey によるスペイン語訳 *Primeras Historias*, Barcelona, Seix Barral, 1982 も参照した。

「訳者あとがき」を執筆する当たっては、さまざまなブラジル文学辞典、ホーザの研究書、またウェブサイトを参照したが、本書の一般書という性格上、些末になるのを避けて書名、著者名などは割愛した。

最後になったが、今回も、水声社版「ブラジル現代文学コレクション」の一冊としてこの作品の刊行のお膳立てをしていただいた東京外国語大学副学長の武田千香教授に、また水声社編集部の後藤亨真氏には大変お世話になり心より感謝申し上げます。

二〇一八年四月

高橋都彦

著者／訳者について――

ジョアン・ギマランイス・ホーザ（João Guimarães Rosa）　一九〇八年、ブラジル南東部地方ミナス・ジェライス州の農牧畜の町コルジスブルゴに生まれ、一九六七年、同国リオデジャネイロで没した。外交官で作家。ベロオリゾンチで医学を修め、故郷の町で開業医となった後、軍医将校としても医療に携わったが、幼児期より強い関心を抱き、習得していた多くの外国語を活かして、一九三四年に外務省に入省。海外勤務や国内で要職に就くかたわら、創作活動を行った。代表作は『大いなる奥地』（一九五六年。『世界文学大系八三』中川敏訳、筑摩書房、一九七六年）、短・中篇集は『舞踏団』（一九五六年）、短篇集は『サガラーナ』（一九四六年）、『最初の物語』（一九六二年）など数は多くないが、故郷のミナス地方の奥地の豊饒な自然、動植物相を背景に、ジェイムス・ジョイス並の実験的な技法を駆使して語られる物語は、欧米で特に評価が高い。一九四六年、『サガラーナ』はフェリペ・ドリヴェイラ賞を受賞。一九六一年、『大いなる奥地』を含め、それまで上梓された作品全体にブラジル文学アカデミーの「マシャード・ジ・アシス賞」が受賞された。

高橋都彦（たかはしくにひこ）　一九四三年、東京都に生まれる。東京外国語大学大学院外国語研究科（ロマンス系言語専攻）修士課程修了。拓殖大学名誉教授。専攻、ポルトガル語学・文学。主な著書に、『現代ポルトガル語辞典』（共著、白水社、一九九六年）、『ブラジル・ポルトガル語の基礎』（白水社、二〇〇九年）、主な訳書に、クラリッセ・リスペクトール『G・Hの受難／家族の絆』（共訳、集英社、一九八四年）、フェルナンド・ペソア『不安の書』（新思索社、二〇〇七年、ポルトガル大使館ロドリゲス通事賞受賞）、ジョルジ・アマード『老練な船乗りたち』（水声社、二〇一七年）などがある。

装幀——宗利淳一

最初の物語

二〇一八年五月一五日第一版第一刷印刷　二〇一八年五月三〇日第一版第一刷発行

著者――ジョアン・ギマランイス・ホーザ
訳者――高橋都彦
発行者――鈴木宏
発行所――株式会社水声社
東京都文京区小石川二―七―五　郵便番号一一二―〇〇〇二
電話〇三―三八一八―六〇四〇　FAX〇三―三八一八―二四三七
［編集部］横浜市港北区新吉田東一―七七―一七　郵便番号二二三―〇〇五八
電話〇四五―七一七―五三五六　FAX〇四五―七一七―五三五七
郵便振替〇〇一八〇―四―六五四一〇〇
URL : http://www.suiseisha.net

印刷・製本――精興社

ISBN978-4-8010-0294-4
乱丁・落丁本はお取り替えいたします。

ブラジル現代文学コレクション

エルドラードの孤児　ミウトン・ハトゥン　武田千香訳　二〇〇〇円
老練な船乗りたち　ジョルジ・アマード　高橋都彦訳　三〇〇〇円
家宝　ズウミーラ・ヒベイロ・タヴァーリス　武田千香訳　一八〇〇円
最初の物語　ジョアン・ギマランイス・ホーザ　高橋都彦訳　二二〇〇円
あけましておめでとう　フーベン・フォンセッカ　江口佳子訳
九つの夜　ベルナルド・カルヴァーリョ　宮入亮訳
ある在郷軍曹の半生　マヌエル・アントニオ・ジ・アルメイダ　高橋都彦訳
以下続刊

［価格税別］